KB135628

나는 걷는다

이철수 수필집

나는 걷는다

인쇄 2018년 11월 10일
발행 2018년 11월 15일

지은이 이철수
발행인 서정환
펴낸곳 수필과비평사
주소 전라북도 전주시 완산구 공북1길 16
전화 (063) 251-3885 (063) 275-4000
팩스 (063) 274-3131
이메일 essay321@hanmail.net sina321@hanmail.net
출판등록 제300-2013-133호
인쇄 · 제본 신아출판사

저작권자 ⓒ 2018, 이철수
이 책의 저작권은 저자에게 있습니다. 서면에 의한 저자의 허락없이 내용의 일부를
인용하거나 발췌하는 것을 금합니다.
COPYRIGHT ⓒ 2018, by Lee Cheolsoo
All rights reserved including the rights of reproduction in whole or in part in any form.
저자와 협의, 인지는 생략합니다.
잘못된 책은 바꿔 드립니다.

ISBN 979-11-5933-187-9 03810

값 13,000원

이 도서의 국립중앙도서관 출판예정도서목록(CIP)은 서지정보유통지원시스템 홈페이지
(http://seoji.nl.go.kr)와 국가자료공동목록시스템(http://www.nl.go.kr/kolisnet)에서
이용하실 수 있습니다. (CIP제어번호: CIP2018036049)

Printed in KOREA

나는 걷는다

이철수 수필집

수필과비평사

땅에 뿌리를 내리고 얼굴 내민 옥수수 새순을 바라본다. 폭염으로 금세 말라버릴 것 같은 불안감이 밀려온다. 하지만 땅을 뚫고 나온 저 작은 새싹의 신비에 터져 나오는 환호성은 막을 수가 없다. 가슴이 벅차오른다. 새순이 꼭 아기 손처럼 경이롭다. 이 떨림을 기억하기 위해 사진을 찍어둔다. 그리고 찌는 더위를 이겨내라고 물을 듬뿍 뿌려준다.

농사를 짓겠다는 아들의 말에 살짝 걱정이 밀려온다. 농사일이 고된 노동임을 잘 알고 있기 때문이다. 부모님이 손수 따서 건네주신 옥수수 맛은 찰지고 달다. 이 맛에 얼마나 큰 노력과 기적이 배여 있는지 깨닫게 된다.

씨알이 튼실한 옥수수를 선택하여 잘 말린다. 딱딱하게 잘 말린 옥수수 알을 쌀뜨물에 담가 둔다. 파종할 땅은 밑거름을 섞어 미리 이랑을 만들어 놓는다. 한 뼘 반 정도의 간격으로 두 알씩 심는다. 아들은 배운 지식과 할머니 조언에 따라 학교 텃밭에 옥수수를 심었다.

　아들이 심은 옥수수가 정말 싹을 틔울 수 있을지 반신반의했는데, 저리 곱게 얼굴을 내밀었으니 반갑고 기쁘다. 나 또한 아들처럼 서투른 농부다. 이제는 더욱 열심히 씨앗을 심고 글 밭을 일궈야겠다. 부지런히 성찰의 기회를 얻고 꾸준히 노력하다 보면 공감을 줄 수 있는 찰지고 맛있는 옥수수를 수확할 수 있으리라 믿어본다.

　좋은 글 농사를 지을 수 있도록 가르침을 준 허상문 교수님과 문우 여러분에게 고마운 마음을 보낸다. 열심히 살아가는 우리 가족과 이웃에게도 사랑의 마음을 전한다.

2018년 9월

이철수

차례

2부

아내의 눈물

3부
노을언덕

4부
이모님의 국수

5부
꽃이 피는구나

작품해설

1부

로또의 꿈

가벼운 종이 한 장 속에 너무도 무거운 간절함이 숨어있다. 어느 땐 없는 욕심이고

한숨 같은 바람일지도 모른다.

로또의 꿈

    토요일이 기다려진다. 일이 주는 번뇌를 잠시 끊고 휴식을 취할 수 있다는 자유로움이 좋다. 산적한 일에 대한 생각의 꼬리를 단칼에 잘라내고 오롯이 단란함을 만끽함은 힘든 일이겠지만 평일보다 마음이 가벼워지는 것은 사실이다. 토요일이 기다려지는 것이 자유로움과 단란함이 주는 매력 때문만은 아니다. 로또 당첨번호가 발표되는 날이기도 하다. 종이 한 장! 그 속에 적혀있는 6개의 숫자조합이 있다. 그 숫자 조합이 다 들어맞는다면 말 그대로 대박이다. 가벼운 종이 한 장 속에 너무도 무거운 간절함이 숨어있다. 아니 덧없는 욕심이고 한숨 같은 바람일지도 모른다. 땀 흘리지 않는 횡재가 부당한 것임을 알면서도 간혹 토요일의 행운이 기다려진다.

나는 걷는다

살다 보면 하늘이 내려주는 복이 간절하게 그리워질 때가 있다. 그 이면에는 만족을 못 하는 인간의 끝없는 욕망이 깔려있겠지만, 결핍으로 인한 열등감이 만든 불안 심리가 잠재되어 있기 때문이다. 세상살이가 팍팍하고 힘들어 쓰라릴 때 누구나 어느 날 갑자기 찾아온 행운을 만나고 싶어 한다. 하늘이 내려준 복이 내게도 떨어진다면 팔자 펴고 멋들어지게 살아지리라. 불합리한 세상의 공격에 주눅이 들어 당당히 맞서지 못하고 혼자 울분을 삭일 때도 있다. 참으로 못났다고 자책하면서도 어쩔 수 없는 나약함을 목격하고 고개 숙인다. 머저리 같고 비굴한 인생이다. 자학 속에 숨어 희미한 불꽃이 타오른다. 부조리하고 냉혹한 세상에서 꿋꿋하게 버틸 수 있는 인내와 용기로 무장하는 중이라고 자위해 본다. 비록 다 타고 한 줌 재가 되어 먼지로 흩어질지라도 한 번쯤은 로또에 당첨되어 환희로 타오르는 불꽃이 되고 싶다.

'꿈은 이루어진다.' 이 말이 공허한 메아리가 아니라 현실이 될 수도 있다는 사실을 증명하기 위해서라도 로또의 행운은 나에게 와야 한다. 하늘을 향해 간절한 소망을 띄워 보낸다. 인터넷에서 복권 당첨번호를 클릭하고 호주머니 깊숙한 곳에서 꿈을 꾸던 숫자들을 꺼내 비교해 본다. 꽝이다. "그래 그렇게 쉬우면 로또가 아니지." 하고 위안으로 삼아보지만 허탈함이 몰려오는 것은 어쩔 수 없다.

고향에는 내 명의의 과수원이 하나 있다. 지금은 부모님의 도움을 받으며 감귤 농사를 짓고 있다. 세월이 흘러 농사일이 힘이 부칠 날이 올 것이다. 그러면 아내의 바람대로 과수원 한 모퉁이에다 주택을 짓고 그 옆에는 북카페를 만들려고 한다. 1층에는 무릎이 좋지 않은 부모님을 모시고 같이 살면 좋겠다. 카페에서 내가 좋아하는 책도 읽고 찾아오는 손님과 담소를 나누며 저물어가는 석양을 바라보고 싶다. 텃밭에서 소일거리로 상추를 캐는 어머니와 아내의 두런거리는 이야기를 훔쳐보며 마당을 어슬렁거리고 싶다. 내 계획이 이루어지려면 건물을 신축해야 하는데 건축비가 부담된다. 월급은 생활비에 아이들 뒤로 빠져나가느라 빠듯하다. 그러니 모아 놓은 돈이 있을 리 만무하다. 이럴 때 로또에 당첨되면 원하는 바가 이룰 수 있으련만 하는 아쉬움이 남는다.

물욕과 권력의 노예가 되어있는 도시의 생활에서 벗어나고파 자연인을 꿈꾸었는데 어느덧 도시의 습관에 물들어버린 나를 만나고 만다. 자연인하면 외로움과 적막감 그리고 심신 수양이 떠오른다. 더불어 첩첩산중에 먹을거리는 무슨 수로 구할 수 있을까 하는 걱정이 든다. 물질이 주는 화려한 문명의 때를 벗지 못한 어리석은 고민일 수도 있다는 생각이 든다. 자연인은 아무것도 하지 않는 삶을 말하는 것이 아니다. 아무것도 하지 않는 삶은 죽음이나 마찬가지이다. 끊임없이 자신의 모습을 찾아가는 일이 자연의 삶 속에는 존재하고 있다. 풍족하지 못하고 거친 음식과 노동이 있을지라도 부와 권력에 대한 욕망을 내려놓다 보면 자유로운 영혼을 만날 수 있다. 기본적인 욕구를 위한 노동이 얼마나 신성한 것인지 그리고 자연의 마음으로 사는 것이 얼마나 행복한지를 느낄 수 있다. 영혼이 느끼는 바를 따르다 보면 육체와 정신이 하나가 되는 평온을 찾을 수 있을지도 모른다.

"내 인생도 참….." 깊은 한숨을 쉬며 고개를 떨어뜨리는 사람이 있다면 로또 복권을 선물해주고 싶다. 비록 싸구려 꿈으로 끝날지 모르는 환상이 될지라도 꿈을 포기하는 것만큼은 막아야 하리. 로또 복권 한 장을 사면 4할 정도가 어려운 이웃을 위한 복지 등에 사용된다고 한다. 작은 투자가 모여 큰 나눔을 베풀 좋은 기회가 된다고 하니 전혀 가치가 없는 것은 아니다. 천운을 기다리는 환상 속에는 고난을 무력화시키는 꿈과 용기가 숨어 있다. 물론 헛된 망상으로만 빠져든다면 자신을 폐인으로 몰아가는 독이 든 술을 마시는 결과를 초래할지도 모른다. 하지만 꿈을 잃지 않고 무소의 뿔처럼 뚜벅뚜벅 가다 보면 분명 하늘이 주는 복을 만나리라. 로또 복권은 울고 싶고 절망으로 무너져 내릴 때 포기하지 말고 견뎌내라는 자기 위안이다. 불안과 절망을 잠재우는 자기 최면이다. 아무리 힘들어도 좌절하지 말고 오뚝이처럼 일어나라는 하늘에 보내는 소망 편지다. 나를 절망 속에 가두어 두지 말라는 간절한 희망이 호주머니 속에서 꿈틀거리고 있다.

요행이 주는 행운이 짜릿할지는 몰라도 영원히 지속하는 것은 아니다. 승진이나 맛있는 음식도 마찬가지다. 행복은 순간이다. 그 순간이 영원할 것이라 믿고 커다란 행복만 좇는 어리석음을 범하고 있는 것은 아닌지 모르겠다. 로또 당첨된 사람을 바라보고 부러워하면서, 일확천금을 꿈꾸면서 정작 내 인생이 로또에 당첨된 것이라는 사실을 깨닫지 못하고 살아온 것은 아닐까. 이 세상에 소풍 보내준 하늘의 명령과 하늘이 내게 보내준 아내와 아이들 그리고 그들을 바라보고 애쓰면서 열심히 살아가는 행복을 누릴 수 있는 이 순간, 나야말로 로또에 당첨된 인생이다.

인사이동

사람이 살아가는 세상은 씨줄 날줄로 촘촘히 엮어진 거대한 공동운명체다. 살아가면서 피할 수 없는 관계를 끊임없이 만들어 나간다. 만남과 헤어짐도 반복된다. 그 속에서 관계라는 것이 형성된다. 좋은 관계일 수도 있고 나쁜 관계일 수도 있지만 이왕이면 좋은 관계를 형성하는 것이 소망이다. 살다 보면 원하지 않는 방향으로 이동해야 하는 경우도 허다하다.

일 순위로 지망한 곳을 배정받지 못했다. 일 순위로 지망했던 납세자보호실이 다른 곳에 비교해 일이 편할 것이라는 기대로 신청했던 것은 아니다. 민원인이 자주 상담을 요청하는 분야에서 장기 근무를 했었기 때문에 그곳이 잘 어울린다는 주위에 추천과 한 번도 근무해보지 않아서 경험해보고 싶은 바람이 있다. 그러나 나보다 더 유능한 친구에게 보기 좋게 밀렸다. 아쉽기는 하지만 서운하거나 속상하지는 않다. 오히려 직원이 많은 여기로 발령을 받아서 다행이란 생각이 든다. 고즈넉하게 돌아가는 물레방아와 물 위를 유영하는 제비의 날랜 몸짓과 잔디 속에서 놀고 있는 참새의 평화로운 오후를 볼 수 있어서 좋다.

어린 왕자에서 여우의 조언대로 길들이거나 길들어야 한다. 하지만 길들이거나 길드는 것이 그리 만만한 일이 아님을 알게 된다. 제각기 자신이 원하는 방향대로 관계를 설정하려고 하니 갈등이 생기고 충돌이 일어난다. 사랑으로 보듬는 관계를 만드는 것이 아니라 이익을 얻으려는 관계를 만들려고 하기 때문이다. 내가 정성스러운 손길로 가꾼 한 송이 꽃보다 눈에 확 띄는 들판에 화려한 꽃에 눈길을 빼앗기고 있는 것은 아닌가. 내안의 소중한 소리가 외부의 강력하고 달콤한 소리에 묻혀 죽어가고 있다. 그래서 타인의 욕망을 욕망하고 영혼 없이 살아가는 가엾은 나를 만나게 된다. 사람과 사람의 관계 속에서 우정이 싹트고 사랑이 싹트고 살아가는 의미를 체득하게 된다. 하지만 사람과의 관계는 항상 유쾌하고 바르게만 흘러가는 것이 아니라는 것을 알게 된다. 때로는 상식에 벗어난 요구로 당황스러울 때도 있다.

나는 걷는다

본연의 업무보다 개인적인 욕심을 채우기 위해 직원을 힘들게 하는 상사를 만난 적도 있다. '치사하게 시리!'라는 말이 입 안에 맴돌지만 나약한 나를 발견하곤 고개 숙이고 만다. 도리가 아니라고 여기고 대들어 보기도 했지만 돌아오는 것은 불이익뿐이었다는 것을 경험으로 알고 있기 때문이다. 직장 상사나 동료와의 일로 괴로워하는 후배들에게 뭐라고 말해줘야 할까? 위로해줄 적당한 말이 떠오르지 않는다. "누구나 겪을 수 있는 사회생활이니 참고 견디라. 그러면 분명 좋은 날이 올 거야."라고 말했지만 궁색하고 오래된 골동품 냄새가 난다.

　　인사이동이 있으니 업무환경과 상황의 변화는 온다. 비록 자신이 원하는 방향이 아닐 수도 있겠지만 변화가 있다는 것은 괜찮다고 본다. 인사철이 되면 눈치작전이 치열해지는 순간을 맛보기도 한다. 선호부서와 비선호부서의 문제도 있지만, 함께 근무하고 싶은 사람과 되도록 피하고 싶은 사람도 있게 마련이다. 이 사람을 피할 수 있어서 다행이라고 생각했는데 새로 만난 사람은 더 지독하여 '구관이 명관'이라는 푸념을 듣기도 한다. 대부분 웃어넘기고 마는데 당사자는 휴직을 내고 싶을 만큼 괴롭다는 심사를 내비치면 안타까운 마음이 든다. 하지만 이동 없이 한곳에만 머물러 있다면 얼마나 고통스럽고 지루할까. 괴롭고 지루한 상황이 떠나지 못하고 계속해서 뇌리에 남아 있다면 아마 미쳐버릴지도 모를 일이다. 나쁜 기억은 떠나보내고 새로운 기억을 맞이하는 것이 순리가 아니겠는가.

인사이동으로 정든 사람과 헤어지기도 하고 새로운 사람을 만나기도 한다. 헤어지면 아쉽다고, 새로 만나면 반갑다고 술자리를 갖는다. 그러나 그 술 한 잔이 문제가 될 때도 있다. 분명 어젯밤 택시에서 집 앞에 내려줬는데 아침에 출근하지 못하고 병원에 입원했다는 소식을 들었다. 크게 다친 것은 아니지만 이마가 깨져서 몇 방울 꿰맸단다. 그의 집 근처에 내려주었고 내리자마자 씩씩하게 걸어가는 것을 보았는데 저 사달이 나고 말았으니 속상한 일이다. 같이 내려서 마나님에게 인수인계를 확실히 하고 왔어야 했는데 하는 후회가 밀려온다.

인사이동을 하면서 느낀 바가 있다. 내 눈으로 세상을 바라보는 것이 아니라 타인의 눈으로 세상을 바라보고 있었다. 진정으로 내가 원하고 잘할 수 있는 일을 생각해서 선택하는 것이 아니라 좀 더 쉽고 남의 눈에 모양새 난다고 생각하는 곳을 기웃거린다. 일은 쉬우면서 승진이나 여러 가지 면에서 유리하다고 소문난 곳으로만 몰린다. 조직이나 사회를 위하여 밥값을 해야겠다는 마음은 뒷전이다. 그리고 원하는 곳으로 선택을 받지 못하면 내 탓보다 남 탓으로 책임을 전가하려는 경향이 있다. 세상이 무한 경쟁 시대로 내몰려 있으므로 뒤처지지 않으려는 몸부림일지도 모른다. 하지만 욕망을 좇아 뒤돌아볼 여유조차 없이 앞으로만 달려야 하는 인생이라면 얼마나 숨 막히는 일인가. 조금 뒤처지면 어떤가. 주어진 일 만큼 최선을 다했다면 그것으로 만족하고 사는 것이 더 현명한 삶일 수도 있지 않을까. 왜 남의 시선으로 나의 삶을 재단하려 하는 것인지 안타깝다. 나의 눈으로 보고 나의 걸음으로 걸어가면 족하지 않겠는가. 남의 욕망에 나를 밀어 넣고 살아간다는 것은 멈추지 않는 기관차에 몸을 싣고 그냥 떠밀려 가는 것이다. 인사이동을 맞아 마음도 이동해야겠다. 남의 욕망으로 살 것이 아니라 내 욕망으로 이동을 하자. 그리고 욕망이 버겁다고 느껴지면 조금씩 내려놓으면서 살자. 조금 늦으면 어떠리. 마지막 종착역은 어차피 똑같은 걸.

살다 보면

새치처럼 흰 눈이 듬성듬성 앉아있고 구름이 정상을 살짝 가린 한라산을 보노라면 고요가 찾아온다. 창문 밖에는 쌀쌀한 기운이 나무와 깃발 사이를 맴돌지만, 창문 안은 바람이 없어 오히려 따습다. 고뇌와 세월이 만든 흰 머리카락과 주름진 이마 그리고 안경 너머 생각에 잠긴 눈을 지닌 자크라캉처럼 욕망이론을 위해 고민하지 않아도 된다. 그저 바라봄을 즐기면 될 때도 있다. 무념이 주는 평화다. 어쩌면 죽음이 저와 같지 않을까. 어떤 이는 걸으면서 사유도 하고 안식도 찾는다고 하지만 나는 풍경을 바라보면서 삶의 위안을 얻는다. 하지만 인간으로 태어난 이상 의식적이든 무의식적이든 욕망의 그늘에서 피할 수 없다.

통제할 수 없고 끊임없이 살아오는 그로 인해 항상 욕구불만이고 불안하다. 되도록 풍경이 주는 평화와 안식을 누리고 싶지만 삶은 이런 호사를 오랫동안 내버려두지 않는다. 새가 날기 위해 날갯짓을 하듯 인간은 욕망을 충족하기 위해 끊임없이 일해야 한다. 그 속에서 스멀스멀 기어오르는 벌레 같은 결코 호의적이지 않은 존재를 만나는 경우가 있다. 검은 구름 뒤에 숨어있는 천둥이거나 마른하늘에 날벼락 같다. 쫓아내거나 도망가고 싶지만, 섣불리 벗어날 수가 없다. 가면을 벗기고 실체를 파악하고 싶은데 풀리지 않는 수수께끼다. 그로 인해 불면의 밤이 방문을 노크하고 불면의 밤은 고통과 무기력증을 가져오기도 한다. 과거의 언행이나 업보에 의한 막연한 두려움일 수도 있다. 저 스스로 바람을 일으키며 흔들리는 갈대처럼 찾아오는 불안과 우울이라는 손님을 어이할까.

이모할머니에게도 손님이 찾아왔는지 모른다. 사월 초파일 부처님 오신 날 어머니에게서 전화가 왔다. 이모할머니께서 모 사찰의 납골 추모공원을 구경 가고 싶어 하시니 같이 가잔다. 그녀는 이 세상 끝내고 하늘로 돌아가는 날 자신의 흔적을 남길 장소를 구하려는 듯하다. 그것은 남아있는 자의 몫인데 그마저도 부담을 주지 않기 위해 걷기 버거운 다리로 저리 나선다. 어머니의 말에 따르면 그녀의 삶도 참 박복하다. 남편과 일찍 사별하고 자식이 없어 양아들을 두었는데 아들 걱정으로 맘이 편할 날이 없다고 한다. 아들이 조선족 여인과 결혼을 하여 자식을 낳아 다행이다 싶었는데 지금은 며느리가 손자를 데리고 집을 나갔단다. 며느리는 식당 등에서 궂은일도 마다하지 않고 억척같이 돈을 버는 모양이다. 그런데 돈이 대부분 처가로 나가는 눈치다. 한편 이해가 되기도 하고 대견하기도 하다. 타국으로 시집을 와 같이 온 가족까지 챙기려고 하니 억척스러울 수밖에 없을 것이다.

하지만 시어머니인 이모할머니에게는 너무 무심하다는 생각이 든다. 퇴행성관절염으로 움직임이 자유롭지 못한 시어머니 모시기를 저어하는 모양이다. 이모할머니는 그들에게 부담을 주지 않으려고 그저 잘 살아주기만 바라면서 외로움과 아픔을 홀로 견뎌온 인생이다. 아들에게 눈치 주지 않기 위해서 며느리의 원대로 홀로 생활하는데도 저들의 부부관계가 원만하지 않으니 답답한 노릇이다. 자신의 안위보다 항상 타인을 생각하는 배려가 몸에 배신분이라 손수 자신의 자리를 마련해 두고 싶은 것이리라. 죽어서도 아들에게 짐이 되지 않으려는 이모할머니의 마음이 느껴져 짠하다.

나는 걷는다

어머니도 이모할머니의 핑계를 대셨지만, 한라산 자락에 부처님이 모셔진 그곳을 염두에 두고 있다는 것을 흘러가는 얘기로 들어서 잘 알고 있는 터다. 아버지를 비롯해 가족이 모인 가운데서 의논 한 일도 아니고, 당장 눈앞에 닥친 매우 급한 일도 아니라 망설여지는 것도 사실이다. 어머니는 가족의 안녕을 위해 불공을 드리는 것을 게을리하지 않는다. 형님은 생활이 팍팍하고 고단하여 여유가 없다. 동생은 육지에 나가 있어 샛놈*인 내가 어머니를 모시고 동행하는 일이 잦을 수밖에 없다. 어머니를 따라 동행하는 것이 재미있고 행복하다. 성격상 살갑게 아양을 떨지 못해도 어머니가 원하는 것을 들어주고 싶다. 어머니는 눈물로 나를 키우셨다. 어머니가 주신 사랑을 어찌 다 갚으랴마는 어머니의 멍든 가슴을 조금이라도 풀어주고 싶은 심정이다.

안치단은 이미 분양된 곳이 많았다. 게다가 전보다 가격이 올랐다. 어머니는 명당자리를 다른 사람이 모두 차지해 버릴까 걱정하는 소릴 한다. 걱정하시는 어머니의 모습을 보자 괜히 마음이 조급해진다. 아마도 부처님 잘 보이는 곳이 어머니로서는 명당자리인가 보다. 이모할머니는 부부단은 싫다고 한

---

* 둘째라는 제주어.

다. 생전에 많이 다투어서 그렇단다. 저승에 가서도 다투기는 싫다고 손사래 친다. 아마도 영혼이 되어서는 그리움이 깊어져 싸울 일이 없겠지. 저승에서는 절대로 싸우는 일은 없다고 말해주니, 이모할머니도 어머니도 아내도 고개 끄덕이며 부처님처럼 미소 짓는다.

이모할머니와 어머니가 자리를 정한 것을 보니 마음이 한결 가벼워진다. 일단 안치단 비용은 아내와 의논하여 샛놈인 내가 사는 걸로 하기로 했다. 가족 모두와 상의한 상황이 아닌 약간은 충동적인 면이 있기는 했다. 어머니는 나중에 형제들에게 공동으로 부담할 수 있도록 하라고 말씀하셨지만, 신경이 쓰인다. 동생들은 서로 공동 부담하겠노라 약속하고 반기는 분위기다. 문제는 형수님이다. 섭섭한 속내를 털어놓는다. 어찌됐든 상의하지 않고 일을 저지른 부분에 대해 아내가 몇 번이고 사과했다. 입장을 설명하고 이해를 구했지만, 그때만 수긍하는 척하고 다른 사람에게는 싫은 소릴 하곤 다닌다는 것이다.

집안일을 챙기기가 쉽지 않은 일임을 깨닫는다. 부끄러운 고백이지만 어른이 되는 게 만만하지 않음을 알겠다. 형수님의 마음 씀씀이에 대한 실망과 안타까운 마음이 드는 것도 솔직한 심정이다. 형님과의 불화가 형수님에게도 일정 부분 책임이 있

나는 걷는다

다고 본다. 물론 가장으로서 가정을 제대로 돌보지 못하고 경제적 파탄에 직면한 형님의 처지를 탓할 수밖에 없는 서글픔이 있다. 살다 보니 불안과 우울이라는 손님이 찾아왔을 것이란 생각을 해본다. 삶이 어려우면 누구에게나 불어오는 바람 같은 것이리라.

꿈은 참으로 기괴하기도 하다. 분명 몸은 하나인데 사지가 갈려서 제각기 날개를 달고 도망치려 한다. 통제할 수 없는 육체며 의식이다. 인간이기에 더 나은 욕망을 위한 끊임없는 몸부림일지 모른다. 막연한 불안감에 떨고만 있다면 누가 구원을 해줄 것인가. 낯선 것을 피하려고만 한다면 아무것도 이루지 못하고 낯선 손님에게 굴복하고 말리라. 우리를 지배하던 불안도 우울도 결국 시간이 지나면 별거 아니라는 생각이 든다. 추억을 잉태하기 위한 약간의 미열 같은 것이다. 감기와도 같이 생겨났다가 소멸하고 또다시 생겨났다가 소멸하곤 한다. 그러니 감당하지 못할 존재도 아니다. 살다 보면 우리가 맞아야 할 그야말로 곧 떠나갈 손님일 뿐이다.

막걸리 단상

해장국을 먹으면서 곁들인 한 잔의 막걸리 맛은 입에 착 감기는 게 시원하기 그지없다. 먹을거리가 풍족하지 않았던 시절에 기름기 반지르르 흐르던 쌀밥에 견줄 수 있다. 졸리는 눈을 비비며 자정이 다 되어서야 제사를 마치고 음복으로 맛보던 곤밥*의 맛을 어찌 잊을 수 있을까. 젊은 세대는 이해 못 할 수도 있겠지만 배고프고 힘든 시절이 있었다. 모자라서 오히려 무엇이든 맛나던 때다. 텁텁하면서도 걸쭉한 맛, 결핍을 풀어주든 달짝지근하고 풍족한 맛, 막걸리는 배고팠던 그 시절을 떠오르게 하고 인정 많았던 고향의 인심을 떠오르게 한다. 막걸리는 그리움이다.

---

* 쌀밥의 제주어.

나는 걷는다

모든 음식이 다 그렇겠지만 과해서는 부족한 만 못하다. 막걸리도 마찬가지다. 사발로 두어 잔 정도 마시는 게 적당하다. 일하다가 지친 심신을 시원하게 적셔주는 부드러운 첫 잔의 황홀함은 "죽인다."라는 소리가 절로 나게 한다. 하지만 두 잔 이상은 시원함이 체감되고 더부룩한 배로 인하여 머리가 흐려져 온다. 오히려 기분을 망치는 수가 있다.

막걸리는 지역 혹은 종류에 따라 맛이 가지각색이다. 나는 고향이 제주여서 그런지 제주 쌀 막걸리가 입맛에 맞는 것 같다. 주당이 아니라서 많은 종류의 술을 맛보진 못했지만 내가 맛보았던 막걸리는 너무 달다는 생각이 든다. 그래서인지 내 입맛에는 맞지 않는 것 같다. 아마도 제주 쌀 막걸리 맛에 길들어서인지 모르겠다. 한 번은 막걸리 제조업을 운영하는 사장님과 재래시장 안에 있는 횟집에서 저녁을 한 적이 있다. 대부분 사람은 회에는 소주가 어울린다고 생각하지 막걸리는 조합이 안 맞는다고 생각한다. 하지만 막걸리 만드시는 사장님이라 그런지 회에도 막걸리가 제격이라는 주장을 굽히지 않는다. 그래서 막걸리를 반주 삼아 회를 시식하게 됐다. 한동안 막걸리를 주거니 받거니 하다가 어느 한 사람이 도저히 안 되겠는지 소주를 달라고 한다. 소주가 나오자 기다렸다는 듯이 환호를 보낸다. 너털웃음을 흘리는 막걸리 사장님을 벗하여 끝까지 막걸리를 고집했지만 그래도 회는 소주가 제격인 것 같다. 이구동성으로 막걸리는 너무 배가 부르다는 단점을 토로한다. 틀린 말은 아닌 것 같다. 분명히 다른 술에 비교해 배가 부른 것이 사실이다. 그런데 나에게는 배가 부르다는 것이 가장 큰 장점일 때가 있었다.

부모님이 보내오는 향토 장학금은 모자랄 수밖에 없다. 그러니 마음 놓고 무엇을 사 먹는다는 것은 상상도 못 할 일이다. 그래도 자존심이 있지 그동안 신세 진 친구나 후배들에게 모른 체할 수는 없는 노릇이다. 장학금을 받는 날엔 저녁을 샀는데 거의 막걸리다. 저렴한 가격에 취할 만큼 양껏 마실 수 있고 따로 밥을 안 챙겨 먹어도 배가 불러 좋다. 가난한 학생에게 딱 어울리는 술이다. 그렇게 일주일 막걸리 파티를 하고 나면 용돈이 바닥났고 또 일주일은 굶다시피 해야 한다.

축제 때 막걸리 빨리 먹기 대회에 나간 적도 있다. 축제라고 하지만 데이트할 여인도 없고 무엇보다 즐길 만한 여유의 돈이 없다. 배고픔이나 달래려는 심사다. 우승은 못 했지만, 공짜로 실컷 마실 수 있어서 좋았다. 구질구질하다고 생각할 수도 있겠지만 그래도 괜찮다. 어울리는 벗들이 나와 처지가 비슷한 촌놈들이었으니 마음이 잘 맞았다. 안동에서 온 친구는 고추를 마대에 담고 와 그걸 팔아서 용돈을 하기도 했다. 지역은 각기 달랐지만, 촌놈이라는 이해관계가 맞아 서로 이해하고 배려하면서 즐겁게 보낼 수 있었다. 그 친구들이 군대에 가고 나 혼자 남았다. 물론 새로운 사람들을 만났다. 그중 뇌리에 남아 떠나지 않는 사람이 있다.

그는 군대에 갔다 온 복학생이다. 같은 기숙사를 사용하게 되니 본인 입을 통해 그의 신상에 대해 알게 되었다. 아버지는 대구에서 호텔업을 영위하는 사장님이고 본인은 합기도 유단자라 한다. 합기도 실력이 어느 정도인지 확인할 길은 없다. 자신의 아버지를 지칭할 때 그 영감탱이라고 표현하는 거로 봐서 아버지 연세가 꽤 들었을 것이란 짐작이 간다. 구두쇠에다 잔소리꾼인 그 영감이 죽지도 않고 살아있다고 아무렇지도 않게 넋두리를 해댄다. 게다가 은연중에 돈이 많다는 것을 자랑하기도 한다. 비싼 양주나 포도주를 마시고 여자 후배들에게도 곧잘 비싼 음식을 사주고 인심을 얻으려는 것을 보면 돈이 많기는 많은 것 같다.

나도 한번 얻어먹었지만, 속이 편치 않았다. 얻어먹었으니 그에 상응하는 대접을 해야 하는데 여력이 안 된다. 그러니 그와 어울리는 것이 거북하고 피하는 일이 잦아진다. 나와는 격이 맞지 않는 도시의 남자라고 생각이 든다. 도시 성향의 말투나 허세가 촌놈인 나와는 어울리지 않고 무엇보다 막걸리를 마시지 못하는 그가 싫고 두렵다. 그도 이런 내가 달갑지 않았을 것이다. 그렇다고 돈이 없어 당신과 어울릴 수 없다고 변명을 하는 것도 궁색하고 그런 나 자신을 바라보는 것도 자존심 상하는 일이다. 그러다 보니 자신의 부모를 비하하는 발언을 통해 은연중에 호텔 상속인이라는 자랑과 허세가 못마땅하다. 그와 어울리지 않는 것이 속 편한 일이다.

어느 날 후배로부터 그가 나를 험담하고 다닌다는 사실을 알게 된다. 내가 그를 좋아하지 않았으니 감당해야 할 몫이라고 생각했지만 서럽고 슬프다. 그는 대놓고 막걸리 밖에 못 마시는 촌놈이라고 무시하고 후배들에겐 양주를 사주면서 구질구질한 가난뱅이하고 어울리지 말라고 이간질을 해댄다. 가난이 서글프다. 양주도 싫고 포도주도 싫다.

혼자 주막에 들러 막걸리를 마셨다. 벚꽃이 만개하여 눈발처럼 휘날리는 봄날이다. 막걸리에 대해서 아는 것은 별로 없지만 보이지 않는 그에게 강변한다. 막걸리는 고향의 맛이고 서민의 맛이다. 밭일이나 논일을 하면서 새참에 한 사발 시원하게 들이켜던 그 맛을 알까. 일하면서 마셔야 제격이다. 어르신들 힘들고 허기진 배를 채워주던 막걸리를 보면서 참 고마운 술이라고 생각한 적이 있다. 내 허기진 배를 채워줄 때도 옛날 조상님들이 마셨던 눈물과 애환을 느낄 수 있다. 그야말로 한국인에게 어울리는 전통술이다. 배고픔을 달래주고 한 서린 아픔까지 부드럽게 넘겨주는 막걸리를 어찌 잊을 수 있을까. 당신이야 배고파서 막걸리를 찾을 만큼 곤궁하지는 않겠지만 나에겐 막걸리는 특별하다. 생존의 맛이기도 하고 추억의 맛이기도 하다. 시원함이 당기는 막걸리 한 사발 그 맛을 그대는 아는가.

꽃잎 하나가 막걸리 사발 위에 살포시 내려앉는다. 고개 들어 보니 하얀 한복을 입은 여인이 혼자서 막걸리를 마시고 있다. 막걸리를 마시는 그 여인이 왜 그리도 곱고 슬퍼 보이던지. 하얀 막걸리 같은 여인의 슬픈 미소에 취하고, 하얀 막걸리 같은 고향이 그리워 취하고…. 비록 가난할지라도 나에겐 고향이 있고 나를 위해 소중한 용돈을 보내주는 부모님이 있다. 양주도 서글픔도 가난도 그냥 무시하기로 했다. 적어도 나와 비슷한 사람이 저 떨어지는 꽃잎처럼 많을 것이라 확신을 했기에 참을 수 있다. '막걸리도 못 마시는 자식이!' 하고 속으로 욕해주면서 마시는 막걸리 맛은 일품이다.

나는 걷는다

아버지는 지팡이를 짚고 딸은 그런 아버지의 뒤를 따라 조심스레 걷고 있다. 고향에 있는 추억의 장소와 시장을 돌아다닌다. 딸과 함께 막걸리도 한 사발하고 아버지는 기분이 아주 좋아졌다. 너무 많이 걸었나 보다. 딸이 아버지에게 등을 내민다. 60대의 딸이 90이 넘은 아버지를 업고 걷는다. 야윈 아버지의 무게에 딸의 코끝이 찡하니 아려온다. 지금은 많이 달라졌다고 하나 아버지의 시대에는 아들의 존재가 귀한 대접을 받았다. 거꾸로 딸의 존재가 약간은 무시된 측면도 부인할 수가 없다. 아들, 아들, 아들이 그렇게 좋아? 딸이 묻는다. 좋지, 너도 알다시피 아들이 5대 독자 아니냐. 아버지는 겸연쩍은 듯 아들이 귀한 손임을 강조한다. 딸은 어때? 약간은 어리광을 부리며 딸이 질문한다. 아버지는 주저 없이 대답한다. "암만, 우리 딸 최고지. 깨물어서 안 아픈 손가락이 어디 있관데. 딸아 사랑한다."

　사실 아버지는 애지중지하던 아들 집에서 고향으로 돌아오는 길이다. 아들이 사는 도시는 도저히 답답해서 못 살겠단다. 100에서 5가 모자란 연세인데도 아버지는 지팡이를 의지하고 잘도 걷는다. 화면에 나타난 걷는 모습이 부럽고 가슴 시리도록 짠하다. 일전에 병문안 갔던 큰어머니는 걷지 못할까 봐 노심초사하지 않았던가. 자신의 몸을 거뜬히 지탱하던 걸음을 잃어버릴까 봐 깊은 슬픔에서 헤어나지 못하고 있다. 큰어머니도 어서 몸을 일으키고 다시 걸을 수 있으면 좋으련만.

　추운 날 이웃집 잔치에 우리 집을 빌려줬고 난 차가운 방에 누워있었다고 한다. 울고 있던 아기인 나를 누군가 안아서 올렸는데 왼 다리가 축 늘어진 채 반응이 없다. 오른 다리는 외부의 자극에 곧잘 반응을 보이는데 왼다리는 묵묵부답이다. 사태의 심각성을 깨달은 어머니는 움직이지 않는 내 다리를 살리려고 용하다는 침술사와 안마사를 찾아 백방으로 수소문하며 돌아다닌다. 당시를 회상하면 어머니는 어김없이 신파극이 되고 만다. 내 또래의 사람들이 소아마비가 많은 것을 보면 그때 유행처럼 번졌던 것 같다. 어머니뿐만 아니라 나처럼 소아마비를 앓는 자식으로 인해 부모들이 근심으로 애가 탔으리라.

한 번은 초등학교 시절 여수병원에서 다리 수술을 했는데 어머니께서 깁스한 나를 업고 배를 타던 기억이 잊히지 않는다. 얼마나 무거웠을까. 또 한 번은 대학교를 졸업하고 서울대학병원에서 뼈를 늘리는 수술을 받는다. 아무튼, 이렇게 걸을 수 있는 것은 수술의 도움이 컸다고 본다. 그나마 다행이란 생각이 든다. 물론 불편하고 마음대로 움직여주지 않는 다리로 인해 속상한 적이 많다. 이소룡을 꿈꾸기도 하고 자유자재로 운동도 하고 싶다. 왜 내가 잘할 수 없는 것만 더 하고 싶은 것일까. 운동장에서 축구시합 하는 벗들과 어울리고 싶은데 그들이 맡겨놓은 가방이나 옷이랑 지키며 구경하는 것이 고작이다. 마음껏 뛰고 싶은 소망에 걷는 것만으로는 만족하지 못한다.

운동회가 돌아오면 즐거우면서도 달리지 못하는 나 자신을 바라보는 것이 씁쓸했다. 나 말고도 마을별 이어달리기 시합 때면 주눅이 들어 의기소침해지는 친구가 있다. 내 친구 호성이다. 1학년부터 6학년 때까지 무조건 이어달리기에 나가야 했던 그다. 다른 마을은 달리기할 사람이 여럿 있지만, 우리 마을은 그와 나 둘밖에 없다. 내 다리가 불편하니 그가 달릴 수밖에 없다. 사실 당시에 그는 달리기 실력이 썩 훌륭하지는 못했다. 공교롭게도 바로 앞에 달리는 여자 동창은 엄청 잘 달린다. 그녀가 기껏 벌려 놓은 차이를 호성이가 뛰면 거의 추월당하고 만다. 구경꾼들의 함성 속에 그가 달릴 때마다 터져 나오는 아쉬움의 탄식에 얼마나 마음이 아팠을지 이해가 가고도 남는다. 달릴 수 있는 것만으로도 그가 부러웠는데 그는 자신 때문에 좋은 성적을 날려버렸다고 자책하고 있다. 운동회 때 달리기가 고역이었다고 말하는 친구를 보면 괜히 미안한 마음이 든다.

하지만 그 일이 전화위복이 되었는지 모를 일이다. 호성이는 그 이후로 운동을 열심히 하였고 또한 뛰어난 실력을 발휘했다. 우리 마을이 작은 마을인지라 선수층이 얇은 면도 있으나 워낙 출중한 실력이라 마흔이 넘은 나이에도 젊은 선수와 같이 뛸 정도다. 그리고 오십을 바라보는 나이에 축구 감독을 맡아 우수한 성적을 낼 정도이니 마을에 대한 애향심과 운동에 대한 열정이 대단하다. 어쩔 수 없이 달려야만 했던 아픔과 좌절을 딛고 피나는 노력으로 일취월장한 실력을 갖추게 된다. 그러고 보면 그의 뛰어난 운동 실력에는 내 공이 보태진 것이 아니겠는가. 그가 인정할지는 모르겠지만….

어머니는 비록 작은 키에 왜소하지만 나를 거뜬히 업고 돌아다녔다. 그리고 가족의 울타리를 지켜내려고 모진 농사일도 억척같이 해왔던 분이다. 어머니의 다리는 탈 나지 않는 무쇠 다리인 줄만 알았다. 아무리 혹사해도 괜찮은 줄 알았다. 언젠가부터 어머니는 걷는 것이 부자연스럽고 고통이 밀려오는지 느릿느릿 걸어 다닌다. 걸어 다닐 때마다 무릎에 전달하는 통증으로 일그러지는 아픔을 남모르게 감추고 있다. 나를 업고 사방팔방 걸어 다녔던 다리는 좀처럼 탈 나는 일이 없는 줄 알았는데 내 몸의 무게가 저리 무릎의 연골을 갉아 먹고 있었구나. 이 못난 놈 키우려고 삭아진 연골로 인해 뼈가 부딪치는 고통을 견디고 있다.

어머니는 지금 병원에 있다. 무릎 인공관절 수술을 마치고 재활 치료하고 있는데 통증이 아직 가시지 않는 모양이다. 걱정되어 안부를 전하는 아들에게 오히려 자식 며느리들이 고생 많다고 되레 집안일 걱정을 하신다. 처음에는 줄기세포 시술을 받았지만, 아직 상용화되지 않았는지 고가의 비용만 들어가고 효과는 미미하다. 장모님도 무릎이 아파 통증으로 고생하시다 인공관절 수술을 받았는데 지금은 아주 좋아졌다. 장모님의 사례도 있고 해서 인공관절 수술을 권유했고 이렇게 수술을 받게 된다. 그런데 이번에는 허리가 문제라니 이만저만 걱정이 아니다. 걷는다는 것은 무릎도 중요하지만 못지않게 허리도 제 역할을 해주어야만 잘 걸을 수 있다는 것을 알고 있기 때문이다. 지금도 수술로 고생인데 허리까지 수술을 받게 되면 얼마나 힘이 들지 걱정이다. '어머니, 사랑하는 우리 어머니, 나를 업고 꼿꼿이 걷던 그때의 허리와 다리로 돌아오게 해주세요. 제발!' 간절한 나의 기도가 꼭 이루어지길 빈다.

걷는 것이 싫을 때도 있다. 균형이 맞지 않아 절룩거리는 걸음을 남에게 보이고 싶지 않다. 나의 걸음을 따라오던 그 눈길. 내가 무슨 슈퍼스타도 아니고 걸음을 흉내 내든 반갑지 않은 일부 열광적 팬들. 그들의 관심에서 벗어난 그냥 보통사람이 되고 싶다. 그 보통사람이 얼마나 행복하고 위대한 것인지는 지금에 와서야 깨닫는다. 안 아픈 사람이 어디 있으랴. 누구나 말 못 할 아픔과 비밀 하나씩은 간직하고 있으리라. 그러니 보통사람이 되고 싶다는 소망이 얼마나 큰 욕심인가를 알게 된다.

제주장애인요양원에 봉사 활동을 다니면서 걷지 못하는 친구들이 많다는 것을 알았다. 걷고 있는 내가 달리는 사람을 부러워하는 것이 어쩌면 사치스러운 욕망일 수도 있다. 그래도 휠체어를 탄 누군가를 밀어줄 수 있는 다리가 있다. 비록 반듯하지 못한 비틀거림이 있을지라도 걸을 수 있는 그야말로 보통사람이다. 보는 관점에 따라 혹은 마음의 방향에 따라 세상은 얼마든지 달라질 수 있다는 것을 깨닫는다.

　가끔 풍 맞은 사람이 불편해 보이는 다리를 이끌고 걸어가는 것을 볼 수 있다. 몸에 마비가 와서 걸음이 부자연스럽고 위태롭게 보인다. 옛날에 거만하고 반듯한 걸음을 잃어버렸다. 참으로 가슴 아픈 일이다. 옛날에 그 화려했던 걸음을 되찾으려고 어쩌면 잃어버릴지도 모르는 걸음을 유지하려고 저리 열심히 걷고 또 걷는 것이리라. 걷는다는 것이 얼마나 소중하고 행복한 일인가를 걸음을 잃어 본 사람은 안다. 그러나 걷기 시작하면서 걸음의 소중함을 망각한 사람은 걷는다는 것에 대한 위대함을 놓치고 만다. 근심해 본 사람이 근심 없음이 얼마나 편한가를 알고, 아파 본 사람이 아프지 않음에 대해 평안을 알듯이 걸음을 잃어봐야 걸음의 행복을 알게 된다. 태어나서 한 번도 걸어보지 못한 사람도 있다. 그 친구들을 생각하면 걷고 있는 나는 얼마나 감사한 일인가. 스핑크스 수수께끼에 의하면 인간은 아침에 네 발로 걷고 낮에 두 발로 걷고 저녁에 세 발로 걷는다고 했다. 어떻게 걸어가든 무슨 상관인가. 비록 절름발이 걸음일지라도 걷는 나는 행복하다.

나는 걷는다

플레이보이

얼마나 외롭고 답답했을까? 한적한 농촌주택에서 그는 꽃잎처럼 지고 있었다. 아무도 찾아주는 이 없는 우물 같은 방에서 생의 끄트머리를 부여잡고 견디고 있었는지 모른다. 그러다 깊은 우물 속으로 고단한 자신의 육신을 놓아버렸을 것이다. 상주인 그의 아들 모습을 보자 서글픔이 몰려온다. 아픈 향기마저 가져가지 비릿한 생선 썩는 냄새만 고적한 주택을 지키고 있었다. 고독한 영혼이 느껴져 안타깝기 그지없다. 죽음의 원인을 알기 위해 부검을 한다고 한다. 모두 부질없어 보인다.

지독히 삶이 힘들었던 이모님도 돌아가신 지 사흘 만에야 발견되어 가슴이 아릿했던 기억이 난다. 두 분 모두 마지막 가는 길 지켜주는 이 없이 비릿한 향기만 남기고 떠났다는 사실이 진한 슬픔으로 다가온다. 마지막 가는 길 변변한 배웅도 받지 못하고 철저히 고립된 채 이승에서의 처절한 몸부림이 느껴져 가슴 한구석이 아리다. 부디 이승의 아픔을 모두 털고 편안히 가시기를 두 손 모아 기도한다.

요사이 부고 소식이 왜 이리 많은지 조문 가는 발걸음이 바쁘다. 어차피 가야 할 인생길이지만 이왕이면 행복한 삶을 살다 갔으면 좋겠다. 장수하고 가족이 지켜보는 가운데 조용히 떠나는 평온한 죽음도 있다. 병마와 싸우다 용감히 전사하는 죽음도 있다. 자신을 스스로 벼랑 끝에 내몰아 생을 놓아버린 안타까운 죽음도 있다.

전 농림부장관이 "악마의 덫에 걸렸다."는 유서를 남기고 자살했다는 소식을 접한 적이 있다. '악마의 덫' 잠시 되뇌어 본다. 세상은 탐욕과 물욕에 사로잡힌 자들이 때로는 달콤한 혀로 때로는 칼날의 혀로 유혹과 협박의 덫을 놓고 거미줄에 거미처럼 호시탐탐 먹이를 노리고 있다. 그 거미줄에 걸린 후에는 아무리 빠져나가려 몸부림쳐도 헤어날 길이 없다. 원칙과 소신 없이 순간의 욕망에 눈이 멀어 악마의 덫에 걸려 괴로워하는 양심이 느껴져 쓸쓸하다. 진정 행복하려면 과도한 욕심을 버리고 청렴한 생활을 해야 할 것이다. 그러면 이렇게 허무한 생을 마감하는 일은 없을 것이라는 생각을 해본다.

신변을 비관한 젊은 동료가 옥상에서 투신했다는 소식을 접했다. 그 이유는 정확히 알 길이 없지만 안타까운 일이다. 직장생활이든 사회생활이든 힘들고 스트레스의 연속일 때도 있다. 그러나 견뎌야 한다. 누구도 견디지 못할 만큼의 고통은 없다지 않은가. 직장 상사와의 불화로 괴로워하는 후배와 술잔을 기울이며 상사를 안주 삼아 피곤을 풀던 기억이 새롭다. 강하고 벽처럼만 느껴지던 상사도 알고 보면 똑같이 외롭고 고독한 존재다.

공무원 시험 합격 발표가 끝난 노량진 골목에서 술에 취해 고개 숙인 공시생의 모습이 떠오른다. 오늘의 현실을 반영하는 것 같아 마음이 무겁다. 나에게도 저런 시절이 있었지. 합격만 할 수 있으면 노심초사하던 초심이 있었다. 그러다 시간이 흘러 어느 정도 적응이 될 즘 욕구도 많아지고 불만도 많아진다. 들어갈 돈은 많은데 월급은 금세 바닥이 드러나고 승진은 해야 하는데 까마득하기만 하다. 챙겨야 할 일은 산더미고 부담해야 하는 책임은 늘어나기만 한다. 동료가 야속하고 상사가 미워질 때도 있다. 그러다 보면 시험에 떨어져 고개 숙인 공시생의 마음을 놓친다. 원하던 곳에 취직만 바라던 초심을 망각한다. 나를 부러워할 저 노량진의 청춘을 생각한다면 지금의 고뇌와 불만은 호사일 수도 있지 않을까?

혹시 살면서 누군가에게 상처를 주지 않았을까? 곰곰이 되짚어 본다. 내 이익과 성공을 위하여 "임금님 귀는 당나귀 귀" 하고 외치고 싶은데 막고 있지는 않았을까? 말하고 싶은데 말을 못 해 병나게 하지는 않았을까? 남의 입장을 배려하고 다독이는 마음이 실종되어 가는 세상에 같이 함몰되어 누군가의 죽음을 재촉하지는 않았는지, 자꾸만 탄식이 새어 나온다. 삶이 사람과 사람이 만나는 일이 아닌가. 이런 사람도 만나고 저런 사람도 만난다.

동무와 뛰놀고 싸우면서 자연스레 인간관계를 배우던 어린 시절이 그립다. 부모뿐만 아니라 동네 어르신에게 옳고 그른 것에 대한 칭찬과 꾸중을 받으면서 자랐기에 무엇이 옳은지 그른지 자연히 몸으로 배울 수 있었다. 또한, 비슷한 가치관을 공유하고 있었기에 해야 할 일과 하지 말아야 할 일이 사회적 약속으로 내면화되어 있었다. 그러나 지금의 시대는 공통의 가치관이 무너져 내리고 있음을 느낀다. 어른도 몰라보고 선생님도 몰라보고 막말하는 세태를 접하면서 상식이라는 보통의 가치관이 모래알처럼 부서져 손가락 사이로 무심히 빠져나가는 기분이다.

자기 신뢰와 존중 없이 자만으로 가득 찬 사람이 있다. 그는 자기 자랑에만 열을 올리고 다른 이의 입장은 전혀 고려하지 않는다. 타인으로부터 비판을 받거나 실패를 하게 되면 자신의 몸을 숨기고는 다른 사람을 들들 볶아댄다. 남을 험담하거나 업신여긴다. 상대방의 말에는 귀를 기울이지 않고 꾸짖기만 한다. 듣는 사람의 마음과 반응에는 관심이 없다. 얼마나 아픈지 얼마나 의기소침으로 주눅이 드는지 조금만 생각한다면 말을 가려 할 수 있을 텐데….

당하는 처지에서는 자신이 무능력하여 뭘 해도 안 된다고 낙담할 수도 있다. 분명 누구에게나 잘 할 수 있는 것은 존재하게 마련인데도 말이다. 아직 이곳은 아름답고 행복한 세상을 꿈꾸어야 한다. 하여 나는 감히 플레이보이를 꿈꾼다. 상대방의 마음을 헤아리고 들어줄 수 있는 여유와 따뜻한 가슴을 가진 사람, 이야기가 통하는 사람, 돌하르방 같은 너그러움으로 지도해주고 이끌어주는 사람, 무엇보다 상대방이 원하는 것을 알아서 어루만져 주고 능력을 발휘하게 하는 명감독 같은 사람, 나는 그런 플레이보이가 되고 싶다.

안녕하세요

봄 길을 걷는다. 꽃잎이 날리는 가로수 길을 천천히 걷는다. 사람이 오가는 햇살 위로 자연의 선율이 흐른다. 음악이 몸속으로 들어와 봄을 연주한다. 나는 지독한 음치다. 하지만 느낄 수 있다. 초원의 풀잎 속에서 꿈틀대며 일어서는 생명 속에도, 바다와 하늘이 만나는 풍경 속에도 음악이 흐르고 있다. 나무와 돌담 사이에도, 꽃잎이 날리는 허공 속에도, 사람과 사람 사이에도 바람이 일고 음악이 흐른다. 세상에 존재하는 음악 중에서 언어를 통한 소리야말로 가장 감동적이다. 메마르고 건조한 세상을 아름답고 가슴 찡하게 하는 건 사람의 소리다.

누군가 지나가며 인사를 한다. "안녕하세요." 그 소리는 닫혀 있던 내 안의 문을 열게 한다. 아장아장 걸어가는 어린아이의 발걸음에 웃음 짓는 햇살이 싱그럽다. 싱그러운 햇살 사이로 연둣빛 선율이 흐르고 무장되었던 경계와 적의를 풀게 한다. 인사는 미소를 머금게 하고 입가에 웃음이 번지게 한다. 메마른 사막 속에 희망처럼 숨어있는 오아시스다. 우리 곁을 스치는 인연의 옷자락을 부여잡는 성스러운 의식이다. 존재하는 모든 만물에 대한 경의와 존경에서 자연스럽게 흘러나오는 것이며 너와 나의 관계를 살찌우는 단비 같은 존재다.

현지는 항상 잠들기 전에 인사를 한다. 하루도 거르지 않고 인사를 받다 보니 이젠 적응이 된다. 처음엔 갑작스레 방문을 여는 딸의 등장에 놀란 적도 있다. 아내와 난 잠자기 전 인사로 손을 마주 잡는다. 마주 잡은 손에서 서로의 온기를 느끼고 전달한다. 그럭저럭 잘 지내온 고마움을 손을 통해 말한다. 비록 말은 안 해도 손에서 전해지는 온기로 사랑과 존경의 마음을 읽을 수 있다. 현지는 부모가 시켜서 하는 인사가 아니다. 나중에 현지의 입을 통해 알게 된 사연은 캠프 갔을 때 들려준 선생님의 이야기에 영향을 받은 것이다.

한 무리의 아이들에겐 부모님에게 꼭 문안을 드리게 하고 또 한 무리의 아이들에겐 인사 없이 그냥 지내게 하곤 관찰했다. 한참 후에 문안을 꾸준히 받은 부모와 그렇지 않은 부모의 건강상태를 진단한 결과 놀라운 사실을 발견했다. 매일 문안을 받은 부모는 건강이 호전되거나 기쁨으로 충만해 있었고 그렇지 못한 부모는 건강이 악화하거나 우울증과 실의에 빠져 있었다. 그러니 인사가 사람의 건강에 얼마나 소중한지 깨달았다는 것이다.

딸의 이야기가 맞는 이야기인지는 확신할 수 없지만, 그녀의 얘기를 듣다 보니 내 마음이 흐뭇해지는 것은 숨길 수 없는 사실이다. 그리고 인사를 받을 때마다 내 몸 어딘가에서 기쁨의 메아리가 울려 퍼진다는 것을 느낄 수 있다. 기쁨 물질이 내 몸을 가득 채우는 것 같다. 부모의 건강을 염려하는 현지가 대견스럽고 이를 가르쳐 준 선생님이 고맙다. 조석으로 부모님에게 문안 인사를 드렸던 조상님의 지혜가 문득 가슴을 파고든다. 그 효심이 존경스럽다. 이 간단한 사실을 알면서도 실천을 하지 못한 자신이 더없이 부끄러워진다.

인사의 기적은 사람에게만 통하는 것은 아니다. 양파의 실험을 들은 적이 있다. 반가운 인사와 칭찬의 말을 들은 양파는 무관심과 미움의 말을 듣는 양파보다 뿌리가 튼튼하게 잘 자란다. 무관심과 미움의 언어가 양파의 뿌리를 썩게 한다니 시사하는 바가 크다. 인사는 삶의 불화를 치유하고 심신의 건강을 증진시키는 보약 같은 존재다. 밤새 평안을 기뻐하고 위안하며 살아 있음을 격려하는 삶의 보석이다. 인사는 순수하고 깨끗한 한 점 바람이다. 모든 만물 속에 살아 있는 음악을 깨우는 청신호다. 세상에 흐르는 음악을 연주하는 지휘자가 된다면 생각만 해도 기분 좋은 일이 아닌가.

어느 일상

엘리자베스 보나파르트는 "이 세상에서 확실한 것은 죽음과 세금이다."라는 유언을 남긴 것으로 유명하다. 난 그중에 하나인 세금을 다루는 업무를 하고 있다. 아침에 눈을 뜨자마자 세수를 하고 옷을 갈아입고 출근을 한다. 사무실 창문을 통해 한라산이 들어온다. 한라산은 마법을 부려 매일매일 변신한다. 안개와 구름을 불러와 자신의 모습을 숨기거나 청명한 하늘과 함께 성큼 우리 곁으로 다가오기도 한다. 백설로 순백의 세상을 보여주기도 하고 자신의 허리를 구름으로 감쌀 때는 신비감을 더해 주기도 한다.

한라산 품속에서 자생하는 수많은 식물을 만나고 싶을 때가 있다. 제주조릿대, 제주황기, 둥굴레, 백작약, 으름, 오미자, 돌매화, 시로미, 구상나무, 한라장구채…. 한라산 가슴을 넘나드는 동물도 보고 싶다. 노루, 오소리, 큰오색딱따구리…. 그러나 대부분은 업무라는 일상에 빠져 한라산의 존재를 까마득히 잊는 경우가 다반사다. 고개만 돌리면 볼 수 있는 산을 의식하지 못한 채 하루가 지나간다. 하루는 멀고 지루하게 느껴질 때도 있지만 일 년은 금세 지나가 세월의 무상함을 느끼게 한다.

일상은 실적이라는 이름으로 줄을 세우고 그 줄은 우리의 마음을 무겁게 짓누른다. 홈택스 서비스 가입 실적, 현금영수증 발행 실적, 전자세금계산서 발행 실적 등 그 실적을 보고할 때마다 작아지는 자신을 발견하곤 한다. 요즈음은 BSC 성과방식이 도입되어 실적이 성과평가에 중요한 비중을 차지한다. 평가방식의 타당성 및 적정성 여부에 대해서는 논란이 남아있지만 피해갈 수 없다는 것도 자명하다. 그중에 체납업무는 국세 업무 중에서 가장 기본적이고 중요도가 높아 성과평가에도 높은 비중을 차지한다. 조세채권을 보존하고 실현하기 위하여 납세자의 재산권을 강제적으로 침해할 수밖에 없어 이해관계가 상충하고 불만이 집중되는 분야이기도 하다.

최근 신규 직원이 늘어남에 따라 체납정리 업무 경험이 적은 조사관들이 업무를 수행하면서 법령의 이해 부족과 실무 경험

부족으로 어려움을 겪고 있다. 업무지원과에서 체납 우수 사례에 대해 강의를 하라고 한다. 체납정리 업무에 특별한 능력이 있거나 비결이 있어서가 아니다. 작년에 고액의 현금징수로 체납실적 대상을 받은 바 있다. 실적이 우수하여 최소한 일 년은 체납 부담에서 벗어나게 된 뿌듯하고 기분 좋은 순간이기도 하다. 아울러 상속인에게는 거액의 가산금 부담을 덜어 유리하게 해주었다는 사실이 만족스럽다. 운이 좋았다.

조직사회에 몸을 담고 있는 사람은 누구나 꾼이 되고자 한다. 꾼은 어떤 일을 직업적·전문적 또는 습관적으로 하는 사람을 말한다. 적당한 비유인지는 모르지만, 노래꾼, 춤꾼, 낚시꾼, 농사꾼처럼 자신이 하는 일에 통달하여 예술적 경지에 도달한 사람을 말하거나 혹은 사기꾼, 난봉꾼, 도박꾼처럼 교활하고 사기에 능한 사람을 일컬을 때도 있다. 중요한 사실은 사람은 자신의 재능으로 타인에게 희망과 도움을 주어야지 절망과 불행을 주는 인간이 되어서는 안 된다. 업무를 하다 보면 주어진 일은 고사하고 어렵고 힘든 일은 외면하면서 좋은 성과만 기대하는 얌체 같은 인간도 종종 만날 수 있다. 진정 성공하고 싶다면 일에 대한 집중력을 가지고 능력을 키워야 한다. 만약 능력이 부족하다면 욕망의 크기를 줄이는 것이 현명하다고 본다. 그러나 절대 포기하지 말고 우리 몸에 배어 있는 게으름을 내던지고 부지런히 하다 보면 분명 기회는 온다. 경쟁 사회에서는 질투와 미움이 난잡하게 자라지만 남을 배려하고 양보하는 마음은 무성한 잡초에 가려 쉽게 시들어 버린다. 화려하게 피어 확 눈에 띄지 못할지라도 좋다. 들판에 지천으로 피어 있는 이름 모를 들꽃들을 한 번만 살펴보라. 보잘것없어 보이는 그 작고 앙증맞은 꽃이 얼마나 아름다운지 느낄 수 있으리라. 그 작은 존재가 거대한 자연 일부로 세상을 지탱하고 있다는 사실 또한 알 수 있다.

　오늘도 어제처럼 반복된 일상에 묻혀 정신없이 지나간다. 보험회사에서 보험료 납부가 완료되었다는 메시지가 휴대전화로 날아왔다. 매월 들어갈 돈이 줄었다는 기쁜 소식을 전하고 싶어 아내에게 전화를 건다. 응답이 없다. 수업 중이거나 상담 중이거니 생각하고 무심히 흘려보낸다. 한참 후에 좀처럼 전화를 하지 않는 딸에게서 전화가 왔다. 엄마가 돌아올 시간이 되었는데도 아직 집에 도착하지 않았고 다섯 번이나 통화를 시도해도 묵묵부답이란다. 순간 전화를 받지 않았으며 부재중 통화가 찍히면 답장을 해주던 아내였는데 이상하다는 느낌이 든다. 생각 벌레가 스멀스멀 머릿속을 헤집고 다녀 일이 손에 잡히

지 않는다. 혹시 무슨 일이 생긴 걸까? 적막한 도로변을 달리다 교통사고라도 난 것은 아닐까? 초원을 산책하다 고사리에 반해 쫓아가다 길을 잃고 헤매는 것은 아닐까? 꼬리에 꼬리를 물고 이어지는 불길한 생각이 뇌리를 떠나지 않는다. 가슴이 두근거리고 멍하니 마음의 중심을 잡지 못한다. 그러다가 반복되는 일상에 전혀 의식하지 못한 사실 하나를 깨닫는다. 아내는 영원히 내 눈이 닿는 곳에 벗어나지 않고 그렇게 나를 지켜볼 것이라 믿었다. 아내뿐만 아니라 사랑하는 가족, 내가 알고 있는 소중한 모든 것들이 내 손이 닿는 곳에 머무를 것이라 당연하게 받아들이고 있었다. 내 곁에 항상 머물 줄 알았는데 어느 순간 시야에서 사라진다면 정말 허망한 일이 아닌가. 소중한 그들이 주는 고마움을 너무나 당연히 받아들이고 감사의 손을 내밀지 못하고 뻔뻔스럽게 살아가고 있는 것은 아닌지 한번 되돌아볼 일이다.

멍하니 시간을 축내다 다시 한번 집으로 연락을 했다. 딸의 목소리가 힘차게 들려온다. 엄마가 금방 돌아왔단다. 아내는 과속으로 속도위반에 걸린 것 같아 속상하다고 한다. 또한, 타이어가 펑크가 나서 교환한다고 애를 먹었단다. 아내의 주절대는 소리가 이렇게 반가울 수가 없다. 속도위반으로 과태료가 문제인가, 펑크 난 타이어 교체비용이 문제인가. 지금 내 성에는 세상에 하나밖에 없는 아내가 무사히 나를 기다리고 있다. 이보다 중요한 사실은 없다. 바쁜 일상 속에서 틈틈이 커피를 마시듯 소중한 누군가에게 전화나 문자메시지를 남겨봄은 어떨까.

'보고 싶다.'라고.

문중회의

문중 정기 총회가 있다고 참석하란다. 우리 효령대군 현손 훈련원 봉사공파는 광령가지, 귀덕가지, 대정가지로 나누어져 있다. 대정에 소재하는 문중 회장님 댁은 초행이라 내비게이션의 안내를 받으며 평화로를 달린다. 무수천을 지나 새별오름까지 이슬비가 대지를 적시더니만 새별오름을 지나자 어디에서 갑자기 나타났는지 짙은 안개가 시야를 가린다. 한 치 앞도 분간할 수 없는 상황이다. 비상등을 켜고 천천히 나아간다. 조상의 뿌리를 찾는 것처럼 어둡고 답답하다.

이 세상의 모든 것에는 뿌리가 있기 마련이다. 모든 열매의 근원은 꽃에 있지만, 꽃의 근원은 나무이고, 나무는 싱싱하고 끈질긴 뿌리를 흙 속에 깊이 묻어두고 있다. 그런데 그 뿌리를

나는 걷는다

우리는 너무 관심 밖이고 알려고도 하지 않는 안타까운 현실 아래에 놓여있다고 한탄하던 육촌 어르신의 말씀이 생각난다. 사실 입도 묘 빼고는 선묘가 있는 장소도 다 모른다. 가난한 우리 문중은 공동묘지가 없다. 선묘가 여기저기 흩어져 있어서 혼자 찾아가기란 그리 쉬운 일이 아니다. 벌초할 때마다 느끼는 바이지만 묘지를 한곳에 모아두면 후손들이 벌초도 쉽고 조상의 내력도 설명하기가 수월할 것이라는 생각을 해본다. 아마도 나보다 어린 친족은 거의 참석하지 않을 것 같다. 대정읍에 다다르자 신기하게도 안개가 마술처럼 사라진다. 어룽거리던 시야가 햇살에 밝아진다. 제주 날씨는 인생처럼 종잡을 수 없는 경우가 허다하다.

예상은 빗나가지 않았다. 동행한 육촌동생 외에 나보다 어린 친족은 보이지 않는다. 참석도 저조하다. 문중 어르신들은 젊은 친족들이 많이 참여할 방안을 세워라 하신다. 귀덕가지 한 분이 분기별로 모임을 하고 얼굴을 자주 보자고 제의한다. 총회도 이런 데 자주 모인다고 해서 참석하겠냐고 반박한다. 문중 청년회 결성해서 단합대회를 열자는 의견을 낸다. 청년회 결성하고 단합대회를 열자면 자금을 지원해줘야 하는데 그 자금을 조달할 방안이 있냐고 한숨을 쉰다. 묘안을 찾으라면서 이것도 저것도 실행하기 어렵단다.

　누군가 추석 전 벌초 때는 그나마 참여하는 인원이 많으니까 청명 전후해서 벌초하자고 제안한다. 그럼 벌초는 어느 곳 몇 군데 하는 것이 좋은지 의견이 갈린다. 기본적으로 다섯 군데 정도는 해야 하지 않느냐는 쪽과 벌초가 목적이 아니라 젊은 사람 참석을 유도하기 위한 것이므로 입도 묘 한 곳만 하자는 의견이 충돌한다. 바쁜 현실에 다섯이나 되는 선묘를 하게 되면 젊은 사람은 더욱 나오지 않게 될 것이라는 주장에 입도 묘 한 곳만 하고 만남의 시간을 가지자는 쪽이 조금 우세하다. 그러나 여전히 청명에 벌초한다고 해서 젊은 사람이 모이겠냐고 회의를 보인다.

　대정가지에 그중 젊은 친족 한 분이 여기 계신 어르신들이 그날 자제분을 데리고 오면 될 것이라는 주장에 어르신들이 할 말을 잃고 잠시 주춤거린다. 누군가 요즘 자식들이 부모 말을 듣느냐고 슬픈 목소리로 중얼거린다. 아마도 자식들은 부모를 떠나 도회지로 나가 있을 것이고 벌초하러 가자면 바쁘다는 핑계를 댈 것이 분명해 보인다. 광령가지의 삼촌은 사촌끼리 화합이 안 되고 불목이 생겨서 모이기만 하면 아드등거린다고 한다. 서로 대소사도 돌아보지 않는 남보다 못한 처지라 할 말이 없다고 자조 섞인 소리를 한다. 상정된 안건도 별로 없는데 답이 없는 지루한 시간이 흘러간다. 육촌 동생은 재미가 없는지 눈치를 보더니만 슬며시 나가 버린다.

조상들도 이런 모습이었을까 상상을 하니 나도 모르게 미소가 번진다. 답이 없는 지루한 대화 속에서도 그들은 진지하고 열정적이다. 서로의 의견을 개진하는 어르신들의 주장을 귀 기울이고 가만히 듣다 보면 그들이 살아온 삶의 행적이 보인다. 때로는 온유하고 때로는 격하게 나무와 같은 자식을 키우기 위해 포기하지 않고 끈질기게 버텨 왔으리라. 보이지 않는 곳 땅속에서 꽃의 근원인 나무를 끈질기게 지탱하고 있는 뿌리는 나무가 꽃을 피우고 열매를 맺을 수 있도록 기나긴 세월을 어둠 속에서 외로움을 견디어 온 것이다. 요즘 젊은 사람들은 어른들의 말을 들으려 하지 않는다는 푸념이 자꾸만 외롭다는 소리로 들린다. 꽃샘추위를 이기고 보덕사 옆에 하얗게 꽃 망울을 터뜨린 목련을 본 적이 있다. 그 아름다움을 피우기 위해 나리 태풍 속에서도 견디어 온 뿌리의 힘을 안다면, 뿌리는 사랑이다.

신부 구하기

두 살배기 꼬마 숙녀의 작고 순결한 입술이 내 볼에 와 닿는다. 세월에 찌들어 거칠어진 볼이 갑자기 환해진다. 이 세상 다 얻은 기분이다. 안아주겠다고 손 내민 다른 동창의 제안을 거절한 숙녀다. 그런 그녀가 주저하지 않고 내 볼에 뽀뽀를 해주니 어찌 기쁘지 않으랴. 나는 지갑에 숨어있는 배추 한 잎 꺼내 그녀의 손에 기꺼이 쥐여준다. 돈의 가치를 아나 보다. 한 손으로 꼭 움켜쥐고 고맙다는 인사인 양 고개를 끄덕여 보인다. 아이를 안은 아빠와 곁에 있는 엄마의 얼굴에도 미소가 돈다.

동창 딸 결혼식 피로연에 아빠 품에 안겨 온 두 살배기의 엄마는 베트남 여인이다. 오늘 결혼하는 신부와 나이가 엇비슷하다. 신부는 이미 딸을 낳아 기르고 있다. 부모를 닮아 과속인

나는 걷는다

걸 누구를 탓하랴. 이미 손녀를 선물 받고 결혼식을 올리는 신부 아버지는 할아버지가 된 것이 기쁜지 싱글벙글거린다. 벌써 할아버지라니 우리에게도 세월이 많이 흘렀나 보다.

두 살배기 엄마 뱃속엔 동생이 자라고 있다고 한다. 딸 같은 색시를 얻는다고 걱정스러운 눈으로 바라보았는데 지금은 부러움이 훨씬 앞서는 것 같다. 그도 그럴 것이 부부 얼굴에 행복이라는 글씨가 선명하게 읽힌다. 장가를 안 가서 걱정하던 때가 엊그제 같은데 부러움의 대명사가 될 줄이야 누가 알았겠는가. 어린 여인과 살아서 그런지 희끗희끗 늙어가는 동창들과는 달리 파릇파릇 젊어지고 있다는 착각마저 든다.

마흔을 넘어서도 장가가지 않는 친구를 위한 제안으로 그들이 결혼하게 되면 축의금을 다른 사람과 비교하여 엄청 세게 주기로 했다. 이 좋은 혜택에도 쉬이 장가를 선택하는 동창이 없어 안타까웠는데 이 친구는 다행히도 국제결혼을 생각하고 실행에 옮긴다. 동창 모임에서 주는 센 축의금을 챙긴 것은 물론이다.

그는 작은 키에 왜소한 체격이다. 하지만 함부로 무시하거나 괴롭힐 수 없는 깡다구가 있다. 덩치만 믿고 껄렁대다가는 진돗개 같은 악바리 근성에 혼쭐나기 일쑤다. 작은 고추가 맵다는 말은 그를 두고 이르는 말인지도 모른다. 성취욕도 있다. 밤새워 당구에 몰입하더니 동창생 중에는 감히 적수가 없을 정도의 실력을 갖추게 되었다. 같이 칠 적수가 없어서 구경만 해야 하는 불리한 면도 있지만 말이다. 낭만적이고 고상한 취미도 갖고 있다. 분재 및 수석에도 조예가 깊다. 특히 정원에는 그의 손길을 기다리는 여러 종류의 난이 자라고 있다.

나하고 닮은 점도 있다. 키가 작다는 공통점도 있지만, 마이크를 잡으면 얼음이 된다는 점에서 닮았다. 앞서서 잡담을 나눌 때는 술술 잘도 풀려나오던 이야기가 마이크만 잡으면 떨리고 말문이 막히고 만다. 좀 더 솔직히 말하면 노래를 잘 못 한다. 노래방에만 가면 입이 굳게 닫히고 언어장애인이 된다. 누가 노래라도 시킬라치면 주먹을 내보이며 협박을 한다. 자신에게 노래는 시키지 말라는 강력한 신호다. 빼서 그런 것이 아니다. 진짜로 마이크를 잡는 것이 싫은 것이다. 나도 그와 같은 심정일 때가 많기 때문에 안다.

지금은 국제결혼의 증가로 다문화 가정을 주변에서 찾는 것이 어려운 일이 아니다. 그래도 경험이 없는 그로서는 두렵고 망설여진다. 국제결혼 경험이 있는 사람에게 물어보니 개인적 사정에 따라 약간의 차이는 있지만, 어느 정도 비슷하다. 국제결혼 중개업체를 선정해야 하며 일정의 비용이 들어간다는 점이다. 평생 같이할 동반자를 정하는 일이다. 배우자 선택에 앞서 본인이 마음가짐을 바로 할 필요가 있다. 타인의 입장도 고려하고 배려하는 역지사지의 자세가 필요함은 물론이다. 무작정 신부만 구하면 그만이라는 자세는 고쳐야 할 부분이다.

같은 시골 마을의 남자들이 의기투합하여 국제결혼업체에서 제시하는 사진을 보고 단체로 신부를 구하러 갔다고 한다. 다들 주선해 준 여인에 대해 그럭저럭 만족감을 나타냈지만, 동료 한 사람은 도저히 성에 차지 않았던 모양이다. 다른 여인으로 바꿔 달라고 생떼를 썼다는 난감하고 안타까운 사연도 접할 수 있다. 육촌동생도 혼인증명서까지 작성하고 결혼 날짜만 기다렸는데 취소되는 바람에 애를 먹었다. 또다시 이혼 절차를 거친 후에 지금의 제수씨와 결혼식을 치를 수가 있었다. 제대로 단추가 끼워지지 않는다면 시간과 비용의 허비뿐만 아니라 마음고생까지 단단히 겪어야 한다.

친구가 베트남에 신부를 만나러 갈 때 하필 다리를 다치고 만다. 나이든 신랑인 것도 마음에 걸리는데 목발까지 짚었으니 신부가 될지도 모르는 가족의 입장에서는 실망과 걱정이 앞설지도 모를 일이다. 그래도 어찌하겠는가. 있는 그대로를 보여주는 게 유일한 해답인 것을. 아무튼, 그는 스무 살 이상의 차이가 나는 신부를 구하는 행복한 부담을 안게 된다. 그녀를 한국에서 만나는 날만 손꼽아 기다린다. 비용 문제로 국제결혼업체와 실랑이가 생긴 일 말고는 일이 순조롭게 진행된다.

신부가 한국으로 오는 날이다. 여전히 다리 상태는 불완전하고 쌀쌀한 날씨는 냉정하다. 아픈 다리를 더욱 욱신거리게 한다. 애초 인천공항으로 오기로 했던 신부가 노선의 변경으로 김해공항으로 온단다. 이런 난감할 데가 있는가. 일부러 자신을 골탕 먹이려고 꾸민 짓 같다. "나쁜 자식!" 자신도 모르게 욕이 튀어나오고 만다. 신부를 만나기 위해선 급히 부산으로 방향을 틀 수밖에 도리가 없다. 시간은 많이 지체되었고 부산에 도착하자마자 택시를 잡는다. 오랜 시간 두려움과 추위에 떨고 있을 타국에서 올 여인을 생각하니 마음이 조급해지고 아리다. 이 와중에 택시기사 아저씨는 국제선 터미널에 내려줘야 하는데 국내선 터미널에 내려주고 휑하니 사라져버린다. 조금만 더 냉정했다면 이런 실수는 없었을 걸 하는 후회는 이미 소용없다. 욱신거리는 다리를 끌며 있는 힘을 다해 국제선 터미널을 향해 달린다.

국제선 터미널은 한산하다. 저기 낯익은 한 사람이 꼿꼿한 자세로 앉아있는 것이 보인다. 눈물이 날 것만 같다. 애처롭기도 하고 고맙기도 하다. 가슴이 찡하다. 그녀가 너무 아름답다. 말이 서툴러 의사 전달이 어렵지만 두 사람은 조용히 마주 본다. 두 사람의 얼굴에 형언할 수 없는 안도의 미소가 번진다. 인연이라는 것, 사랑이라는 것 그것의 시작은 애틋함에서 시작되는 것은 아닐까.

2부

아내의 눈물

눈물로 얼룩진 아내의 얼굴이 떠오를 때면 상처 입은 기억은 영혼이 무심한 내 심장을 두들기곤 한다.

아내의 눈물

아내는 눈물이 많다. 따사로운 가을 햇빛이 나뭇잎을 붉게 물들이는 토요일 오후 무선 전화기에서 들려오는 아내의 목소리는 훌쩍이다 그친 목멘 소리다. 그 이유는 승용차에 탑승하자 금방 눈치챌 수가 있다. 라디오에서 어머니에 대한 슬픈 사연이 흘러나오고 있다. 보나 마나 이 여자 아나운서의 애잔한 소리로 들려오는 사연을 듣다가 하염없이 눈물을 쏟았을 것이다. 언제는 원수가 따로 없다며 다투고 구시렁거리기도 하지만 '어머니', '엄마'는 듣기만 하여도 가슴이 울컥 치밀어 오르는 마법의 단어가 아닌가! 딸의 자리에서 엄마의 자리를 승계받은 아내의 마음이나 아들의 자리에서 아빠의 자리를 승계받은 내 마음은 언제부터인가 부모님에 대해 애틋함이 점점 깊어진다.

여자의 눈물은 무기라고 했던가. 아내의 눈물을 볼 때마다 괜스레 미안하고 마음 한구석이 아리다. 괜히 주책이라고 아내에게 핀잔을 주지만 사실은 지난날 아내를 아프게 했던 잘못이 떠올라 얼른 지워버리고 싶은 죄인의 마음이 든다. 부부가 다투지 않고 살 수는 없겠지만 아내의 속을 상하게 했던 당시의 상황을 들추어낼 때면 난 꿀 먹은 벙어리처럼 입을 다물고 만다. 아무리 생각해도 그때는 내가 너무 심했다 싶은 생각이 든다.

아내가 처녀 시절에 육지에서 사회 생활할 때 잘 알고 지내던 언니의 외동딸이 겨울방학 동안 우리 집에서 지내고 있었다. 아내가 고향을 떠나 외지에서 외롭고 허전할 때 친언니처럼 의지하고 말벗을 나누던 소중한 인연임을 전에 들어서 잘 알고 있다. 그녀의 딸 도영은 참 예쁘고 예의가 바르다. 또한, 우리 애들은 도영을 잘 따르고 어울려서 보는 내가 참 흡족했다. 그런데 도영 아빠가 직장을 그만두고 사업을 구상하고 마음을 정리할 겸 제주로 온다는 것이다. 아내의 소중한 인연임을 고려하여 내 나름대로 최선을 다하여 그를 마중하고 저녁도 비싼 회로 대접을 하였다. 그러나 나는 평일엔 직장생활이 바쁘고 주말엔 계획하고 있던 공부를 하고 있어서 그의 제주 여행안내를 하는 일은 내키지 않았다. 아내는 이런 내가 못내 섭섭한 모양새다. 그 마음을 모르는 바는 아니지만 내 입장은 고려하지 않고 도영 아빠 사정만 생각하는 아내가 서운하고 화가 났다. 게다가 막둥이놈이 감기몸살로 열이 끓어 병원 응급실을 찾았다. 난 그것이 마치 아내의 부주의로 인한 일인 것처럼 그녀를 몰아세웠고 아내는 섭섭함이 밀려와서 아픈 아들을 안고 눈물을 흘리며 대꾸를 하기 시작했다. 그러나 이미 감정이 폭발한 속좁은 밴댕이는 아무것도 들리지 않았고 참 이상하게끔 사극에서 대로하던 왕의 대사가 떠올랐다.

"그 입 다물라!"

나는 감정을 추스르지 못한 채 사극의 대로하는 왕처럼 아내를 향해 한마디 던졌다.

'아! 그놈의 사극.'

노기에 찬 목소리는 아내에게 전달됐고 아연실색한 그녀는 눈물만 흘릴 뿐 대꾸를 하지 않는다. 이미 뱉은 말은 주워담을 수 없는 것을…. 마음을 다스리고 후회하기엔 이미 엎질러진 물이다. 참을성 없이 욱하는 성질을 버려야 하는데 언제나 저질러 놓고 후회를 한다. 아내는 아무 말 하지 않고 눈물만 흘릴 때 오히려 무섭고 불안한 마음이 든다. 도영 아빠는 우리 부부의 냉기를 눈치채고는 새벽에 딸과 함께 고맙다는 쪽지를 남기고 떠났다. 도영 아빠에게 그때를 생각하면 미안한 마음이 든다.

'도영 아빠, 미안하오. 그렇게 보내는 것이 아닌데 아내의 마음을 생각하니 더욱 마음이 아프오. 다시 만나면 진하게 막걸리 한잔합시다.'

눈물로 얼룩진 아내의 얼굴이 떠오를 때면 상처 입은 가엾은 영혼이 무심한 내 심장을 두들기곤 한다.

좀 쑥스러운 고백이지만 난 참말로 좋은 반려자를 만난 것 같다. 무엇보다 아들이 결혼해서 장가 못 갈까 걱정하시던 어머니의 걱정을 덜었으니 자연스럽게 효자가 되어서 좋다. 집안에 대소사를 정리해서 알려주니 제법 어른스러운 행동을 할 수 있고, 형제간의 갈등이 있을 때면 감정적인 나에게 합리적인 대안을 갖고 사태를 해결할 수 있도록 조언 해 준다. 아내의 말을 잘 들으면 모든 문제가 원만히 해결된다. 젊은 시절엔 장가 안 간다고 입버릇처럼 말해 부모님의 가슴을 아프게 했었는데, 아마도 넓은 세상을 바라보지 못하고 이기에 사로잡혀 주위를 돌아볼 마음의 여유가 없었던 것 같다. 세상의 불행을 혼자 짊어진 것처럼 의식 속에 담고 있었지만, 세상은 나보다 불행한 사람이 많고 내가 도와야 할 대상이 너무 많다는 것을 아내의 눈물을 통해 깨닫는다. 아내는 사회복지단체와 연계하여 조손 가정 아이들 멘토 역뿐만 아니라 할머니의 고민을 들어주고 있다. 나도 더불어 그들의 벗이 될 수 있었고 친밀한 관계를 유지하기 위해 노력하고 있다. 우리 주위에는 힘들게 살아가는 사람이 많고 힘든 삶 속에서도 포기하지 않는다. 그들이 사람들에게 용기와 희망을 주고 있다는 것을 안다. 지금은 부유하지는 않지만 사랑스러운 딸과 아들을 두어, 알콩달콩 최선을 다하며 살아가는 장가간 내가 행복하다고 당당히 말할 수 있을 것 같다.

아내와 난 처남의 소개로 만났다. 아내는 나를 처음 만난 날 집에 가서 "이 남자와 결혼 하겠다."라고 선언을 했단다. 아내의 선언대로 우리는 결혼했다. 내게도 이런 행운이 있다는 것이 지금 와서 생각하면 그저 하느님에게 감사하고 고마울 따름이다. 아내는 몸이 튼튼하지 못하고 좀 부실한 편이다. 눈물샘이 터지면 주체 못 하고 흘러내리는 아내의 눈물. 부조리한 세상을 보고 분노의 눈물을 흘리고, 가슴 따뜻한 사람에 대한 존경으로 눈물을 흘리고, 나눔을 통해 세상을 아름답게 하는 희망을 보고 눈물을 흘린다. 사실 나도 아내처럼 눈물이 많다. 아

나는 걷는다

니 누구나 남몰래 흘리는 눈물이 많다는 것을 안다. 난 아내의 눈물을 닦아 주지 않겠다. 다만 아내에게 말해주고 싶다.

　'그대여, 부디 우리 눈물의 힘으로 살아갑시다.'

우리 같이 놀자

현승이는 놀기를 좋아한다. 노는 것만큼 공부에도 열의를 보이면 좋을 텐데 하는 것이 솔직한 부모의 마음이다. 숨이 차서 헉헉거리며 제 몸을 추스르지 못할 정도로 노는 것에 열중할 땐 살짝 걱정되기도 한다. 하지만 벗들과 더불어 재미있게 노는 것을 볼 때는 기분이 좋아진다. 유년시절 벗들과 들판을 쏘다니며 놀던 시절은 자연과 하나였으며 행복했다. 누구도 들판에 서면 소외되거나 차별을 받지 않는다. 자연스럽게 인간관계를 형성할 수 있다. 그렇게 자연 속에서 천천히 다져진 인간관계는 무엇과도 바꿀 수 없는 소중한 인연이 되고 삶 속에서 큰 힘이 된다.

처음 봉사 활동을 위해 현승이랑 장애인요양원을 방문했을 때 멈추어 선 우리 차 창문을 두드리며 알 수 없는 소리를 지르던 생활인을 만났다. 그 광경이 무서웠는지 현승이는 쉬이 생활인과 어울리지 못한다. 누구라도 그러하듯이 처음 만남은 어색하고 쑥스럽기 마련이다. 하지만 현승이는 처음 만나는 사람과도 스스럼없이 잘 어울려서 친해지는 것이 주특기였는데 주변만 맴돌 뿐 생활인에게 다가서지 못한다. 솔직히 나도 그들에게 다가가는 것이 조심스럽고 두려웠다. 그들이 내 호의를 거부할까 봐 두려웠고 어떻게 다가가야 할지 망설여진다. 능숙한 솜씨로 생활인을 돌보던 요양원 가족의 행동을 놓치지 않고 곁눈질로 지켜보며 그들이 했던 것처럼 생활인과 긴밀한 관계를 유지하기 위해 노력했다.

온종일 누워서 지내야 하는 열아홉 살의 총각 희훈이와의 만남은 나를 반갑게 반겨준 그의 손을 맞잡고부터다. 비록 말이 서툴고 어눌하지만, 이제는 그가 무엇을 원하고 무엇을 말하는지 이해할 수 있다. 처음에는 그가 무슨 말을 하고 있는지 온 신경을 곤두세우고 집중을 해야 겨우 의사소통을 할 수 있었다. 희훈이는 자기가 낀 반지를 자랑하고 새로 산 MP3를 자랑했다. 그리고 두 달이나 남은 수학여행을 자랑하기도 한다. 한번은 자신이 결혼도 못 한다고 아픈 소리를 했다. 아마도 현승이와 같이 온 내가 부러워서 그런 소리를 했는지 모른다. 난 내가 세상에서 아주 불행한 사람이고 고통스럽다는 생각에 휩싸인 적인 있다. 하지만 희훈이 앞에서 얼마나 사치스러운 생각을 하고 있었는지 절실히 깨닫는다. 이 세상에 태어나서 호흡을 하고 있다는 사실만으로도 행복이고 축복이 될 수 있다. 우리 주위에는 나보다 더 힘들게 살아가는 사람들이 많다. 우리는 무관심 했고 슬픔과 아픔 속으로 걸어가는 것을 두려워한다. 아픔과 슬픔도 다가가서 껴안아야 할 우리의 일부인 것을 외면해 온 것은 아닌지 모르겠다.

봉사 활동을 마치고 돌아오는 길에 차 안에서 현승이가 자신의 속내를 털어놓은 적이 있다.

"아빠, 장애인이 불쌍하기는 한데 다가가는 것이 좀 무서워!"

"현승아, 장애인인 아빠가 무섭니?"

"아빠는 참, 아빠가 무섭긴 뭐가 무서워."

현승이는 가당찮은 소리는 하지도 말라는 듯 눈을 동그랗게 뜨며 대꾸를 한다.

"그래. 현승이와 아빠는 아버지와 아들이라는 소중한 관계를 통해서 기쁨과 행복을 얻을 수 있는 거야. 다른 사람들과도 마찬가지야. 항상 좋은 관계를 유지하기 위해 노력해야만 서로 편안하고 행복해지는 거야. 더구나 몸이 불편하고 어려운 사람에게는 조금이라도 덜 불편한 사람이 먼저 다가가서 좋은 관계를 만들어야 하겠지."

내가 말하고도 과연 어려운 이웃을 향해 따뜻한 시선을 보냈었는지 반성을 해 본다. 그리고 어릴 때부터 내 곁을 지켜준 벗들이 새삼 고맙고 소중하다는 생각이 든다.

정기적으로 방문하다 보니 자연스럽게 생활인과 친해졌고 어쩌다 한번 못 가면 희훈이는 왜 오지 않았냐고 안부를 묻는다. '나를 기다리고 있었구나!' 생각하니 함부로 빠질 수가 없다. 현승이도 점차 적응되는지 형의 손발도 주물러 주고 얘기도 곧잘 들어주고 대화를 나눈다. 지형이란 친구는 자신의 얼굴에 남의 얼굴을 비비는 것을 좋아한다. 특히 내 까칠한 수염에 그의 손을 비비면 얼른 손을 빼며 웃는다. 웃는 모습이 햇살처럼 따사롭다. 그런 지형이에게 현승이가 가벼운 공을 던지며 "형아, 우리 같이 놀자!"라고 말한다. 지형이가 햇살 같은 미소를 던지며 현승이에게 받은 공을 또다시 던져준다. 이번에는 맞은편에 텔레비전에 열중하던 승주가 관심을 가지고 호기심 어린 눈으로 공을 응시하자 "형도 같이 놀자!" 하며 그에게 공을 던져준다. 승주도 재미있다는 듯 주운 공을 허공에 던진다. 허공을 나는 공이 하늘에서 자유로운 새처럼 행복해 보인다. 내 마음도 허공에 떠서 '우리 같이 놀자!'라고 속삭인다.

고모님

　젊은 청춘이 앓고 있다. 그렇게 공부도 잘하고 똑똑했던 손자는 지금 집에만 틀어박혀 자신을 방의 감옥에 가두어 버렸단다. 학교생활에 적응을 못 한 체 스스로 타인과의 접촉을 거부하고 마음의 문을 닫아 버렸다고 고모님이 한숨을 토해낸다. 백발 아래 주름진 눈가에 미세한 눈물 빛이 일렁인다. 친족 결혼식에 참석하기 위해 오랜만에 서귀포에서 오신 고모님은 손자 문제로 고민 보따리를 풀어헤친다. 요즈음은 학교에 가지 않더라도 검정고시 제도가 있어 얼마든지 좋은 대학을 갈 수 있으니 너무 걱정하지 말라 위로의 말을 드렸지만, 그 녀석의 모습이 그려져 아프다. 부모의 마음은 오죽하랴. 어쩌면 고모님은 세상에서 단절되어 가는 자신의 고독을 손자가 물려받을까 봐 가슴 쓸어내리고 있는지도 모른다.

바리바리 싸 온 약봉지를 꺼내 드는데 그 수가 제법 된다. 그래도 얘기하는 것을 듣다 보면 총기는 여전하다. 고모님은 자리에서 일어나 운동을 열심히 하신다. 운동이라고는 하나 제자리 걷기가 대부분이다. 하지만 저 힘으로 세상살이 견디는 것은 아닐까. 고모님의 표현을 빌리자면 어린 나이에 고모부님에게 시집을 와 그야말로 고생바가지다. 그 잘난 김 씨 집에서 시어머니 수발들고 눈치 맞추느라 꽃다운 청춘 시든다. 자기편 들어주지 않고 남의 편만 드는 야속한 남편 챙기느라 여인의 가슴 까맣게 탄다. 게다가 딸 넷에 아들 둘을 낳아 자식 키우느라 눈물 마를 날이 없다. 손발이 부르트고 무릎이 닳아 없어지도록 참고 견디어 왔는데 어느덧 백발이 무성하고 오몽*하기 힘든 몸 상태로 황혼 길에 들어선다. 무엇보다 외롭고 서러운 것은 하소연할 데 없이 모든 것을 혼자 견뎌야 한다는 것이다. 지금은 자식이 둘만 있어도 적은 편이 아니지만, 고모님 시절엔 형제자매가 많다. 그러니까 고모님과 그녀의 동생인 내 아버지 두 분은 무척 외로웠다. 아버지가 고모님의 하소연을 들어주기엔 처지가 다르고 아버지는 독하지 못하고 여리신 분이

---

* 움직이다의 제주어.

다. 그나마 올케인 내 어머니가 있어 기쁨과 아픔을 함께 나눌 수 있었다고 한다.

고모님은 복수를 꿈꾸고 있었다. 자신을 무시하고 고생시킨 김씨 집안에 통쾌하게 복수할 날이 오리라. 그 믿음으로 견디며 살아왔다. 악착같이 삶을 이뤄 자식 모두 시집과 장가보낸다. 하지만 자식 복도 그리 많지는 않은 것 같다. 첫째 딸과 둘째 딸이 이혼하고 장손이 저리 앓고 있으니 그녀의 팔자도 야속하다. 고모님은 자신의 시집살이 고통이 워낙 큰 탓인지 딸이혼에 대해서는 그리 탓하지 않는 것 같다. 고모부님은 연세가 있으시고 귀가 잘 들리지 않아 보청기에 의존하고 계시다. 그래도 청각의 상태는 흐릿한 것 같다. 큰소리로 몇 번을 외쳐야 겨우 알아듣는다고 한다. 고모님은 결혼식장에 가는 차 안에서 화가 나서 한탄한다.

"이놈의 하르방**, 늙어서 복수하려고 이 악물고 참고 살아왔는데 아무 소용없게 되었구나. 귀가 먹어서 무슨 소릴 하더라도 알아듣질 못하니…. 애고 내 팔자야."

애석한 노릇이다. 고모부님이 늙어서 기력이 쇠해질 때 살아온 날의 회한과 분노를 쏘아붙이려고 그 긴 세월을 견뎌왔는

** 할아버지의 제주어.

데 어찌할꼬. 고모부님보다 강해지려 한다. 그래야 복수가 할 수 있을 테니까 저렇게 약봉지를 챙기고 건강을 챙기시나 보다. 그러면서도 자신이 없으면 밥을 챙겨 먹지 못하는 남편을 걱정하신다. 아 그놈의 정. 그것은 미운 정이 틀림없다고 나 혼자 결론을 내려 본다. 고모님은 복수의 힘으로 아니 미운 정으로 삶을 견디며 살아왔는지 모르겠다. 물론 같이 살아온 고운 정도 덤으로 붙어 있겠지 싶다.

아마도 중학교 시절이었을 게다. 우리는 수학여행을 갔고 서귀포에서 일박했다. 당시 고모님은 서귀포에서 막걸리 판매도 하고 시장에서 생선을 파는 일도 했다. 수학여행을 간 나에게 고모님은 용돈으로 오만 원을 주신다. 당시 중학생에겐 거액이다. 무슨 생각이었는지 아마도 '간땡이'가 부었었는지 모른다. 난 용돈을 받고도 부모님에게 시치미를 떼고 만다. 물론 나중에 사실이 발각되어 혼났지만, 고모님의 조카에 대한 마음을 숨기고 왜곡시킨 사실이 무엇보다 아프고 죄송하다. 조심스레 유년의 기억을 말씀드리자 고모님은 빙그레 웃으시며 그저 착하다고 하신다.

우리 집안을 무시하던 김씨 집안에 잘난 사람 누구 있느냐고 목소리를 높인다. 그래도 조카인 내가 공무원이 되어서 그 잘

난 집에 복수한 것이나 진배없다고 말씀하신다. 쥐구멍에라도 들어가고 싶은 심정이다. 얼굴이 화끈거리고 거짓말하는 사람처럼 가슴이 두근거린다. '고모님, 저는 말단 공무원일 뿐인데요.' 하는 말이 입안을 맴돌다 사라진다. 그리고 '김씨 집안엔 조합장도 있는데요.' 이 말도 참는다. 오랜만에 옛날 얘기를 행복하게 풀어 놓는 고모님의 꿈을 망치고 싶지 않다. 고모님을 모시고 돌아오는 길에 아내의 조언대로 용돈이 든 봉투를 고모님의 손에 꼭 쥐여준다. 고모님이 촉촉이 젖은 눈으로 나를 쳐다보신다. 내 마음도 뭉클해진다.

'고모님, 오랫동안 복수하세요. 그래야 오래오래 사시지요.'

그 사람 이름은 잊었지만

택시를 탔다. 멀리 한라산에 숲속 나뭇잎 빛깔이 보일 정도로 깨끗한 오후다. 전화벨 소리가 울리고 기사 아저씨의 물기 잃은 건조한 소리가 들려온다. "대장암이라고 하네. 확실한 진단을 받기 위해 서울에 가야 할 것 같아."

남의 일처럼 덤덤히 대답하는 그의 모습에 괜스레 걱정이 일고 마음이 싸해 온다. "요즘 대장암은 아무것도 아니라고 하네요." 그는 스스로 말하듯 읊조린다. 요즘은 의술이 워낙 좋아서 그 정도는 아무것도 아닐 거라고 맞장구를 쳤다. 왠지 그래야 할 것 같았다. 아저씨는 변에 피가 묻어 나와서 검사를 하게 됐단다. 대장암은 통증이 없어서 별다른 진상을 느낄 수 없으므로 미리 검사를 받아보라고 일러준다. 통증이 느껴질 땐 대부분 대장암 말기라고 의사처럼 설명해준다. 일찍 발견하게 된 자신은 천만다행이라고 자위하는 것을 빼놓지 않는다. 하지만 그의 눈에 이슬이 맴돌다 사라지는 것을 본다. 순간 아득히 먼 기억이 꿈결처럼 다가온다.

고관절 아저씨는 촉촉이 젖은 눈빛을 허공에 맡긴 채 긴 한숨을 토해낸다. "왜 내가 이 몹쓸 병에 걸렸을꼬!" 고관절 수술을 하고 퇴원을 앞둔 아저씨에게 우리는 고관절 아저씨라 불렀다. 그에게는 간병인이 있었고 수술 경과도 좋아 미리 퇴원을 자축하며 간호사 모르게 담배를 피우곤 했다. 그런데 그는 속이 안 좋다며 옆에 누워있는 환자처럼 자기에게도 위약을 달라고 청했다. 그리고 위 검사를 받았다. 담당 의사가 단호하게 그에게 던진 말이 아직도 생생하다. "위에 검은 혹이 있어요. 치료를 위해 내과로 병실을 옮길 것입니다." 위에 검은 혹이라니. 처음에는 그 말뜻을 이해하지 못했다. 하지만 그것이 위암이라는 사실을 알았을 때 안타까움은 이루 말할 수 없었다. 아저씨의 슬픔이 아직도 가슴에 서늘하다. 병실을 옮긴 아저씨의 소식을 그 후로는 접할 수 없었지만 쾌유하고 건강하게 잘 지내리라 기도한다.

병원이라는 곳은 아픔이 모여 축축하고 고통의 무게로 무거운 분위기를 연출한다. 그러나 그곳에도 사람을 치유하는 손길이 있고 사람과 사람 사이에 관계가 존재한다. 연민과 사랑이 어우러져 항상 간절한 희망이 별처럼 빛난다. 하얀 석고로 깁스 한 무거운 다리를 한 나를 업고 그 작은 체구로 배를 오르내리던 어머니의 눈물이 채 마르기도 전에 나는 또다시 병원에 누워 있어야 했다. 끝이 보이지 않는 막막한 청춘의 길 위에서 미래에 대한 불안에 떨고 있다. 대학을 졸업하고 취직도 못 한 채 방황하던 백수 시절 나는 다리 수술을 위해 서울대학 병원 신세를 지고 만다. 어쩌면 그곳은 청춘의 치열한 고민에서 벗어날 수 있는 도피처이기도 하다. 수술비와 부모님의 노고에 대해 죄송스러움, 수술 후의 진로, 수술의 결과 등 여러 가지 상념이 밀려왔지만 모두 잊기로 했다. 지금 당장은 수술을 잘 견디고 경과가 좋기만을 생각하는 것이 우선이다. 아니 그것이 급선무라고 위안하면서 미래의 막막함을 잊고 싶었는지도 모른다. 살다 보면 살아지는 것이고 꿈을 간직하고 있으면 언젠가는 이룰 수 있으리라. 희망 한 조각 가슴에 품는다.

어쩌면 여기서 난 참으로 행복한 나이롱환자다. 아픈 곳을 치유하기 위해 만난 사람들, 그들을 바라보는 애틋한 마음이 모여 서로의 내면을 읽어갈 때 하나의 마음이 되어 기도하고 위로한다. 수술에서 깨어나 몽롱한 의식 속에서 내 왼쪽 다리에 무겁게 느껴지는 쇠가 박혀 있는 것을 보고 잠시 놀라고 만다. 그것은 뼈를 늘리는 기계다. "형아, 안 아파! 다리 매우 아프 겠다." 수술한 지 얼마 되지 않은 어느 날 까까머리 어린 친구 가 휠체어를 타고 찾아왔다. 난 수줍은 아이처럼 그의 말에 웃 기만 한다. 어머니의 말에 의하면 몇 번의 수술을 거듭한 용감 하고 씩씩한 사내란다. 하지만 나보다 먼저 저세상에 가야 할 지도 모르는 소아암 환자다. '아프기는. 너의 아픔에 비교하면 난 정말 아무것도 아닌걸.' 그는 순수하고 천진난만한 어린 왕 자다. 책을 읽어주면 집중을 하고 이야기에 따라 여러 표정을 지어 보인다. 구김살 없는 그의 질문과 대답에 미소가 절로 피 어나고 마음이 따뜻해져 온다. 문득 그가 중증 환자라는 사실 이 떠오를 때면 괜히 미안한 마음이 든다. 엄살과 의기소침으 로 중증 환자 흉내 내는 나이롱환자임을 깨닫고 부끄러움에 고 개 숙인다.

때로는 훨훨 날아가고 싶을 때가 있다. 축축한 고통에 젖지 않고 드라이아이스의 연기처럼 승화하고 싶다. 물리 치료할 때 기계에 찢긴 허벅지에 고인 피를 보며, 오랜 시간 온몸을 고통 스럽게 고문당하듯 검사를 받으면서 빠른 퇴원을 열망한 적도 있다. 그래도 가슴 설레는 여운을 갖고 견딜 수 있었던 것은 그녀의 등장이 한몫했다. 그녀가 일하고 있는 이 공간은 마치 소설 속의 한 장면이란 착각을 일으킬 정도다. 참 고운 아가씨다. 물론 다른 친절한 간호사도 있었지만 유독 그녀가 내 마음을 사로잡는다. 단발머리에 부드럽고 사슴 같은 눈망울, 알맞게 부풀어 오른 사과 같은 볼에 윤기 나는 피부, 무엇보다 심장을 멎게 하는 청아한 미소에 상냥한 목소리라니. 난 그녀 앞에서 한 마리 순한 양이다. 빠른 종종걸음으로 다가와 환자를 돌보는 그녀의 모습에서 강한 남성의 매력도 느껴진다. 그녀는 아픔을 치유하는 하얀 천사다.

한 번은 머리를 감고 정성껏 빗질하고 거울에 얼굴을 비춰보며 혹시나 하는 마음으로 그녀를 기다렸다. 하얀 옷을 입은 간호사의 그림자가 설핏 보인다. 얼른 책을 들어 열심히 읽는척한다. 고개를 들어 확인했을 때 그녀가 아닌 다른 간호사다. 장난기 가득한 그녀는 팔을 걷으라고 한다. 내 실망을 눈치챘는지 아니면 실수였는지 주삿바늘이 혈관을 제대로 찾지 못하였다. 심한 통증이 밀려오고 나도 모르게 비명과 함께 인상을 썼다. 그녀는 아무렇지도 않고 태연하게, "스타일 구겨지네!" 하고 농을 한다. 정말 스타일 구겨지는 마음이다.

때로는 작은 친절과 관심이 훌륭한 치료제가 될 수 있다. 수술과 물리치료의 고통도 이제는 아련한 쾌감이 되어 그날을 추억하게 된다. 병원에서 만났던 그들은 모두 잘 지내고 있는지 궁금하다. 모두 쾌차하고 행복하게 살고 있으면 좋겠다. 지금은 그리워해서 안 될 여인이 되었지만, 아니 그 사람 이름은 잊었지만, 당시에 이미지와 느낌은 아직도 생생하다. 나의 천사! 말 한번 제대로 붙여보진 못했지만, 당시 그 모습 그대로 살아줬으면 하고 바라본다. 혹시 그녀를 길거리에서 우연히 만난다면 알아볼 수 있을지 자못 궁금해지는 날이다.

그 아이

　팽나무 아래 돌담이 보인다. 돌담 옆에 빈터가 적막하다. 그 자리 낮은 양철지붕에 허름한 흙벽돌집이 있었다. 자취를 감춘 그 집처럼 내 안의 기억도 오랜 시간 고향을 떠나 있다. 아득히 먼 하늘에서 전설처럼 소리 없이 눈이 지상에 내려앉는다. 눈이 내려와 소멸하는 빈터에서 죽어있는 새를 본다. 검고 가냘픈 다리가 위태롭게 노출되어 있다. 내가 던진 돌에 맞아 파르르 떨던 새의 모습이 주마등처럼 스쳐 지나간다. 정말이지 그럴 생각은 아니다. 마을회관 마당에 앉아 열심히 무언가를 부리로 쪼고 있었고 옆에 있던 삼촌이 그 새를 지목했다. 난 돌멩이 하나를 집어 들었고 무심코 새를 향해 던진다. 돌은 한번 땅을 튕기고 날아오르는 새의 몸을 때린다. 새는 땅바닥에 꼬꾸라지고 더는 날지를 못한다. 삼촌은 내 돌팔매 솜씨를 치켜세웠고 감탄사를 자아냈지만, 파르르 떨고 있는 가엾은 새의 다리를 보자 무서움이 엄습해온다. 내 안의 악마성과 폭력성을 발견하곤 숨을 제대로 쉴 수가 없다. 그 자리를 얼른 피해 도망쳐 나왔지만 독한 놈이라고 욕하는 소리가 자꾸만 들리는 듯하다.

연약해 보이는 저 팽나무의 휘추리가 그 시절엔 내 몸을 거뜬히 견딜 만큼 강했다. 난 휘추리를 타고 주인 몰래 양철 지붕 위에 올라타곤 했다. 그리고 타잔처럼 거뿐한 나무 타기 재주를 의기양양하게 벗들에게 자랑한다. 마치 지붕 아래 궁박한 주인을 정복한 개선장군처럼 그 지붕 위에 서 있던 나를 본다. 흙벽돌집 주인은 새의 다리처럼 가냘프고 위태로워 보인다. 그는 늘 술에 취한 채 깡마르고 볼품없는 다리를 끌며 마을을 배회한다. 그는 먹이를 찾아 기웃거리는 한 마리 외로운 사냥꾼이다. 말벗을 찾아 헤매었는지 모른다. 그러나 그는 노련한 사냥꾼이 되지 못한다. 말 더듬는 어눌한 말투에 느린 걸음걸이는 동네 사람들의 사냥감이 되고 만다. 어른이나 아이 할 것 없이 그의 흉내를 내며 즐거워한다. 그는 사냥하는 것이 아니라 사냥을 당하고 있다. 성정이 못된 동네 형들은 대놓고 무시하고 약 올리는 각다귀 짓을 서슴지 않는다.

　그에게도 아내가 있었다. 딸을 하나 낳고 돌을 갓 지났을 때 홀연히 사라져 모습을 볼 수가 없다. 가난을 견디지 못했을지도 모를 일이다. 그에게는 농사지을 땅이 마련되어 있는 것도 아니고 농사지을 여력도 되지 못한다. 만날 술이나 마시는 무능력한 남편에게서 희망을 놓아버린 것 같다. 그 아이는 그렇게 엄마 없이 아빠의 그늘에 자란다. 일찍부터 엄마의 젓을 떼고 맨밥에 물을 말아 먹기 시작한 아이는 항상 배가 산 무덤처럼 볼록 나와 있다. 사실 아이는 엄마에게 버림받은 가엾은 영혼이다. 아이는 자신을 버리고 간 엄마를 찾듯 이집 저집 기웃거리고 다닌다. 엄마의 부재만큼 아이는 배고프고 외로웠을 것이다. 그러나 아이를 반갑게 대해주는 사람은 없다. 아이는 사람들 사이에서 외로운 섬이다. 엄마에게 버림을 받았듯 사람들 사이에서 따돌림을 당한다. 왜 그랬는지 모른다. 아이는 단지 외로워서 같이 어울리고 싶었을 뿐이다. 아이의 방문에 무언가를 훔쳐 갈 도둑처럼 경계하고 서둘러 내쫓기에 급급하다. 좀 고약한 사람은 아이 앞에서 아빠의 말투를 흉내 내며 기어이 울리고 만다. 그 아이의 막막함을 모르는 내가 아니다. 그런데 모른 척하고 있다. 살갑게 대해주지도 못하고 그들이 하는 꼴을 그대로 답습한다. 난 아이의 어두운 그늘에 숨어 용감하게 손을 내밀지 못하고 쥐 죽은 듯 숨어 있다. 비겁한 호흡을 한다.

난 꼿꼿이 걷고 있었다. 단지 불편한 왼쪽 다리가 균형을 잃어 절룩거릴 뿐이다. 내가 그들에게 손해를 끼치거나 뭘 훔친 적이 없다. 그런데도 내 뒤를 흉내 내며 끈질기게 쫓아오던 악의에 찬 시선이 싫다. 그 순간이 빨리 지나가기를 얼마나 많이 소원했던가! 사라졌다가 어느 순간 다시 나타나는 그들의 무심한 폭력성을 띤 도발적 행위가 사람을 얼마나 아프게 하는지 잘 안다. 지금이야 그까짓 일쯤 무시하고 넘길 수 있는 공력을 쌓았다고 자신해보지만, 상처 자국이 선명히 보인다. 나도 그 아이에게 무심히 돌을 던져 상처를 준 것은 아닌가. 내가 던진 돌에 맞아 파르르 떨던 새의 가냘픈 다리, 그 다리 위에 눈이 쌓이고 있다. 비참한 나의 치부가 나의 아픔이 부끄러운 기억이 되어 눈이 내리고 있다.

어느 순간 아이와 아빠는 마을을 떠났고 그들이 머물던 곳은 오래도록 빈집이었다. 이제 그 빈집마저 사라져 휑한 공간만이 서늘하다. 살아오면서 나는 누군가에게 상처와 아픔을 주지 않았을까? 참회의 마음이 든다. 이제 아픔 속으로 걸어 들어가 그들의 상처를 어루만지는 마음으로 살아가야겠다. 추위가 깊을수록 따뜻한 방이 더욱 간절하다. 혹시라도 그 아이가 차가운 세상에 오들오들 떨고 있다면 이불 속에 온기를 보내 주고 싶다. 팽나무 아래 빈터에 누워있는 작은 새를 오늘 고이 묻어 주리라.

떠나기 전에

"바람피운 것도 아닌데…,"

그의 음성이 물기에 젖어 있는 듯했다. 한 잔 술에 오히려 정신이 번쩍 든다. 자신의 상황을 털어놓는 친구의 이야기에 내심 놀라지 않을 수 없다. 남부러울 것 없는 그가 이혼이라는 위기에 처해 있다니 믿기지 않는 사실이다. 자신의 잘못을 인정하면서도 매몰차게 등을 돌려버린 아내가 못내 서운하고 화가 풀리지 않는 모양이다. '독한 년', '나쁜 년'이라는 단어가 한숨처럼 섞여 나온다. 지금은 원룸에서 홀로 지낸 지 6개월이 넘어가고 있다고 실토한다. 양가 부모 모두 알아버렸고 헤어질 마음의 준비가 되어 있단다.

지난 세월 아내를 위해 헌신했는데 물거품이 되었다고 분을 토했다. 유학을 보내주고 본인이 하고 싶은 일을 적극적으로 지원해주었을 뿐만 아니라 생활비도 넉넉하게 벌어다 주었는데, 이해와 용서의 마음을 닫아걸고 조금의 양보도 없는 아내 모습을 보니 모두 부질없다고 한다. 그런데 어디에서 많이 들었던 이야기다. 일전에 똑같이 이혼 위기에 있던 후배가 하소연하던 말투다. 후배는 아내와 처가를 위해 할 만큼 했는데 싸움닭처럼 쪼아대기나 하고 이해와 배려를 해주지 않는다고 넋두리를 해댔다. 그러다 보니 자주 싸움이 되고 싸우다 보니 감정이 격해져 그만 손찌검을 하게 되었다고도 했다. 돌이킬 수 없는 강을 건너가 버렸다는 생각이 든다. 가부장적인 고루한 남성의 모습이 그들에게서 풍기는 것도 사실이다. 그러고 보니 이혼, 내 가까운 곳에 존재하고 있었다. 그야말로 나와는 거리가 먼 남의 얘기인 줄만 알았는데 아닐 수도 있다는 생각이 든다. 부부의 일은 아무도 모른다는 말이 맞는 것 같다. 남의 눈에 비치는 겉면이 전부는 아니다. 부부싸움은 칼로 물 베기라고 하지만 어쨌든 싸움은 상처를 남기는 법이다. 싸움은 자신의 잘못을 인정하기보단 남의 탓을 하거나 변명을 하는 습성이 있어서 진정한 용서와 이해를 구하기 어렵게 만든다.

로또에 당첨되어 수억 원의 돈을 벌어 좋아하다가 꿈에서 깨면 얼마나 허무할까. 사랑은 영원하리라 믿었는데 이제는 신뢰를 잃어서 실망이라고 통보받는다면 이는 더욱 허무하지 않을까. 신뢰를 잃었다는 것은 사랑이 무너졌다는 소리로 들린다. 사랑이 무너졌다는 것은 이 세상에서 가장 슬픈 일이다. 그러기에 사랑에는 애착이 착 달라붙어 떨어지지 않으려 몸부림친다. 부부가 정으로 같이 지내온 세월이 얼마인가. 당신을 주저 없이 무조건 사랑할 권리, 당신을 진심으로 거리낌 없이 껴안을 수 있는 권리, 그리고 하늘에서 허락한 우리의 소중한 보물이자 기쁨을 바라볼 수 있는 권리, 우리 몸속에서 뜨겁게 끓고 있는 행복이 느껴지지 않는가. 노을이 바다를 껴안듯 저 신기한 영광과 축복이 우리를 껴안고 있다는 것을 느낄 수 있다. 이제 그 영광과 축복이 사라지려 한다. 영원히 변하지 않을 사랑이라 믿었건만 고작 이만한 일로 사랑을 배신하고 이별을 고하려 한다.

이만한 일이 아닌지도 모른다. 부부 사이의 갈등의 원인을 당사자가 아니고서야 함부로 예단할 수는 없다. 정말 인간적으로 견디기 힘든 상황이라면 억지로 참아내며 산다는 것은 옳지 않다고 본다. 그런 경우 과감히 이혼을 선택하는 것이 바람직하다. 다만 당연하다고 믿고 있는 생활 속에서 세월이 갈라

놓은 무디어진 사랑이라면 다시 빛이 나게 갈아야 한다. 서로에게 무심코 던지던 상처로 인한 자존심 싸움이라면 한 번쯤은 져주는 지혜가 필요하다. 인연의 끈을 잡고 만남을 시작했을 때는 야릇한 눈짓으로 떨어져서는 살 수 없다고 부부의 연을 맺는다. 서로를 향한 마음이 간절하여 몸도 마음도 웬만한 장애물은 거뜬히 넘는다. 삭막한 벽을 타오르던 담쟁이의 열정과 사랑은 초록 꿈으로 벽을 아름답게 수놓았으리. 하지만 세월은 사랑의 힘을 무디게 만들고 초록 꿈과 열정도 다 떨어져 벽에는 앙상하게 메마른 줄기만이 볼품없이 남아있다. 설렘도 너무 익숙하다 보니 무덤덤해지고 서로에게 끊임없이 확인하던 사랑의 밀어도 귀찮고 지친다고 지하창고 속으로 내던져 버리곤 까마득히 잊어버리고 만다. 삶은 사랑을 먹고사는데 지하창고 속에 가두어놨으니 어찌 굶주리지 않을 수 있을 것이며 초록 줄기가 말라 죽지 않겠는가. 사랑에 굶주리다 보면 이해와 용서의 마음도 나뭇잎처럼 우수수 떨어져 내릴 수밖에 없다. 쉽게 낙담하고 절망해 버린다.

상대방의 약점이나 상처까지 보듬으며 걸어갈 수 있는 따뜻함과 여유가 있었다. 서로의 품속에서 사는 재미가 솔솔 풍기고, 나만의 연인이라 자부하며 행복에 겨워 기뻐한다. 그러나 사랑이 실종된 다음에야 무슨 소용이 있으랴. 사랑이 실종된 따뜻함은 나만의 자만이고 위선이다. 그것은 상대방에게 더 큰 상처가 된다. 부부는 동정하거나 동정을 받는 사람이 아니다. 어느 일방이 지배하거나 복종하는 관계도 아니다. 사랑으로 맺어져 같은 곳을 향하여 같이 손잡고 가는 것이다. 이러한 초심을 망각하고 자기 생각과 이기에만 집착하면 이해도 배려도 사라진다. 서로를 이기기 위한 독설과 악의에 찬 저주만이 그들을 지배하게 된다. 타인보다 더 무서운 원수 관계가 되고 만다. 이혼보다 무서운 것은 이렇게 섬뜩한 저주와 증오를 가슴속에 품고 살아가야 한다는 것이 아닐까.

친구와 후배처럼 나도 아내에게 이해를 못 해준다고 몰아세운 적이 있다. 화난 아내에게서 돌아온 메아리는 무서웠다. 그들처럼 꼭 같이 위기 앞에 서 있는 나 자신을 발견한다. 인간으로서 남편으로서 형편없는 내 잘못이 파노라마처럼 펼쳐진다. 부끄럽다. 열등감이라는 정신적인 장애와 나태함, 오르지 자기만을 위하는 이기주의, 무엇보다 아내를 존중해주지 못하는 무심함…. 이것이 아내에게 비친 나의 모습이다. 더 변명의 여지가 없어 보인다. 불성실한 내 모습에 통렬한 반성만이 살아남는 방법이다. 백기 투항을 했다.

나는 걷는다

여행처럼 떠났다가 돌아올 수만 있다면 한 번쯤은 바람을 꿈꾸어도 좋을 것 같다. 짜릿하고 신비한 일탈의 쾌감을 맛볼 수있다면 무덤덤해진 가슴에 숨어있던 사랑이 싹틀지도 모를 일이다. 물론 사회적으로 인정받지 못하는 사랑은 파멸을 가져올수도 있다. 하지만 죽어버린 사랑은 더 큰 삶의 절망을 가져다줄 뿐이다. 부부생활 속에서 분명 우리는 소중한 뭔가를 놓치고 있다는 생각이 든다. 세월은 사랑의 훼방꾼이 되어 부부의가슴을 삭막하고 무디어지게 만들고 만다. 무관심의 모래가 쌓여 사막이 되어가고 있다. 아내가 남편에게 남편이 아내에게바람이 되면 어떨까. 불륜처럼 남모르게 불타는 뜨거움과 아픔으로 은밀한 만남을 시작한다. 처음 만나는 사람처럼 바라보고 첫눈에 반한 사람처럼 유혹한다. 때로는 일상을 버리고 일탈을 하자.

한번 질러보는 것이다. 여행도 떠나고 평소 먹어보지 못한 비싼 음식도 먹어보고 야릇한 미소도 날리면서 누구에게도 방해받지 않는 곳으로 바람처럼 흘러가 본다. 부끄럽고 설레는 마음으로 장미여관에도 가자. 그러면 창고 속에 숨었던 사랑이되살아오지 않을까. 냉전 관계인 내가 막상 바람이 되지 못하면서 무슨 헛소리를 하는 것인지. 제 앞가림도 못 하면서 한심하기 짝이 없다. 하지만 주위에 만연하여 이혼에 대한 인식이 무디어지는 것도 사실이다. 그래도 이혼은 슬프고 안타깝다. 될 수 있다면 부부가 손잡고 마지막 생을 마감할 수 있다면 이보다 더 큰 축복도 없다. 이혼이 제일 나은 선택일지라도 저주와 증오의 마음은 털고 가는 것이 좋을 것 같다. 그러니 떠나기 전에 서로에게 바람이나 되어 보자. 혹시 그 바람으로 망각했던 사랑이 돌아오면 얼마나 좋을까.

나는 걷는다

무서운 아이들

어린 조카가 숨을 헐떡거리며 뛰어왔다. "어떤 형이 우리를 괴롭혀요." 순간 가슴이 덜컥 내려앉는다. 현승이랑 애들이 놀이터에 간다고 했는데 그곳에서 무슨 일이 생겼나 보다. 어떤 형의 존재가 궁금하다. 결코, 호의적이거나 선한 아이는 아닐 거라는 생각이 든다. 놀이터로 가는 발걸음이 떨리고 가슴이 두근거린다. 가는 도중 저쪽에서 상기된 표정으로 걸어오는 아이들이 보인다. 다행히도 무탈해 보인다. 신나게 놀고 있는데 그 형이 와서 위협을 하고 돈을 달라고 했다고 한다. 그때 제일 나이 어린 조카가 잽싸게 그 자리를 피해 집으로 달려온 것이고 두 아이는 부동자세로 녀석의 위협에 떨고 있었다. 그 사실을 전해 듣는 순간 욱하고 분노가 치밀어 오른다. 온갖 욕설이 입안에서 맴돌았지만, 아이들이 들을까 봐 차마 내뱉지는 못했다. 당장이라도 그 녀석을 잡아다 혼쭐내고 싶지만 심약한 내 육체가 원망스럽다.

왜 분별 있는 이성보다 물리적 힘이 먼저 떠오르는 것일까? 아마도 폭력에 대한 기억과 상처가 불안 심리로 내재하여 있다가 분노로 표출되었는지도 모른다. 자식에 대한 사랑이 불러온 외부로부터의 위협에 방어하기 위한 본능적 반응일 수도 있다. 피해를 본 아들의 복수를 위해 자신의 존재를 자랑했던 어느 재벌 회장이 떠오른다. 해결 방법에 있어서 조폭 영화에서나 볼 수 있는 유치하고 황당한 수법을 썼으며 엄연히 법이 존재하지만, 국가 공권력을 무시하고 폭력배를 동원하여 자신의 힘을 과신한 처사는 옳지 않다. 하지만 아버지의 입장으로만 보면 자식에 대한 그의 마음이 일견 이해가 되기도 한다. 그럴 힘을 지니지 못한 자신이 오히려 초라하게 느껴진다. 이런 기분 나 혼자만 느끼는 쓸쓸함일까?

'학교폭력' 정말 듣기 싫은 가슴 아픈 단어다. 아이들의 학교생활이 더욱 신경 쓰이고 걱정이 된다. 또래들의 괴롭힘을 견디지 못해 스스로 목숨을 끊은 한 중학생의 이야기가 가슴을 무겁게 짓누른다. 그가 남긴 유서를 읽었다. 게임을 키우자고 협박을 하고, 때리고, 수업시간에는 공부하지 말라 하고, 돈 달라 하고, 심지어 물로 고문을 하고, 모욕을 주고…. 정말 슬프고 안타깝다. 자식을 잃은 부모의 마음은 오죽할까! 친구라는 거룩한 이름을, 벗이라는 소중한 이름을 욕되게 한 그들이 밉고 속상하다.

그런데 왜 자꾸 이런 일이 생겨나는 것인가? 교육청에서 학교폭력을 근절하는 대안으로 제시하는 정책들을 보며, 선생님은 불편한 심기를 내보인다. 학교폭력에 대한 책임을 전적으로 교사에게 떠넘기려 한다고 강변한다. 가정교육이 바로 서지 않고는 학교 교육도 바로 설 수가 없다. 따라서 일차적으로 아이의 교육에 부모님이 관심을 두고 아이의 폭력성을 고치기 위해서 노력을 해야 한다고 믿는다. 그러니 학교 교사를 학교폭력 유기죄로 처벌하려고 한다면 가해 학생들의 부모 또한 직무유기죄로 처벌해야 한다는 논리다. 물론 모두가 이유가 있고 변명이 있어 보인다. 하지만 부모 책임, 선생 책임, 교육정책 책임…. 이렇게 서로 책임 공방에만 몰두할 일이 아니다. 근본적인 대책을 마련하고 올바른 교육을 위해서 모두가 지혜를 모으는 일이 급선무다.

내가 작고 아내도 작다. 솔직히 부모 닮아서 현승이가 작을까 봐 걱정이다. 그래서 기죽지 말고 자신을 보호할 수 있는 능력을 키워주기 위해 합기도 체육관에 보내게 된 면이 크다. 유단자라고는 하나 아직 어리고 힘이 모자라다. 친구들과 싸우지 말고 사이좋게 지내라고, 친구의 어려움을 도와주고 배려할 줄 아는 사람이 되라고 아이들에게 말해왔다. 그런데 악의적이고 못된 사람의 위협에 어떻게 대처할 것인지에 대해 설명을 해준 기억이 없다. 답이 딱히 떠오르지 않고 아득하다. 우리 아이들에게 위협을 가한 그 녀석에 대해 화만 나고 마음 정리가 잘 안 된다.

문득 초등학교 시절, 싸움에 일인자인 덩치 큰 친구와 맞서 싸웠던 기억이 난다. 물론 흠씬 두들겨 맞았지만, 끝까지 저항하는 내가 귀찮아서 도망쳤고 그 이후론 놀림을 당하지 않았던 것 같다. 그런 못된 녀석을 만나면 굴복하지 말고 과감히 맞서 싸우라고, 불의에 타협하지 않고 거절하는 것도 용기 있는 행동이라고 현승이에게 힘주어 강조했다. 그렇게 말하고도 내심 걱정이 된다. 그 녀석을 만나 똑같은 상황이 벌어지고, 내 바람대로 맞서 싸우다 아들은 해코지를 당하여 상처투성이가 되어 돌아올지도 모를 일이다. 아…. 상상만으로도 괴롭다.

아니나 다를까 며칠 지나 현승이는 학교 가는 길에 그 형을 또 만났다고 한다. 그 소리를 듣는 순간 긴장이 된다.

"어떻게 했니?"

"형아, 안녕! 하고 먼저 인사했어요."

"그랬더니?"

"그 형도 씩 웃으며 안녕! 하고 인사해 주었어요."

그리고 혹시 돈이 있느냐는 물음에 '돈 같은 것은 가지고 다니지 않으니 나 같은 거지에게 돈 달라는 소리는 하지도 말라.' 라고 단호하게 거절했단다. 무섭지 않았냐는 질문에 조금은 무서웠다고 실토한다. 그래도 다행이다 싶었다. 다시 한번 폭력과 위협 앞에 굴복하지 말고 당당히 맞서 싸우는 용기를 가지라고 일러주는 것을 놓치지 않았다.

그 녀석을 내 눈으로 확인하게 된 건 딸애의 졸업식장에서다. 현승이가 졸업장을 받는 아이 중 한 녀석을 가리키며 그때 형이 저기 있다고 일러준다. 그를 보는 순간 놀라고 말았다. 졸업생 중에서 키가 제일 큰 것 같았고 덩치도 우람했다. 아들은 그에 비교하면 호랑이 앞에 강아지다. 저런 덩치와 싸우라고 충고를 해놨으니 아무리 봐도 아니라는 생각이 든다. 상대를 봐 가면서 덤비라고 해야지 도저히 게임이 될 수 없는 적수였다. 아뿔싸! 갑자기 무안해지고 아무 말도 떠오르지 않는다. 현승이가 당황하는 기색을 눈치챘는지 의기양양하게 말한다. "아빠, 이젠 친해져서 괜찮아요."

　폭력과 불의에 맞서 당당히 싸우라는 충고는 아직도 유효하며 주워 담을 생각은 추호도 없다. 다만 전후 상황도 제대로 파악하지 않고 무조건 감정에 따라 내뱉은 말은 아니었는지 경솔하다는 생각이 든다. 그리고 아들의 처신이 현명하고 대견하다는 생각이 든다. 세상 살아가는 데 문제가 없을 것 같다는 믿음이 생긴다. 또한, 이런 내 모습에 쓴웃음 짓는다. 나중에 알게 된 정보이지만 그 형도 키만 컸지 어눌하고 외로운 아이였다. 친구들에게 놀림을 당하고 벗도 별로 없는 소위 왕따란다. 그도 형아 안녕하고 인사해 줄 벗이 아주 그리웠는지도 모르겠다는 생각을 해본다. '학교폭력', '왕따'라는 슬프고 가슴 아픈 단어가 사라지는 날이 어서 왔으면 좋겠다.

나는 걷는다

눈물의 추억

　눈물이 난다. 염하고 있다. 검은 양복을 입은 두 염습사가 정성껏 시신을 닦고 있다. 입관하기 전 절차로 황금빛 수의를 입히고 있다. 여기 살아있는 자들은 침통한 얼굴로 혼이 떠난 육신의 마지막 옷을 입는 광경을 창문 너머 지켜보고 있다. 인생사 어쩔 수 없지 않은가. 이승에서 마지막 자신의 육신을 지켜볼 넋이 떠오른다. 넋의 마음은 오죽할까. 지켜보는 이의 마음도 안타까움에 슬픔이 밀려온다. 아직 이 세상 하직하기엔 젊은 피가 흐르고 있어야 하는데 그예 저리 누워있는 주검이 한없이 아프다. 여기저기서 울먹거리는 탄식이 새어 나온다. 지켜보는 사람의 기도 소리가 가지각색이다. 울지 말아야지 이를 악문다. 거의 실신에 가까운 어머니의 고통을 달래기 위해서라도 초연한 모습을 보여야지 마음을 다잡는다. 하지만 여기저기서 들려오는 훌쩍임은 내 가슴속에도 흘러들어 강물이 된다. 슬픔은 폭풍이 되어 온몸을 내리치며 마음 깊은 강물 속을 떠내려간다. 출렁이던 물결이 잠잠해졌다가 또다시 출렁이길 반복하며 눈물은 소리 없이 물결치고 있다.

그런데 어느 순간 이모부님이 염습 중이라 들어가서는 안 될 염습실로 들어가고 말았다. 화장실 갔다가 돌아온다는 것이 방을 잘 못 찾아 들어간 것이다. 아주 장엄하고 심각한 순간에 이모부의 엉뚱한 출연은 무대를 우스꽝스럽게 만들어 버린다.

"어… 어… 무사* 저길 들어가시게!"

사람들의 탄성이 들려오고 이모부님은 진지한 두 사내 옆에서 나올 문을 찾아 방황하고 있다. 서둘러 빠져나와도 모자랄 판에 아무렇지도 않은 듯 아주 느긋하게 무대의 한 면을 장식하고 있다. 마치 무겁고 음습한 분위기를 타파하려는 듯 보인다. 이승의 마지막 모습을 지켜보는 영혼도 어이가 없어서 웃음이 나올지도 모른다는 생각이 든다. 이모부님의 행동이 너무 우습다. 눈물에 젖어 축축한 내 몸속에 한 줄기 햇살이 들어와 슬픔을 따뜻이 말리는 것 같다. 아주 심각한 순간에 웃음이라

---

* '왜'의 제주어.

니…. 그러고 보니 눈물 속에는 위로와 위안이 숨어 있어서 웃음을 만드는 것 같다. 황금빛 수의를 입은 무섭고 칙칙한 육신이 자유롭고 따뜻하게 다가온다.

남편을 떠나보낸 어머니가 두 아들 앞에서 회한의 눈물을 닦으며 기도문을 낭독하고 있었다고 한다. 기도문을 슬픔에 젖은 목소리로 읽던 어머니가 경황이 없었는지 묵상하다 가라는 괄호 안의 지문을 큰소리로 읽고 말았다. 글 그대로 소리 내어 읽을 일이 아니고 그저 조용히 묵상할 일이었다. 슬픔에 빠져 아주 심각하게 듣고 있던 아들이나 큰 소리로 낭독한 어머니나 그 광경이 너무 웃기더란다. 그래서 모두 배꼽 빠지게 웃었다. 웃어야 할 분위기는 아니었는데 그냥 눈물 나게 웃었다. 아마도 아버지의 영혼이 이승을 떠나면서 남은 가족의 눈물 속에 아픔 대신 미소와 익살을 남겨놓고 갔는지 모를 일이다. 눈물은 살아가야 할 사람의 커다란 위안이자 힘이기 때문이다.

주말이라 직원들이 모두 고향으로 내려간 텅 빈 숙소에서 홀로 비디오를 본 적이 있다. 시골에 있는 할머니에게 맡겨진 손자와 그 할머니의 생활을 다룬 〈집으로〉라는 제목의 영화다. 아주 평범한 일상의 얘기인데 그곳에는 낯익은 유년의 추억이 있다. 거기에는 밭일을 천직으로 알고 일만 하시다가 돌아가신

할머니와 말썽 많고 악동인 내가 있다. 특별히 감동한 것은 아닌데 왜 그리 눈물이 나던지. 적막한 공간 속에 혼자 남겨진 자의 고독이 숨어있던 눈물샘을 자극 한 것일까. 오랫동안 잊고 있던 할머니의 영상이 진한 그리움으로 다가온다. 할머니의 마음을 아프게 했던 행동들이 주마등처럼 스쳐 지나간다. 주책이다. 누가 보면 미쳤다고 나무랄 일이다. 하염없이 쏟아지는 눈물을 막을 길이 없다. 엉엉 큰 소리로 울고 싶어진다. 그래도 그것만은 자제해본다. 아무도 없는 공간에서 맘껏 눈물 흘릴 수 있다는 것은 참으로 흥미롭고 색다른 경험이다. 내 가슴 깊은 곳에 숨어있던 죄의식들이 눈물로 깨끗이 씻겨나가는 기분이다. 연못 속에 진흙을 맑게 물들이며 수선화를 피워올린 실핏줄의 힘이 눈물이 아닐까 하는 생각이 든다.

눈물은 인간의 본성을 회복시키고 인간다움을 피워내는 아름다운 명약이다. 나로 인해 상처받았을 모든 것들이 용서해 줄 것 같은, 혹은 용서를 구하고 새롭게 태어날 수 있을 것 같은 용기가 눈물 속에 흐르고 있다. 눈물이 지나간 자리는 우중충한 공간도 따스한 햇볕이 스며들고 우울했던 할머니의 영상도 미소 짓는 부처님의 모습으로 바뀌는 것이다. 그동안 내가 알고 있던 눈물의 의미가 역전되는 순간이다. 남자는 눈물을 흘리는 게 아니라던 전통적인 고정관념에서 벗어날 필요가 있다는 생각을 해본다. 물론 눈물 많은 소심한 겁쟁이가 되라는 얘기가 아니다. 잘못을 인정할 줄 아는 용기와 지치면 잠시 쉬어갈 줄 아는 여유를 가지는 것도 필요하다고 본다. 그야말로 눈물 흘릴 줄 아는 사람이 되고 싶다.

좋아하는 사람이나 풍경을 보면 눈물이 난다는 사실을 이해하지 못했던 적이 있다. 젊은 친구들이 스타들의 출연을 보면서 자지러지는 그 광경이 낯설기도 하고 방정맞다는 생각을 했다. 공부는 뒷전이고 아이돌 스타가 나오면 정신 못 차리는 딸애의 모습에 살짝 기분이 언짢아지기도 한다. 하지만 가만히 생각해보니 나도 마찬가지였다는 사실을 상기할 수 있었다. 가왕 조용필이 제주에서 공연할 때 구경 간 적이 있다. 흠모해오던 그의 모습이 무대 저편에서 조그맣게 보이다가 대형 화면에 클로즈업되어 다가오는 얼굴을 보자 마음이 설렌다. 수없이 들어왔던 노래다. 눈앞에서 직접 그가 부르고 있다. 노래를 듣는데 울컥하며 가슴을 치는 것이 있다. 눈물이 나온다. 얼른 눈물을 훔쳤지만, 그 감동의 여운은 공연 내내 지워지지 않는다. 감동과 열정은 눈물을 잉태한다는 것을 깨닫는 순간이다. 좀 요란스러운 면이 있기는 하지만 젊은 친구들도 내 딸도 나와 같은 심정이 아니었을까.

누구에게나 삶의 위안이 되고 충전이 되는 존재가 있는 법이다. 나에게 조용필 노래는 그런 존재란 생각이 든다. 처음 그의 노래를 들었을 때 고독한 영혼이 한을 내면 밖으로 토해내고 있다는 느낌이다. 인간이 지닌 한의 정서가 심금을 울리는 그의 노래를 통해 위로받고 있다. 노래를 통해 오히려 슬픔에서 벗어날 수 있었고 살아갈 힘을 얻는다. 그를 바라보며 감격에 겨워 흐르던 눈물은 고마움의 눈물이며 생의 의미를 밝히는 촛불이다. 눈물은 살아있음에 대한 명백한 증거이자 자신을 비추는 거울이다.

감동과 열정으로 영혼을 울리는 눈물만 있는 것이 아니고 때로는 원통하고 억울해서 흘리던 눈물도 있다. 하지만 눈물을 흘리고 나면 시원한 청량제를 마신 기분이 된다는 것을 한 번쯤은 맛보았으리라. 슬픔을 기쁨으로 승화시키거나 과거의 업에 대한 반성을 통한 인간성 회복을 시켜주는 아름다움이 숨어 있다. 아마 신은 인간을 창조하면서 눈물을 마음 깊숙한 곳에 숨겨두었단 생각이 든다. 그러니 눈물은 인간과 분리될 수 없는 영혼과 같은 것이다. 눈물이 있다는 것은 참으로 행복하고 감사한 일이다. 내가 살아있다는 증거이니까.

나는 걷는다

이별

인생이 무엇이냐고
내 인생이 뭐냐고
현실을 외면하고
이상을 찾아 헤맸건만
아직은 삼십 대
쌩쌩하다고 느끼면서
도전의 깃발을 들었다

젊음이 영원하지 않다는 것을 아는데
그리 오랜 시간 걸리지 않았다
인생이 그저 통속하거늘

무엇을 찾아 그리

헤맸던고

−이철화 〈인생〉 전문

　오랜만의 시를 읽어본다. 형은 진정 이승에서 무엇을 찾아 그리 헤매었던가. 힘들고 고통스러웠으리라. 순탄치 않았던 굴곡진 인생이다. 몹쓸 놈! 저리되려고 모질게 살았단 말이더냐고 울음을 터뜨리던 어머니의 가슴에 회한을 남기고 하늘로 간 형. 하늘이 회색빛으로 우울하다. 이 세상 억울해서 어떻게 갔을까. 아직 해결해야 할 일도, 이루지 못한 일도 많았을 텐데. 쓸쓸한 침묵만 남기고 기어이 가고 말았구나.

　교회 간다고 마스크하고 엘리베이터 안에서 배웅하던 나를 쳐다보던 애절한 그 눈빛. 암으로 인한 죽음의 문턱에서 구해달라고 애원하는 것 같았다. 자꾸만 살아오는 그 눈빛! 아무런 도움을 줄 수 없는 내 입장이 그리 먹먹했던 적이 있던가. 가슴이 아려오기도 하고 화가 나기도 했다. 인생이 그저 통속하거늘 형은 열정적이었다. 그러나 실속 없이 너무 힘들게 살았던 것 같다. 그러고 보니 그가 운명하던 날 이틀 후는 세상에 나온 날이기도 하다.

나그네의 말에 의하면 용을 타고 와서 용을 타고 귀천했다고 한다. 그리고 나비로 다시 태어났단다. 형의 영혼은 나그네의 입을 빌려 이승에서의 마지막 인사말을 남긴다. 다 걱정하지 말라고. 원망도 분노도 아픔도 모두 자신이 가져가니 모든 일이 잘 풀릴 것이라고. 자신이 있는 하늘엔 돈도 가득 쌓여 있으니 여기 있는 모든 사람에게 보내 줄 수 있다고. 돈 걱정은 말란다. 마지막 가는 길에도 허풍은 여전하네. 무슨 할 말이 그리 많은지 듣는 사람 눈물을 쏙 빼게 한다. 말 많은 것도 여전하네. 오지랖은 넓어서 가는 길 챙겨 줄 사람도 많다. 그래도 형수님 못 보고 간 것이 못내 서운하고 미련이 남는가 보다. '형, 이제 이승에서의 모든 기억 훌훌 털어버리고 마음 편히 훨훨 날아가!'

형의 삶을 반추해 본다. 어릴 적엔 공부도 곧잘 하고 부모님을 도와 농사일도 제법 거들던 우리 가족의 대들보이면서 희망인 장남이다. 언제부터 어긋나기 시작했던 것일까. 결혼으로 가정을 이루고 가장이 되어 부모에게서 독립을 위한 생활이 정녕 그에게는 버거운 짐이었단 말인가. 결혼생활 시작하면서부터 끊임없는 불화, 개인회생 신청까지 이르게 된 나아지지 않는 경제 상황, 그러다 보니 허황한 꿈에 젖어 가족을 무던히도 힘들게 했다. 부모님이 마련해준 주택을 처분하고 부모님 소유의 밭을 팔고도 채무를 해결할 수 없었던 그의 무모함과 무능함에 화가 났다. 나이 들고 편찮은 부모님을 부양해도 모자랄 판에 오히려 걱정만 잔뜩 안기는 그가 밉고 한심해 보이기까지 했다. 하지만 그도 탈출구를 찾아 몸부림쳤을 것이다. 세상이 호락호락 뜻대로 되지 않았을 뿐이다.

병문안을 간 아내와 나에게 힘이 풀린 눈으로 연신 고맙다는 말을 했다.

"이렇게 걱정만 끼쳐드려서 면목이 없네요. 갚아야 할 빚이 많은데 그저 고맙다는 말밖에 할 수가 없네요. 얼른 나아서 은공을 갚아야 할 텐데…."

당사자인 형이야 오죽했을까. 얼마나 힘든 생활의 연속이었을까. 울고 싶어도 울지 못하는 생활의 찌든 때가 누렇게 변색하여 저리 병이 된 것이리라. 한번은 운전자가 차선을 이탈하여 형의 차를 덮치는 바람에 상대방이 사망하는 교통사고를 당한 적이 있었다. 그 후부터 형은 운전이 무서웠다고 한다. 그래도 먹고 살기 위해서는 운전대를 잡아야 했고 혹시라도 사고가 났던 곳을 통과해야 할 때는 일부러 그곳을 피해 멀리 돌아가야 하는 수고를 마다하지 않았다. 최고의 부자가 될 수 있다는 다단계의 유혹에 빠져 심신이 피폐해지고 살림도 곤궁함에 봉착했다. 종국에는 이혼까지 해야 하는 일련의 과정을 겪으며 고통과 절망이 그를 단단히 붙들어 맸고 그 무게가 내면에 쌓이고 쌓여 왔다. 제 몸과 마음을 돌아볼 여유가 없었다.

　마음을 추스르고 살아보려고 하니 이번에는 몸이 말을 듣지 않는다. 먹으면 토하고 먹으면 토하고 아무래도 이상해서 병원에서 검사를 받아보니 위암이다.

　중증환자로 등록하고 정밀검사를 받는다. 걱정하는 나에게 문자가 날아왔다. "너무 걱정하지 마라. 다행히도 위암4기는 아니란다. 수술하면 괜찮아 질것 같아.' 의사는 힘든 수술이 될 수 있고 수술이 끝나면 중환자실로 옮기게 될 것이란 설명을 해준다. 암 덩어리를 제거해서 나을 수만 있다면 수술의 공포는 아무것도 아니니라. 수술할 수 있는 자체만으로도 생명을 연장할 수 있는 희망이 보이는 것이기에 수술 및 그 후의 모든 치료 과정을 극복할 수 있으리라 자신하고 있었다.

　수술이 있는 날 아침 병원으로 갔다. 이미 형은 수술실로 들어갔고 부모님과 조카가 대기실에서 근심 어린 표정으로 앉아 있다. 대기실에는 수술실을 향해 눈을 고정해 놓고 굳은 표정으로 앉아있는 다른 사람도 보인다. 숨 막힐 듯한 고요와 깊은 침묵이 흐른다. 침묵을 깨고 한숨 섞인 넋두리가 들린다. 조곤조곤 속삭이는 이야기의 파도가 넘실거린다. 내 정신은 넘실거리는 파도에 맡겨놓고 고요의 바다를 한참 동안 항해하고 있다. 두 시간 정도 항해했을까. 수술실 문이 열리고 다급하게 보호자를 찾는다. 어렴풋이 형의 이름이 들린다.

　암으로 추정되는 좁쌀만 한 것이 장기에 가득 퍼졌단다. 그것에 성분을 조직 검사해보고 계속 수술을 할 것인지를 결정한다고 한다. 보호자를 부를 때 느낌이 안 좋더니 결국 어려운 상황이었구나. 다시 한번 우리는 수술실 문 앞에 불려가고 의사의 절망적인 소리를 확인해야만 했다. 조직검사 결과 암이 퍼져있어 수술은 의미가 없다고 한다. 암이 퍼지지 않았다면 암 덩어리만 제거하면 희망이 있겠지만 지금 상황은 그냥 덮는 것이 상책이란다. 그러니까 수술로써 손을 쓰는 단계는 이미 지나버렸다는 얘기이고 마음의 정리를 하는 게 좋다는 소리다. 아무 말도 못 하고 죄인처럼 의사의 입만 망연히 쳐다볼 뿐이다. 어느 정도 살 수 있느냐는 아버지의 질문에 언제까지 먹을 수 있을지 모르겠으나 수개월이라고 단정을 짓는다. 어머니가 참았던 눈물을 기어코 흘리고 만다. 조카도 눈시울이 뜨거워지는지 남 모르게 화장실을 향한다. 이럴 줄 알았으면 처음부터 배를 절 개하지 말걸 괜한 짓을 한 것 같아 씁쓸했다.

형에겐 어떻게 설명을 해야 하나. 의사는 회진하면서 자신이 설명하겠노라 했지만 난감하다. 의식이 어느 정도 회복된 형은 일반병실로 옮겨졌다. 계획대로라면 자신은 중환자실에 옮겨 져 있어야 하는데 일반병실로 와 있는 것이 아무래도 이상한 모양이다. 암 제거 수술은 했는지, 왜 일반병실로 왔는지 자꾸 묻는다. 무어라 딱히 대답할 말은 떠오르지 않고 답답한 가슴 만 억누르며 서로 눈치만 살핀다. 수술이 잘 끝났으니까 병실 로 옮긴 것이라는 어머니의 답을 듣고서도 형은 반신반의하면 서 혼자 중얼거린다. "열어보니까 생각보다 심각하지 않아 수 술이 쉽게 끝났나 보네!" 우리는 흘러가는 물인 양 그 말은 못 들은 척 묵묵부답이다. 약속된 회진 시간이 조금 흘러 의사 선 생님이 병실로 찾아왔다. 수술실에서 우리에게 했던 자세한 설 명은 생략한 채 항암치료를 하면서 경과를 지켜보자는 말만 하 고 사라진다. 형은 고개를 끄덕여 보였지만 여전히 자신의 상 태를 인지 못 하는 것 같다. 대신에 스스로 희망을 꾸며가고 있 는 듯했다. 수술로 인해 어느 정도 암은 제거되었고 치료만 잘 받으면 금방 건강해져 이전보다 더 나은 생활을 할 수 있으리라고. 그것은 우리가 바라는 기적인데 현실은 그리 밝지 못했다. 암 환자에게 좋다는 복국이며 양배추즙을 만들어 갔지만 얼마 먹지 못하고 온종일 변기통을 붙잡고 토할 뿐이다.

죽음을 이토록 가까이 느껴본 적이 있었던가. 물론 사는 동안 많은 죽음의 소식을 접하고 혹은 죽음의 실체에 대해 상상해왔다. 여동생을 먼저 떠나보낸 지도 수십 년이 흘렀다. 친구들의 부고 소식에 안타까운 마음으로 장례식장을 지키기도 했다. 누구나 거부할 수 없는 삶의 완성이라는 것도 어렴풋이 깨닫고 있다. 욕망을 충족시키는 유일한 대상은 죽음뿐이라고 프로이트는 말하지 않았는가. 하지만 여전히 나에게는 떠올리고 싶지 않은 비밀 같은 것이다. 하지만 지금은 암이라는 사형 선고를 받고 하루하루 메말라가는 그를 바라보면서 죽음이라는 단어가 뇌리에 박혀 떠나질 않는다. 죽음의 언저리에서 맴돌고 있는 그가 괜찮다고 나을 수 있을 것 같다고 말을 할 때마다 가슴 저리는 아픔을 느껴야 한다. 혼자 길을 걸을 때면 나도 모르게 한숨이 터져 나오고 어디선가 흘러나오는 암이라는 단어를 들을 때마다 눈물이 난다. 멈추려고 입술을 깨물면 코끝이 찡해져 그만 인상이 일그러지고 만다. 그리고 생을 포기

나는 걷는다

하지 않고 끝까지 살려는 의지를 볼 때마다 삶에 대한 숙연함이 느껴진다. 죽음은 이승에서의 영원한 이별이 아닌가. 그 이별이 가까워져 옴을 느끼고 있는 듯했다. 어쩔 수 없이 받아들여야 하는 운명임을 깨닫고 서서히 떠날 채비를 하고 있다. 무분별한 열정과 고집 대신 겸손함이 그에게서 묻어나온다. 이별을 노래하는 그의 메마른 직립 너머로 눈부시게 아름다운 노을이 지고 있다.

　다리가 퉁퉁 붓고 복수가 차오르던 날 주치의가 환자 보호자를 찾는다. 상태가 급격히 나빠질 것이며 일인실로 옮기고 마음의 준비를 하란다. 그리고 위급 시 심폐소생술 거부동의서에 서명했다. 생명을 연장하는 것이 아니라 일시적인 의식만 살아날 뿐 다른 장기들만 손상을 입힐 수 있다는 설명을 들을 수 있었다. 착잡하다.

　일인실로 옮기고 오후 5시 30분에 운명했다는 소식을 들었다. 정신을 가다듬고 장례식장에 전화하고 친지와 지인들에게도 부고 사실을 알렸다. 간단히 장례를 치르려 했으나 형을 추억하고 애도하는 사람과 남아 있는 사람을 위로하기 위해 많은 사람이 방문해 주었다. 그래도 그가 가는 길 외롭지 않았다. 매우 고맙다. 염습실에서 수의를 입은 그의 모습이 눈물이 나면서도 따뜻했다. 이제 영원한 이별이다. 형은 나비가 되어서 이 승에서 못다 한 시를 우리 가슴에 날아와 쓸 것이다. 열심히 살 다가 이 세상 운명이 다하는 날 아주 편안한 마음으로 미소만 남는 그곳으로 오라고. 그때쯤이면 이 세상 아름다웠노라고 어 떤 시인처럼 노래하게 되겠지. 죽음 그리고 이별 어쩌면 삶의 아름다운 동행이다.

나는 걷는다

노숙자의 항변

    찌는 더위에 바람 한 점 없고 열기만 올라오는 한낮이다. 삐질삐질 땀이 새어 나오고 칙칙한 기운이 사무실을 습격한다. 냉방기는 가동한다고 하나 별 효과가 없다. 전화벨 소리가 울리고 그 소리는 땡볕에 사납게 울어대는 매미처럼 짜증스럽게 느껴질 때가 있다. 하지만 정중하고 성의 있게 받아야 한다. 난 프로니까. 근데 수화기를 타고 전해오는 말본새가 심상치 않다. 무더운 대낮부터 한 잔 걸친 모양이다. 횡설수설 무슨 소린지 알아듣기 힘들다. 그가 말하고자 하는 바를 파악하느라 온 신경을 곤두세운다. 나름 베테랑이라 자부하는데 쉽지 않다. 아마도 더위 탓이다. 그도 나도 더위로 정신이 혼미해져 소통에 잡음이 생기는 것이리라. 그의 말에 주의를 기울이니 매번

강조하는 소리가 또렷이 전달된다. "나는 노숙자다!" 노숙자가
벼슬은 아닐진대 자꾸 강조한다.

자신이 몹시 힘든 상황임을 알리려는 방편인 것 같다. 그리
고 고향에 있는 조상 묘지가 압류되어 있단다. 순간 무엇을 의
미하는지 감이 온다. 압류가 되어 있다는 것은 체납자라는 사
실이고 체납자라면 분명 고지가 되어 있을 터, 고지의 원인을
조회하는 민첩함을 잃지 않았다. 아닌 게 아니라 양도소득세가
고지되어 있었고 세금을 내지 못했다는 내용을 확인할 수 있
었다. 그런데 양도의 원인이 경락에 의한 소유권 이전이다. 잠
시 말문이 막히고 답변하는데 애로가 있음을 직감적으로 느낄
수 있다. 그도 그럴 것이 경험에 의하면 이런 경우 십중팔구는
망한 사람에게도 세금을 매기냐고 역정을 낸다. 그들의 사정을
일일이 파악할 길은 없지만, 부동산 매각대금이 대부분 그들의
수중에 들어오지 않는다. 그리고 연락이 끊겨 행방이 묘연하고
숨어다니는 처지일 때가 많다. 그래도 어찌하겠는가. 평정심을
잃지 않고 차근차근 설명해주는 것이 내 일이고 의무다.

양도소득세는 유상 이전되는 부동산 등에 대해 세금이 매겨
진다. 물론 경매에 의한 이전이면 빚을 갚느라 돈 한푼 만져보
지 못하고 어려운 상태에 있겠지만 그 대가로 채무가 줄었으

니 유상 이전인 것만은 확실하다. 즉 부동산을 팔아 그 돈으로 빚을 갚은 꼴이다. 그는 내 설명에 일면 수긍하는 듯했다. 한편 양도소득세는 양도가액과 취득가액의 매매차익에 대해 세금이 나간다는 설명도 해주었다. 그러자 자신은 손해 봐서 팔았기 때문에 세금이 없어야 한다고 주장을 한다. 계속 손해 봤다는 주장만 되풀이할 뿐 양도가액인 경락가액과 취득가액에 대해서 정확히 아는 바가 없는 듯하다. 그가 주장하는 양도가액과 결의서상 양도가액에 차이가 크다. 그래서 연락처를 남기면 세금 고지에 대해 문제점이 없는지 다시 한번 검토를 해보고 전화를 준다고 하니, 자신은 연락처가 없다고 한다. 대신에 확인해 놓으면 나중에 전화를 준다고 하여 흔쾌히 수락했다.

혹시나 하는 마음으로 그 자료에 대해 찬찬히 검토를 해봤다. 양도가액에 대해서 애초 결정한 경락가액이 맞는지 조회해보았다. 몇 번을 검토해도 결정된 양도가액이 정확하며 그가 말하는 가액은 너무 낮고 잘못 알고 있음이 틀림이 없다. 취득가액은 취득한 지 오래된 임야라 환산가액으로 결정된 상태다. 아무리 생각해도 그가 실제 취득가액을 제시하는 것은 어려워 보인다. 그의 전화를 받고 확인한 내용을 자세히 설명해주고 고지와 압류의 당위성에 대해서도 참을성 있게 설명해주었다.

또한, 취득가액에 대한 증빙을 제시하면 적극적으로 검토할 테니 언제든지 방문하라는 말도 잊지 않았다. 분명 내 말의 취지를 이해하고 고지와 압류의 당위성에 대해서도 수긍한다는 말을 들을 수 있었다. 여기까지는 괜찮았다.

문제는 압류된 땅이었다. 자신은 노숙자이고 국가가 자신에게 해준 것이 없으므로 압류를 풀어달라는 반복되는 읍소작전이 시작든다. 그 땅을 살펴보니 압류된 지가 오래되었고 공매 의뢰 검토 대상 토지로 올라와 있어 공매 의뢰를 한 상태였다. 대략난감이다. 위기를 모면하려고 거짓을 아뢸 수는 없지 않은가. 그래서 사실대로 공매 중이라고 넌지시 말하니 갑자기 그의 목소리 톤이 한 옥타브 올라간다. 숨소리가 거칠어지고 말이 빨라진다.

"그것은 안 된다. 그 땅은 조상 땅이야. 내 부모님이 묻혀있는 곳이라고…."

이제까지 어떻게 참았나 싶다. 체납처분을 할 수밖에 없는 처지를 설득하려 했지만, 그의 감정은 통제 불능 상태다. 그렇게 길고 빠르고 매서운 욕설을 들어본 적이 없다. 너는 아비 어미도 없는 호래자식이냐, 조상님도 몰라보는 너 같은 놈은 모가지를 따버리겠다. 그 제주가 기특하다. 저렇게도 욕할 수 있는구나, 마치 남의 일 구경하는 것처럼 아득하여 아무런 대꾸도 떠오르지 않는다. 소나기를 맞듯 피하지도 못하고 욕에 흠뻑 젖었다. 전에는 젊은 혈기로 욱하고 받아쳤을 텐데 그런 기력도 사라져 버린 것 같다. 화가 나는 대신 목구멍으로부터 슬픔 같은 것이 울컥하고 올라왔다. '노숙자' 그가 강조하던 단어가 뇌리를 스치고 지나간다. 그의 마지막 남은 자존심마저 포기해버리는 것 같아 그의 욕설이 슬프고 안쓰럽다. 이 정도쯤이야 단련된 줄 알았는데 가만히 내 마음을 들여다보니 주인 잃고 초라하게 떨고 있는 강아지 같다.

어느 법인 대표자가 체납 독촉 전화에 한참 동안 욕설을 퍼붓고 끊어버린 적이 있었다. 그때도 그가 자신을 내팽개치고 자포자기할까 봐 노심초사했다. 그런데 보름 후에 찾아와서는 아주 공손하게 공무원에게 욕을 해놓고 마음이 편치 않았노라 고백한다. 물론 밀려있는 세금도 완납하였다. 정말 행복한 순간이다. 밀린 세금을 받을 수 있어서 좋기도 했지만, 그가 포기하지 않고 회생할 수 있었다는 사실이 더욱 나를 기쁘게 한다. 하지만 이번에는 그럴 가능성은 없어 보인다. 그가 전화를 끊은 뒤 압류된 땅에 대해 살펴본다. 지적도에는 그가 말하는 묘지가 없었지만, 인터넷을 통한 항공사진에는 촘촘히 묘지가 보인다. 그의 말대로 조상의 묘가 있는 조상 대대로 대물려 온 땅이 맞을지도 모른다는 생각이 든다. 자산관리공사에 연락하여 공매 중지를 부탁했다. 교양 머리 없이 모욕적이고 불쾌한 언어를 아무렇지 않게 내뱉는 그가 밉지 않다면 그것은 거짓말일 것이다. 그런데 나에게 들리는 것은 그의 욕설만이 전부가 아니다. 정부가 나에게 해 준 것이 무엇이냐는 항변도 들린다. 그 땅으로 인해 오히려 정부 보조를 받지 못한다는 억울한 호소도 있다. 노숙자가 될 수밖에 없는 지금의 처지가 가엾어 보인다. 그리고 조상이 묻혀있는 땅만은 지키고 싶다는 그의 진심과 자존심을 읽을 수 있다. 조상님에게 면목 없어 하는 죽지 않은 양심을 볼 수 있다. 그 양심마저 무너진다면 앞으로 갈 길은 자명하다. 더 막무가내로 망가져서는 아니 된다.

　노숙자를 양산하는 현실이 답답하다. 아무런 희망 없이 추락하는 그들의 처지가 안타깝다. 그들 자신의 잘못과 책임이 제일 크다는 것은 변명의 여지가 없어 보이지만 이를 막을 수 없는 경제 현실이 무겁고 한숨이 절로 난다. 그들이 하루빨리 자존감을 되찾고 재기하기를 간절히 바란다. 메마르고 절망으로 찌든 가슴에 부디 희망이 싹트기를 두 손 모아 기도한다. 일하다 보면 이런저런 상황에 맞닥뜨리게 된다. 땀나게 일하는 즐거움이 크지만, 곤욕을 치를 때도 있다. 업무 특성상 욕도 많이 먹는 직업이라 그리 편할 수만은 없다. 그래도 욕 많이 먹으면 오래 산다는데 오늘은 그것에 위안으로 삼아 볼일이다.

3부

노을언덕

노을 언덕 저 물결 속에서 시월의 꽃이 일제히 촛불처럼 타오르는 것을 본다. 결미로 바래지 않을 것 같았던 견고한 거짓의 성이 어둠 속에서 반짝이는 별빛 달빛으로 서서히 무너져 내리고 있다.

맛

틀니를 하신 아버지가 떠오른다. 아버지는 음식을 제대로 씹지도 못하고 오물거리다 그냥 삼킨다. 그러니 소화가 제대로 될 리 없을 것이고 항상 더부룩한 배는 음식물을 처리하느라 꺽 꺽 힘에 부친 소리를 낸다. 무엇보다 맛있는 음식을 마음 놓고 음미할 수 없다. 질기거나 딱딱하면 입에 댈 엄두조차 내지 못한다. 게다가 틀니를 빼내면 두 볼이 오므라들어 볼품이 없고 훨씬 연세가 들어 보인다.

오랫동안 통증에 시달리던 이를 치료하기 위해 치과를 찾았다. 치과의사가 내 치아 상태를 살펴보더니 고개를 설레설레 흔들며 심각한 표정을 짓는다. 임플란트해야 한다고 한다. 임플란트는 치료 기간이 오래 걸리고 비용도 고가다. 그렇지 않

나는 걷는다

으면 틀니를 하는 방법이 있다고 하면서 틀니 모형을 눈앞에 올려놓는다. 틀니는 임플란트에 비교하면 가격이 훨씬 저렴하다. 다만 씹기에 불편하고 음식 맛도 옳게 느낄 수 없다는 단점이 있다고 설명을 해준다. 그 설명은 듣지 않아도 아버지를 통해서 이미 잘 알고 있는 바다. 이 나이에 벌써 틀니라니. 틀니를 한 나를 생각하니 마음이 무겁고 우울해진다. 비용과 시간이 많이 들어도 임플란트를 하기로 한다. 그런데 슬픔 같은 것이 치밀어 오른다. 치과가 없었던 옛날 사람들은 이가 아프면 어떻게 했을까? 괜한 걱정이 들고 궁금증이 밀려온다.

이가 튼튼한 사람을 보면 부럽기 그지없다. 이가 좋다는 것은 먹는 즐거움을 누릴 수 있으니 얼마나 행복한가. 잃어버리고 나서야 그것이 귀한 것을 알게 된다. 이를 뽑고 나서야 음식을 씹을 수 있는 이가 얼마나 소중하고 고마운지를 실감한다. 미식가는 아니지만 먹는 즐거움이 큰 나에겐 더욱 그 존재가 크게 다가온다. 뭐니 뭐니 해도 음식은 씹는 맛이 최고가 아닌가. 지금이야 먹고 싶은 것을 원하는 대로 시식할 수 있지만, 옛날에는 배고픔을 면하는 것 자체가 위안이었던 때도 있었다.

가난한 중학교 시절이 떠오른다. 집과 학교 사이가 멀어서 부모님은 학교 근처에 자취방을 얻어 주셨다. 먹을거리라고는 보리와 쌀을 섞은 보리쌀이 있으면 족했다. 거기에다가 김치와 마농지*만 있으면 진수성찬이다. 때로는 찬이 떨어져 간장에 밥을 먹은 적도 많다. 라면은 질리도록 먹었지만, 당시엔 귀한 음식이다. 지금도 고향을 그리워하는 사람처럼 맛을 보곤 한다. 내 자취방은 인기가 최고다. 동무들이 와서 놀다가 라면과 밥으로 배를 채운다. 그러니까 쌀과 찬이 금방 바닥이 난다. 일주일마다 어머니가 오셔서 쌀통에 쌀을 채우고 가셨는데 바닥난 쌀통을 보고는 고개를 갸우뚱거리시곤 했다. 어떤 날은 쌀이 떨어져 물로 허기를 채운 적도 있다. 그러나 내가 해준 밥이 맛있다고 눈 깜짝할 사이 밥솥을 비울 때는 흐뭇하다. 같이 나눠 먹는 식탁은 가난까지 맛있다. 지금은 김치가 금치로 불릴 정도로 귀하신 몸이 된 때도 있지만 당시엔 가난한 학생의 도시락 반찬으로 숨기고 싶은 맛이기도 하다. 하지만 찔레순을 따 먹던 가난하고 순박한 그 시절은 지금 가장 소중하고 귀한 맛이다. 허기진 배를 채우고 나면 숟가락을 마이크 삼아 노래를 부르고 자지러지게 웃고 떠든다. 그러다가 주인 할머니에게 꾸지람을 듣는다. 할머니의 눈총과 꾸지람도 그때는 짜릿한 청춘의 맛이다.

---

* '마늘장아찌'의 제주어.

나는 걷는다

한 번은 친구 집에 놀러 간 적이 있다. 그의 어머니는 학교 근처에서 약국을 운영하고 계셨다. 그 친구 방에서 난 처음으로 식빵을 만난다. 그는 식빵 한 조각을 먹어보라며 준다. 야들야들하고 부드러운 것이 입에서 살살 녹는데 그렇게 맛있는 음식은 난생처음이다. 친구는 한 조각 베어 물고는 별로라는 듯 한쪽 구석으로 툭 빵 봉지를 내던진다. 한 조각 더 먹고 싶은데 아니 가능하다면 그것으로 배를 채우고 싶은데 차마 더 달라는 말이 떨어지지 않는다. 결핍의 맛, 여운의 맛, 그 맛은 오래도록 뇌리에 남아 떠나지 않는다. 지금은 식빵뿐만 아니라 그사이 불고기, 달걀부침, 채소 등 구미에 맞게 선택해서 질리도록 먹을 수 있다. 하지만 그 당시 식빵 한 조각의 맛은 도저히 찾을 수 없다. 지나간 세월처럼 그 맛은 영원히 흘러가고 말았나 보다. 모든 것은 넘쳐나면 모자람만 못하다. 부족하지만 같이 나누고 같이 꿈꿀 때 그 맛은 더욱 깊어지고 잊히지 않는 것 같다.

또 하나의 잊을 수 없는 맛이 있다. 감귤 맛이다. 눈이 오는 깊은 밤 따뜻한 방바닥에 배를 깔고 재미난 책을 읽으며 까먹던 시큼 달콤한 그 맛을 난 영원히 잊지 못할 것 같다. 가보지 못한 세상을 만나고, 흉내 낼 수 없는 문장을 만난다. 이런저런 세상의 풍경과 인간의 모습을 만난다. 나보다 더 비참한 사람들이 무참히 짓 밟히면서도 꿈과 희망을 버리지 않고 결국 강인한 인간성으로 일어서는 그들을 만나다 보면 눈물이 맺힌다. 그때 한 알 감귤이 입안에서 씹히면 감동의 전율이 온몸을 흐른다. 내 인생의 절반은 감귤이 키웠다고 해도 과언이 아니다.

　과수원을 관리하느라 부모님의 고생이 많다. 저 감귤이 없어야 부모님의 힘든 노동도 끝이 날 것 같은데 그리 녹록지 않은 일이다. 집안의 어려운 경제를 지탱해준 고마운 존재다. 자식 같은 존재다. 그러니 어찌 감귤에서 손 놓을 수 있으리. 마음만 가득하고 열매가 익어서 수확할 때만 도와주는 척한다. 그러면서 큰 수확을 바라는 내 마음이 염치없다. 아무런 노력과 고통의 순간 없이 그저 좋은 작품만 얻으려는 이 안일한 마음도 염치없기는 마찬가지다. 감귤을 따서 누군가에게 선물을 보낼 때는 기분이 좋아진다. 그것을 맛보고 좋아할 사람을 생각하면 내 맘도 기쁨으로 행복해져 온다. 눈 오는 밤 내가 맛봤던 감동을 그들에게도 전달해 주고 싶은 마음이 간절하다. 누군가에게나 자신도 감동적인 맛이 되고 싶다.

깃발

깃발이 펄럭인다. 내 마음도 흔들린다. 내 마음이 흔들리며 머무는 그곳에 무엇이 머무는지 모른다. 마음이 흔들리는 이유를 모른다. 사무실 창문 밖 깃발이 매달린 채 허공에 펄럭인다. 내가 흔들리고 있는 것인지 깃발이 흔들리고 있는 것인지 고개를 들 때마다 다가오는 깃발이여! 나를 흔드는 저 분노와 기쁨은 모두 외부에서 밀려오는 것인가. 아니면 어디에 숨어있다가 도둑놈처럼 나타나는 것인가. 정체 모를 이 기분은 어디에서 오는지 그 원천을 알 수가 없다. 물론 외부적 충격이 원인이 되어 나를 흔들고 있음을 인식할 수가 있다.

하지만 고요히 밀려오는 불안감과 우울증이 어디에서 오는 것인지 분간이 아니 될 때도 있는 법이다. 그럴 때면 으레 그

원인을 밖에서 찾는다. 이를테면 누가 나를 심하게 공격하였다든지, 나를 무시하거나 미워해서 흔들리고 있는 것이라고 믿는다. 의기소침해진 나는 복수를 꿈꾼다. 내가 받은 상처를 그에게 돌려주거나 더 미워하여 그에게 고스란히 전달해주고 싶다. 하지만 내가 생각하는 것처럼 그들은 나에게 관심이 없을지 모른다. 내 흔들림에 사로잡혀 타인의 마음을 돌아볼 여유가 없는 것처럼 그들도 자기 생각에 바쁘다. 타인의 마음을 배려할 줄 아는 여유는 가져야 하겠지만 남의 눈과 생각에 지나치게 반응하는 것은 현명한 일이 아니다. 누가 나를 미워해서 괴로운 것이 아니고 누군가를 미워하는 내 마음 때문에 괴로운 것이다. 원인은 밖에 있는 것이 아니라 바로 내 마음에 기인한 것이란 생각이 든다. 세상을 향해 움직이는 모든 것은 마음이 운전하는 방향에 따라 흔들리고 있는 것이리라.

깃발은 깃대에 매달려 펄럭일 때 그 존재가치가 있다. 태극기가 보이고 정부라는 글귀가 새겨진 파란 깃발도 보인다. 깃대에 매달린 깃발은 항상 그곳에서 나아가지 못한다. 누구일까? 시인은 묻는다. 슬프고도 애달픈 마음을 맨 처음 공중에 달 줄을 안 그는 누구냐고. 불완전한 운명은 완전한 세상을 꿈꾸고 있는지도 모른다. 우리에게 주어진 현실과 상황이 슬프고 애달프다. 그리하여 극복할 수 없는 운명에 대한 도전으로 소리 없는 아우성을 친다. 누구나 짊어진 삶이라는 무게, 도달하고자 하는 자아실현의 세계, 하지만 현실은 무겁게 결핍되어 채워지지 않는 항아리이다. 무엇을 채우려 저리 몸부림치는 것일까. 깃대에서 더 나아갈 수 없는 운명이지만 꿈조차 머물러서는 안 된다. 포기하고 물러선다면 그가 가야 할 길은 자명하다. 땅에 떨어진 깃발 그런 깃발이라면 무슨 의미가 있단 말인가. 깃대를 떠난 깃발의 운명은 이미 존재가치를 잃어버린 천 조각에 불과하다.

그가 지닌 이상은 때로는 목숨보다 강하다. 그가 추구하는 세상을 위해 싸우다 장렬히 전사한 이들이 얼마나 많은가. 공동의 선을 지켜내기 위해 깃발을 매달다 바람처럼 허공으로 사라진 어린 목숨도 있다. 가슴에 손을 얹고 그대의 숭고한 넋을 위해 기도드린다. 그들의 희생이 그들이 추구하는 세상을 만드는데 초석이 되기를 간절히 바란다. 세계는 항상 같은 방향으로 흐르지는 않는다. 서로 다른 이상과 소망이 충돌하기도 한다. 역사를 살펴보면 투쟁과 도전의 연속이다. 전진하면서도 후퇴하면서도 역사의 깃발은 휘날린다. 깃발은 승리의 함성으로 춤추기도 하고 패배의 쓰라림으로 비장한 울음을 삼킬 때도

있다. 깃발 아래에서 역사는 싸움의 승리도 주고 패배의 교훈
도 준다. 인생의 푯대에서 깃발은 영원한 이상을 향해 끊임없
이 아우성을 친다.

그날도 깃발은 나부끼고 있었다. 매캐한 최루탄 냄새, 화염
병과 돌멩이가 허공을 날아다닌다. 그들이 부르던 노래에 실려
거리를 배회하던 깃발은 왜 그리도 슬프고 비장하던지. 깃발을
바라보는 내 청춘은 철저히 세상과 고립된 채 진한 외로움을 마
신다. 내가 꿈꾸는 세상은 사랑이 있는 투쟁이고 사랑이 있는
정의다. 동지는 간데없고 깃발만 나부끼는데 정녕 새날은 올
수 있을까. 막막함, 패배주의 그 당시 내 안을 잠식하던 단어였
던 것 같다. 그래서 그날의 깃발이 서럽고 싫었는지 모른다. 어
쩌면 미래에 대한 두려움과 간절한 소망이 그날을 대변하고 있
다. 젊은 청춘이 깃대에 매달려 위태하게 펄럭이고 있지만, 사
랑이 지배하는 새날은 오리라 굳게 믿는다. 그 슬픔의 힘으로
견디며 살았고 여태까지 흔들리며 살고 있음이다.

때로는 모든 것을 놓아버리고 싶을 때도 있다. 맨 처음 공중
에 단 저 깃발의 의미를 알아서 무엇하리. 의미와 관습이라는
감옥에 갇혀 쉬지 못한다면 좀 더 소중하고 넓은 세상을 놓쳐
버릴 수도 있지 않을까. 햇살마저 졸음에 겨운 평화로운 오후,

깃대에 제 몸을 친친 감은 채 졸고 있는 깃발이여! 이제 지쳐버렸는가. 기가 죽어 포기한 채 세상으로부터 너의 존재를 숨기고 싶은가. 너의 모습을 보고 있노라니 지금의 내 모습 같아 한숨이 절로 난다. 힘이 빠진다. 아니 그도 휴식이 필요한지 모른다. 잠깐 모든 걸 내려놓고 호흡을 가다듬을 필요도 있다. 그의 운명은 포기하지 않고 도전을 향해 영원히 흔들려야 한다는 것을 스스로 잘 알고 있기 때문이다.

그렇다. 저렇게 힘차게 흔들어야 한다. 비에 젖고 바람에 젖어도 세상을 향해 흔들어야 한다. 고난과 역경에 굴하지 않는 아리랑의 몸부림처럼, 한 많은 이 세상 살아온 그 힘으로…. 저 흔들림을 볼 때마다 무기력해진 나를 깊은 물 속으로 내던지는 것 같다. 빠져 죽지 않으려면 온 힘을 다해 헤엄쳐 나오라고 외치는 것 같다. 살아서 펄럭여야 하리. 꿈이 아무리 멀게 느껴질지라도 펄럭여야 한다. 그래야 가슴이 약동하는 울림을 느낄 수 있다. 그렇게 포기하지 않고 간절히 흔들리다 보면 어느새 꿈이 이루어지고 있다는 사실을 알게 된다. 살아 있음에 대한 의미와 가치를 깨치리라. 세상 풍파에 헤어지고 닳아 누더기가 될지라도 깃대에 남아있을 때 그의 모습은 진정 아름답고 행복하다.

산책

    친숙하고 익숙한 이름이다. 그런데 너무 오랫동안 무관심했었나 보다. 그래서 그런지 낯설고 생소한 느낌이 들기도 한다. 어쩌면 권태라는 손님이 찾아와서 눈맛을 빼앗아가 주위의 풍경을 단조롭고 건조하게 만들어 버렸는지도 모른다. 일과 생활에 찌들어 감흥을 잃어버린 이름이다. 넷째 주 토요일이면 방문하는 장애인요양원에서 오랜만에 산책을 하자고 한다. 뜨겁지도 않고 가녀린 산들바람에 실려 오는 고요한 5월 햇볕의 유혹을 어찌 마다할까. 모르는체하고 방안에 틀어박혀 있는 것은 도리가 아니다.

    팀장님의 승낙을 받고 종호의 손을 잡고 방을 나왔다. 현승이와 기범이와 광원이는 휠체어 탄 친구들과 같이 나왔다. 산책

나는 걷는다

하면 사색할 수 있는 여유로운 시간과 건강에 좋은 물질이 뿜어져 나오는 숲길이 우선 떠오른다. 물론 여기는 숲길이 아니다. 마당을 돌면서 햇빛과 바람을 느끼는 것이 고작일 수도 있다. 그래도 마당 이곳저곳을 돌아다니면서 하늘을 보고 땅을 보고 사람을 볼 수 있다. 표정이 없어 슬퍼 보이는 그들의 얼굴에 바람과 햇빛이 악의 없는 장난을 건다. 미세하게 일어서는 미소와 손끝에 피어나는 즐거운 경련을 볼 수 있다.

무언가 성이 차지 않는다. 마당을 벗어나고픈 모험심이 생긴다. 이심전심이었을까. 분명 종호의 손과 발끝이 바깥을 향하고 있다. 제주첨단과학단지 내 있는 이곳은 차량이 뜸하다. 느린 걸음 두 개가 보조를 맞추며 인도를 따라 걸어간다. 줄지어 선 건물이 메말라 있는 저수지처럼 삭막하고 허전하다. 드문드문 키 작은 나무들이 빈약하면서도 쓸쓸해 보인다. 확 눈에 띄는 화려한 풍경이 없어도 종호의 표정이 밝아진다. 소풍 가는 어린아이처럼 입술이 살며시 벌어지면서 입꼬리가 자꾸 하늘로 올라간다. 모험을 떠나는 사람처럼 비장한 모습을 보일 때도 있다.

외로움으로 달구어진 보도는 생명이 없는 삭막한 공간인 줄 알았다. 발밑에 정신없이 돌아다니는 개미를 보기 전까지는 그

랬다. 보도블록 사이에 비치는 흙길을 끊임없이 왕래하는 그들의 발걸음에서 요란한 방울 소리가 들리는 듯하다. 혼잡한 도시의 길을 걸어가는 바쁜 사람들의 모습이 떠오른다. 우리의 왜소하고 빈약한 걸음으로도 세 발짝쯤 움직이고 나니 그들의 모습이 멀어진다. 개미의 걸음에 비교하면 우리는 하루에 천 리를 달리는 천리마와 같이 엄청나게 빠른 존재다. 우리는 위대하고 빠른 존재가 되어 이 공간을 산책하고 있다.

어디에서 날아왔을까. 나비의 움직임을 따라가다 보니 도로 옆 공터가 보인다. 노란 물결이다. 새치처럼 드문드문 하얀 물결도 보인다. 아무런 선입견이 없다면 '아 곱다!' 하고 감탄사를 연발하면 그만인 것을, 순간 그 이름을 떠올리고 만다. 그냥 민들레도 아니고 개민들레라고 부른다. 어쩐지 조롱과 욕설이 느껴진다. 먼 타국에서 날아와 다른 식물의 자리를 꿰차고 온통 세상을 뒤덮어버리는 생태계 교란 식물로 낙인찍혀 있다. 그런데 어찌할까. 그들의 처지에서 보면 여기가 정착하고 살아야 할 신천지이다. 아무리 냉대에 찬 멸시에도 견뎌야 할 운명인지도 모른다. 노란 꽃이 아름다워 더 서글픈 존재다. 꽃씨 가득한 줄기 하나를 꺾었다. 가볍게 부는 시늉을 하고 종호의 입에 갖다 댔다. 내 뜻을 눈치채고 힘차게 분다. 하나둘 집을 떠나 꽃씨가 허공 속으로 날아오른다. 텃새가 없는 곳으로 멀리 날아가거라. 차별과 박해가 없는 곳으로 높이 날아가거라. 그리고 관용과 사랑을 만나 행복이 가득 피어나는 아프지 않은 곳에 정착하길 빈다. 혹시라도 외딴섬에 외롭고 허전함에 몸 뒤척이며 뭍을 그리워하는 이가 있다면, 한숨으로 절망의 나날을 보내는 이가 있다면, 그들에게 눈과 마음이 행복해지는 희망으로 피어났으면 좋겠다.

둘은 아무 말 없이 서로의 속도에 보조를 맞추며 걷는다. 굳이 대화하지 않아도 마주 잡은 손으로 서로의 마음을 읽을 수 있다. 우리도 모르게 축지법을 썼나 보다. 생각보다 멀리 왔으며 이제 돌아가야겠다는 생각이 든다. 걸어왔던 맞은편 길로 마당을 향해 발길을 돌린다. 정답인지 확신할 수 없지만, 산딸나무였던 것 같다. 꽃잎 하나 따서 종호의 귀에 끼워준다. 무수한 그 어떤 단어보다 울림이 있는 미소가 핀다. 웃음꽃이 깊고 향기롭다.

아무것도 아닌 그저 그렇고 그런 무심했던 이 공간이 얼마나 경이롭고 가슴 따뜻한가. 서로의 주장이 옳다고 다투며 논쟁을 하지 않아도 된다. 그저 우리가 놓쳤던 작은 존재에 대한 감사와 걷고 있음에 대한 고마움이 있을 뿐이다. 잊고 있었던 산책에 고마움과 행복을 맛본다. 마당에 들어섰을 때 여전히 산책하는 사람이 보인다. 우리는 마치 밖에는 나가보지 않은 것처럼 슬그머니 마당 모퉁이로 들어선다. 요양원 선생님이 그런 우리를 질책하는 듯 눈 흘기며 웃는다. 그리고 기념이라며 사진을 찍어준다. 멋쩍어하는 종호와 내 얼굴에 웃음꽃이 찍힌다. 즐거운 산책이다.

나는 걷는다

목욕탕

만만한 일이 어디 있으랴. 새로운 시스템에 적응하느라 머리가 지끈 아플 지경이다. 새로운 것에 대해 익숙지 못해서 오는 충격도 있겠지만 준비 부족으로 인한 시행착오도 많아 보인다. 전산이 제대로 작동하지 않는다고 불만에 가득 찬 민원인의 전화가 끊이지 않는다. 성능이 제대로 검증되지 않은 볼품없는 무기를 손에 쥐여주고 거대한 적과 싸우라고 전쟁터에 내몰린 형국이다. 전에 같이 근무했던 지인으로부터 전화를 받았다. 승진했냐고 안부를 묻는다. "아직⋯." 멋쩍어 머뭇거리는 나에게 "공무원이 승진하는 맛이 있어야 하는데⋯." 하고 말한다. 승승장구해온 자신의 모습을 자랑하는 것 같기도 하고 내 무능력을 비꼬는 것 같기도 하다. 승진도 제대로 못 하고 새로

변경된 시스템을 익히느라 머리 싸매고 야근이다. 닳아버린 세포로 머리도 녹슬어 가고 몸도 지쳐가고 마음도 외롭고 쓸쓸하다. 그래 이런 날은 목욕탕이나 가자. 목욕탕이 최고다.

실오라기 하나 걸치지 않고 태초의 생명이 고요히 호흡하던 곳. 세상 밖으로 나와 가식으로 치장하던 시끄러운 옷을 훌훌 벗어 던지고 들어간다. 더럽고 소란스러운 세상의 때를 벗기고 상처받았을 영혼이 잠시나마 편히 쉴 수 있는 장소다. 먼저 생각의 때로 새치가 늘어나는 줄 모르게 정신이 없었던 머리부터 다독인다. 힘들고 지친다고 투덜대는 아래 녀석의 투정을 받아주다 보니 머리카락 깊숙이 비듬이 켜켜이 쌓였다. 인내심 있게 견뎌주고 살아주어서 고맙다. 생각의 찌꺼기를 깨끗이 씻어내려면 정성껏 샴푸도 하고 꼼꼼한 안마도 필요하겠지. 머리에서부터 해묵은 고뇌가 씻겨 내리고 아무 생각이 없다. 상쾌한 넋 놓음이 목을 타고 배와 등을 간질이며 엉덩이 사이로 빠져나간다. 그저 몸을 타고 흐르는 물의 애무를 즐긴다. 물의 흐름을 따라 가슴과 배를 살짝 문질러 본다.

진정 누군가에게 따뜻한 가슴이었나. 치열하게 사랑하고 열정적으로 일하지 못한 것 같다. 근육 없이 물러터진 힘없는 가슴과 배짱 없이 볼록한 배가 가여우면서도 한심스럽다. 강한 것은 아름답다고 했는데 강한 구석이라곤 눈곱만큼도 찾아볼 수 없는 빈약함이여. 그래도 중심은 소중하다. 소중한 곳은 그냥 지나치면 예의가 아니다. 비록 왜소하고 풀이 죽었지만 비누칠하고 샤워기로 정성껏 씻어낸다. 한때는 사랑을 그리고 생명을 알게 해준 고마운 존재다. 이제 육체의 직립을 책임지던 발을 씻어야겠다. 세상을 지탱하고 이끌어가면서도 하대를 받아온 측면이 있다. 발가락에서 채 빠져나오지 못한 삶의 서글픈 냉대를 닦아낸다.

태초에 나를 애지중지 키워주던 어머니의 뱃속 같은 곳이 온탕이다. 세상일에 지치고 외로움에 허기진 몸뚱이 침묵으로 따뜻하게 안아준다. 따스했던 가슴을 망각하고 세파에 찌들어서 잠시 들어서기를 주저하기도 했다. 한발 두발 들여놓고 서서히 엉덩이를 물에 담근다. 망각했던 고향의 온기를 느끼곤 가벼운 신음이 절로 새어 나온다. 아, 좋다. 다시 그곳으로 돌아갈 수 있다면 얼마나 좋을까. 삶의 행복과 편안함은 아버지의 노고와 어머니의 희생이 고스란히 녹아있다는 것을 새삼 깨닫는다. 이제는 내가 누군가의 행복을 위해 방패와 보호막이 되어야 한다. 온탕이 주는 따뜻함의 의미를 되새긴다. 찌뿌듯한 일상을 털어내고 새로운 마음과 깨끗해진 육체로 다시 나가야 한다. 세상 밖으로.

찜질방에 있으면 몸에 숨었던 피로 물질이 땀으로 배설되는 것 같아 개운하다. 그와 함께 무진장 일어서는 때의 반란이여. 목욕관리사에게 몸을 맡기고 때를 미는 사람을 보면 부럽다는 생각이 들 때도 있다. 어릴 때부터 간지럼을 잘 타서 쉽게 내 몸을 남에게 허락하는 것이 여간 난처한 게 아니다. 아직도 몸에 남아있는 부끄러움의 흔적을 다 씻어내지 못하고 있음이다. 목욕관리사의 말에 의하면 몸도 긴장하고 화가 나 있으면 때가 잘 일어나지 않을 뿐만 아니라 수건이 닿을 때마다 통증이 느껴진다고 한다. 몸에 때를 밀어본 사람은 안다. 슬슬 때를 잘 밀려면 우선 나에게 몸을 맡기는 사람에게 신뢰와 믿음을 주는 것이 우선이다. 그래야 긴장된 몸과 마음을 무장 해제시키고 쌓였던 일상의 때를 시원하게 씻어 낼 수 있다. 믿음을 선사하고 외로움의 때도 씻어주는, 때로는 유방암도 조기에 진단해주는 그들이야말로 치유의 마술사가 아닌가.

단순해서 오히려 고급스럽게 느껴지는 아라고나이트 성분의 온천을 경험한 적이 있다. 복잡하거나 화려하지 않고 조용한 데다 몸에 좋다는 성분의 온천이라니 마치 황제의 대접을 받는 기분에 우쭐해지기도 했다. 하지만 오래 머물 수는 없었다. 어쩐지 나에게는 어울리지 않는 것 같아 대충 샤워하고 나와 버렸다. 아빠를 따라온 아이들의 조잘대는 소리와 서로의 등을 밀어주는 풍경이 오히려 그립다. 아들의 등을 밀어주던 흐뭇한 아빠의 얼굴과 아빠의 등을 밀어주던 아들의 사랑스러운 마음이 수증기처럼 스멀스멀 피어오르는 동네 목욕탕이 더 좋다. 손에서 전해지는 투박하지만 정겨운 관심과 고사리 같은 부드러운 정이 사랑으로 피어나서 일상의 피로를 씻어준다. 아들과 함께 목욕탕에 가고 싶어지는 날이다.

가위눌리다

날 부르는 소리가 들린다. 의식은 깨어나기를 간절히 바라는데 몸은 아득히 바닥으로 추락한다. 저세상에서 날 부르러 왔을지도 모른다는 두려움이 인다. 깨어나려고 몸부림치지 말고 모든 걸 내려놓으라고 유혹을 하고 있다. 이 세상에 미련을 버리고 포기하면 영원히 편히 쉴 수도 있을 것이라는 은밀한 속삭임이 들린다. 하지만 깨어나야 한다는 강렬한 외침이 축 늘어진 몸을 일으켜 세우려고 필사적이다. 의식의 명령대로 움직여주지 않는 몸뚱이가 야속하고 화가 난다. 저 세상의 부름에 굴복해버린다면 영영 깨어나지 못한다는 공포가 밀려온다.

아직은 젊지 아니한가. 살아 있어야 한다. 몸이여 어서 깨어나라. 지하에서 잡아당기는 저 강력한 힘에서 벗어나야 한다. 몇 번의 줄달음질 속에서 깨어나는 육체를 확신할 수 있다. 이 세상에 존재하고 있음을 자각했을 때 공포가 사라지고 기쁨으로 만세를 부르고 싶어진다. 살아있음이 천만다행이라는 깨달음을 준다. 몽롱하면서도 기분 나쁜 꿈이다. 누군가 가위눌린 것이라고 말해준다.

저 세상의 부름에 의해 이 세상에서 영영 사라진다는 것은 어쩐지 슬프다. 사라진다는 것에 대해 상태를 또렷이 설명할 길은 없다. 아시다시피 나란 존재는 여기 머물러있고 사라질 생각도 없지만 사라져 본 적도 없다. 그러니 사라짐에 대한 현상이나 느낌 혹은 기분을 앎이란 어려운 일이다. 추상적으로 느낌이나 기분이 소멸한 상태로 돌아가는 것이 아닐까 하는 추측을 해볼 뿐이다. 세상에 남겨진 사람의 기억 속에서만 잔영으로 머물러 있을 뿐 사라진 자의 세계는 아무도 모른다. 이 세상에 존재하는 자의 믿음이나 신념에 의해 기억되고 추억될 뿐이다. 아직은 추억되는 존재가 아니라 추억하는 존재가 되고 싶다.

서귀포에 가면 장수의 별인 노인성을 볼 수 있다고 한다. 그 별을 볼 수 있는 행운이 나에게도 왔으면 좋겠다. 서복은 신비한 불로초를 구하기 위해 서귀포에 방문한 적이 있는데, 불로장생을 꿈꾸는 진시황의 명에 의한 방문이라는 설이 있다. 부와 권력을 이용해서라도 오래 살고 싶은 것이 남아있는 자의 공통된 욕망이다. 세상을 호령하던 권력자도 원하는 물건은 무엇이든 살 수 있는 엄청난 부자도 죽고 나면 희미하게 잊히고 마는 덧없는 존재일 뿐이다. 부와 권력도 내가 사라지고 나면 무슨 소용이란 말인가. 그러고 보면 오래 살아남는 자가 이기는 사람이고 제일로 행복한 사람일 수도 있다는 단순한 생각에 머물러 본다. 인생의 길이만 생각하고 삶의 질을 들여다보지 못한 어리석은 판단일 수도 있다. 하지만 건강을 유지하면서 장수를 누림은 세상 사람이 부러워하고 소원하는 바임은 틀림없으리라. 이 세상이라는 시간과 공간에 머물러 있는 지금, 즉 존재한다는 것은 커다란 축복이란 생각을 지울 수가 없다. 반대로 이 세상에서 사라지는 일은 어쨌든 기쁨보다는 슬픔이 먼저 다가온다. 이별이라는 단어에 허전하고 허망함이 따라옴은 누구도 피할 수 없는 운명이고, 어떤 뒷모습으로 남을 것이지는 숙제와 같은 것이리라.

친구의 할머니가 백 세를 채우고 돌아가셨다. 아무리 1세기라는 장수의 삶을 누렸지만 슬픈 생각이 먼저 든다. 몸이 아파서 오랜 요양원 신세를 졌다고 하니 장수의 축복이 마냥 행복하다고는 할 수 없다. 낡아가는 육체의 연약함과 노쇠해가는 기억의 빈약함을 오랫동안 지켜봐야 하는 회한이 느껴진다. 가위눌렸던 기억이 떠오른다. 내 의지대로 움직여주지 않고 자꾸만 바닥으로 추락하는 육체와 정신을 바라보며 얼마나 무서웠던가. 저 세상의 부름을 받아야만 한다는 천명을 떠올림이 싫었는지 모르겠다.

요즘 인기 있는 이애란의 '백 세 인생'이라는 노래가 떠오른다. 늙음을 향해 달려가는 보잘것없는 존재가 죽음 앞에 다다랐을 때 느끼는 비애가 적지는 않을 것이다. 날 부르는 저 세상의 누군가는 두려움의 대상일지도 모른다. 감히 대들 수 없는 그 두려움의 대상에게 알아서 갈 테니 재촉하지 말라고 명령을 한다. 아직 젊어서 못가고, 할 일이 남아서 못가고, 아직은 쓸만해서 못가고, 알아서 갈 테니 재촉하지 말고, 좋은 날 좋은 시에 간다고 전하란다. 여기에 좀 더 남아있게 해달라고 빌거나 떼쓰지 않는다. 아주 당당하게 내 뜻을 전하라고 명령이다. '전하라'라는 명령조가 얼마나 통쾌하고 해학적인가. 동쪽의 깊은 산속에서 해가 떠올라 서쪽의 깊은 바다로 떨어지는 것처럼 지극히 당연한 흐름을 거역할 수는 없는 일이다. 하지만 조금이라도 오랫동안 맑고 또렷한 눈과 마음으로 바람과 꽃의 속삭임을 엿듣고 싶은 것이 인간의 바람이다.

복수의 힘으로 견디던 고모님의 싱싱하던 총기도 많이 흐려지고 말았다. 복수의 대상인 고모부님이 먼저 가고 홀로 외로이 지내시다 지금은 큰아들 집에 머무신다. 복수를 말하지만, 사실은 깊게 스며든 정으로 살아왔다는 생각이 든다. 이별은 남아있는 사람에게도 기운을 빼앗아가 버리는가 보다. 기억은 오래전에 머물러 있는 듯하다. 저세상에 먼저 간 형의 안부를 묻는 고모님의 말에 차마 이 세상 사람이 아니라고 대답할 수가 없다. 형의 죽음을 슬퍼하던 고모님의 모습이 뚜렷한데 고모님의 기억도 죽었다고 일깨우는 일은 내키지 않는다. 아무래도 늙는다는 것은 자유로운 몸의 기운뿐만 아니라 정신적으로도 총기를 빼앗아가 버리니 서러운 일이다. 누군가의 도움이 필요할 뿐만 아니라 외로움 속에 혼자 방치되는 경우도 많아진다.

부모를 모시는 자식들 처지에서 보면 요양원에 대한 평가도 가지각색이다. 말라 죽어가는 나무처럼 생기를 잃은 사람들이 모여 있어 정상적인 사람의 기운까지 빼앗으니 요양원은 절대 안 될 일이라고 주장하는 사람이 있다. 반면 오히려 비슷한 처지에 있는 사람들끼리 서로 의지하며 벗으로 삼을 수 있어 낫다는 주장도 있다. 무엇보다 항상 곁에서 돌봐 줄 수 있는 간호사가 있고 집에 혼자 방치되는 것보다는 여러모로 유리하다는 애기도 한다. 모두가 일리 있는 주장이라고 본다. 하지만 내 자식들이 나를 요양원에 보낼 것인지 아닌지를 논하는 상황은 영원히 오지 않았으면 하는 바람이 솔직한 심정이다. 늙었다는 것을 인정해야 하는 그날을 마주한다는 사실이 마음 저린다. 그날이 온다는 것은 모든 인간에게 평등한 것을 알면서도 인정하고 싶지 않은 것이 사람의 마음인 것 같다.

때도 없이 찾아오는 가위눌림의 고통에서 벗어나는 길은 없을까. 가위눌림 속에서 벗어났을 때 찾아오는 살아있다는 명백한 현실이 짜릿한 쾌감을 준다. 수평선 너머로 배가 사라지듯이 내 존재도 이 세상에서 보이지 않을 때가 오는 것은 자명하다. 나를 부르러 오는 누군가에게 '내가 알아서 간다고 전해라.' 노래할 만큼 강단을 유지할 자신은 없다. 하지만 살아있는 자의 기억 속에만 남는 존재라면 아름다운 뒷모습이 되고 싶다. 인간은 하늘 앞에 평등하다. 생로병사의 고통 앞에서도 평등하다. 이 얼마나 연약하면서도 아름다운 존재인가. 이 유한성이 사랑하면서 살아야 하는 명백한 증거다. 세상에 머물러 있을 때는 사랑하며 착하게 살아야겠다. 아주 진부하고 퇴색한 이야기라고 비웃을 수도 있겠지만 바다와 하늘을 곱게 물들이는 저녁놀의 뒷모습처럼 착하게 살다 가고 싶다.

쓴맛

철없던 어린 시절에는 수줍은 듯 숨어있는 찔레꽃이 반기는 오솔길을 자유롭게 거닐었다. 먹을 것이 풍족하지 못했던 시절이어서 그런지 모르겠지만, 들판에 숨어있는 열매들이 모두 달콤했다. 학교 오가다 마주치던 외할머니가 남몰래 쥐여주던 사탕이 있어서 더 달콤했는지도 모른다. 사탕의 맛은 오래도록 혀 속에 남아 모든 맛은 달콤하다는 생각에 빠뜨린다. 인생도 할머니가 주신 사탕을 빨아 먹는 것처럼 달콤한 것이라 여겼다. 나이가 들면서 인생은 사탕처럼 달콤함으로만 이루어진 것이 아님을 아프게 깨닫는다. 인생도 음식처럼 다양한 맛이 존재하리라.

맛의 종류는 무궁무진하다. 그런데 할머니가 건네주던 사탕의 위력은 대단하다. 모든 맛은 달콤하다는 것과 그렇지 않다가 전부인 양 만들어 버렸으니 말이다. 인생도 그럴 것이라 막연히 생각한다. 달콤한 인생과 그렇지 못한 인생만 있는 것이라고 내 사고에 은연중에 고착되어 있다.

쓴맛은 맛이 아니라고 여겼다. 그래서 '인생의 쓴맛'이라는 비유는 이해하기 어려운 문구로 오랫동안 남아 있다. 쓴맛이란 평온이나 단란함보다는 고난과 고통이 버무려진 맛이 아닐까 하는 추측을 해본다. 별로 친하게 지내고 싶은 맛은 아니다.

쓴맛에 대해 제대로 인식하게 된 때가 있었다. 신열로 인하여 의식이 흐릿해져 가고 몸은 자꾸 바닥으로 가라앉는다. 기력이 쇠하여 심신이 약해지고 입맛도 없다. 보다 못한 어머니가 밥맛을 잃어버린 아들이 걱정되었는지 큰돈을 들이고 한약을 지어 오신다. 약탕관에 부채질하시던 어머니의 근심 어린 얼굴과 벌건 불꽃의 생기가 은근히 살아온다. 한동안 진한 약재 냄새가 집안을 물들인다. 하얀 사발에 담긴 검은 액체가 내 눈앞에 놓여 있다. 한 번에 쭉 들이키라는 말에 익숙지 못한 냄새를 참으며 목 안으로 넘긴다. 경험해보지 못한 맛에 당황이 되고 밀려오는 쓴 기운은 공포다. "아, 써!" 나도 모르게 인상을 쓰며 투정을 부리고 만다. 어머니는 쓴맛을 견디며 다 마신 공으로 착하다며 달콤한 사탕을 입에 넣어주신다. 사탕이 입안에 얼얼하고 씁쓰름한 기운을 달래준다. 무엇보다 맛있는 사탕을 혼자 독차지했다는 미안함이 몰려온다. 계속해서 저 검은 물을 마셔야 한다는 것이 고역이다. 그 후 쓴맛은 검은색이고 고통이라는 이미지로 굳어진 것 같다.

보상으로 얻는 사탕의 유혹도 있었지만, 쓴 기운을 감내하고 나니 견딜 만도 하다. 아니 그 쓴맛을 견디고 나니 확실히 심신 상태가 가벼워지고 기력이 돌아온 것 같다. 잃었던 밥맛을 찾은 것이다. 검고 기분 나쁜 맛인 줄만 알았던 쓴맛이 사실은 입맛 돌아오게 건강을 회복시켜주는 보약이었던 셈이다. 행복한 인생의 맛은 쓴맛처럼 고통을 이겨내고 난 뒤에 찾아오는 것이리라. 왜 '인생의 쓴맛'이라고 했는지 알 듯도 하다.

홀로 덩그러니 남아 있을 때가 많았다. 자취방에 홀로 앉아 있으면 적막감이 몰려오고 그 적막감이 싫어 방안에서의 탈출을 시도한다. 외로움과 그리움 그리고 고독을 알기엔 다소 모자란 나이이기도 했지만, 지금은 일상이 된 커피의 존재를 그때는 알지 못했다. 물론 지금도 커피의 맛을 제대로 안다고는 자신 못한다. 당시에 커피의 맛을 알았다면 어땠을까 하는 생각이 문득 든다.

그렇게 멀리하고 무서워하던 쓴맛을 조금씩 즐길 줄 알게 된 지금 고독은 쓴맛이라는 생각을 해본다. 외로움과 그리움을 고독으로 승화시키는 커피의 쓴맛을 오래전부터 사랑했을지도 모르겠다. 텅 빈 적막감 속에서 커피의 쓴맛을 즐기며 인생이라는 의미를 터득하는데 한 걸음 더 앞서갔을지도 모를 일이다. 진한 갈색 향기를 음미하여 고독을 노래하는 시인이 되어 있던지, 인생의 의미를 되새기는 철학자가 되어 있을 듯도 하다. 아니면 인생도 고독도 거추장스럽다고 지독한 허무주의자가 되었을까.

사실 커피의 쓴맛을 처음부터 좋아했던 것은 아니다. 달달한 맛에 커피를 마신다던 허드렛일 하는 친구 말에 격하게 공감한 적도 있다. 힘든 막일에 쓰디쓴 커피를 마신다면 어쩐지 슬픔이 밀려올 것 같다. 거칠고 힘든 노동의 피로와 삶의 속쓰림을 달콤한 커피로 위안으로 삼았으리라. 그래서 커피는 본래 쓴맛이 아니고 달콤한 맛이 본질인 줄 알았다. 쓴맛을 그대로 받아들이기엔 너무 서러워 달콤함으로 치장하고 있다.

내 앞에는 까만 커피가 놓여있다. 한눈에 봐도 달콤한 구석이라고는 찾아볼 수 없는 모습이다. 구수한 향기가 코끝을 자극하고 쓰디쓴 커피가 혀끝을 적시고 목구멍으로 넘어간다. 달콤한 맛에 길든 혀는 지독히 쓴맛에 뱉어내고 싶은 충동에 사로잡힌다. 본래 커피 맛을 자랑하는 고급 커피라고 말한다. 고급스럽고 고상한 것과는 거리가 먼 인사라는 사실이 들통날까 봐 홀짝홀짝 마신다. 마시다 보니 혀가 마비되었는지 적응이 된다. 쓴맛도 맛이구나 하는 걸 깨닫는 순간이다. 커피 본래의 맛은 쓴맛이라고 하지 않는가. 여기에다 각자의 취향대로 여러 가지 재료를 가미하여 색다른 맛을 만들어내고 있다.

인생도 본래 맛은 쓴맛이 아닐까 하는 생각이 든다. 생로병사의 고통과 고독이 인간 본래 모습이었으나 이를 벗어나기 위해 인간은 사랑과 행복이라는 양념을 가미하여 달콤한 삶을 추구하고 있는 것이리라. 쓴맛을 알고 익혀야 진정한 인생의 깊이를 음미할 수 있다. 인생의 깊이가 깊어질수록 달콤한 허영의 맛보다는 고뇌가 배어 있는 쓴맛의 진가를 알아볼 수 있다. 쓴맛이 오히려 다른 맛보다 개운하고 여운이 오래 남는다. 기억에 오래 머물고 정신을 단련시킨다. 커피 한잔하며 짙은 쓴맛의 의미를 되새긴다.

나는 걷는다

망막 박리

　실명이라는 단어를 들었을 때 그야말로 막막함이 전해온다. 아무 생각이 떠오르지 않고 식은땀이 흐르면서 흐릿한 시야처럼 갑갑하다. 수원시 파장동 시장 안에 있는 안과 원장님의 걱정이 묻어나는 목소리에 위급함이 실려 있다. 당뇨와 고혈압이 있는지를 몇 번이나 묻고 눈의 상태를 살펴보더니 고개를 갸웃거린다. 망막 박리가 의심되니 그곳에서 가장 가까운 큰 병원으로 가보는 게 낫겠다고 말한다. 망막이 떨어져 나가서 시력을 잃을 수도 있다는 설명을 들으니 검은 커튼으로 가려진 세상처럼 캄캄하다. 의사는 친절하게 소견서까지 써서 내 손에 쥐여주었지만, 실명에 대해 두려움은 떨쳐 낼 수가 없다.

　눈을 너무 혹사했나 보다. 컴퓨터 앞에서 온종일 업무를 보거나 숙소에서 텔레비전을 보느라 눈을 쉬게 할 틈이 없었던 것 같다. 몇 번이나 칙칙해지는 눈을 비비거나 찌릿한 고통에 깜박이면서도 눈이 외치는 피로의 하소연을 외면해온 것이다. 언제부터인지 먼지 같은 벌레가 눈 속에 날아와 떠날 생각을 안 한다. 그리고 내가 바라보는 세상을 날개를 퍼덕이며 자꾸만 방해한다. 금융조회 업무를 갈 때도 오른쪽 시야를 가리던 하루살이가 친구 하자고 떠나지 않더니만 교육을 와서도 여전히 사라지지 않는다. 칠판에 글씨는 물론 가까이에 있는 책을 읽는 것을 방해하는 불청객이다. 눈 씻고 약봉지나 받아와서 복용하면 사라질 줄 알았는데 이게 무슨 날벼락인가.

다행히도 교육 오면서 자가용을 가지고 온 직장 동료의 도움으로 아주대학 병원으로 갈 수 있었다. 진료를 위해 넣었던 망막을 확장하는 안약으로 인해 시야가 흐릿하다. 흐릿한 시야는 마음을 더욱 어둡게 한다. 익숙했던 풍경이 서서히 내려오는 어둠 속에 잠겨서 천지 분간을 할 수 없는 암흑이 되어버린다. 아무것도 볼 수 없는 캄캄한 세상이 얼마나 답답하고 무서운지 알 수 있다. 그만큼 세상 대부분을 눈에 의지해서 살아왔다고 해도 틀린 말은 아니다. 눈으로 보기도 했지만, 눈에 의지해서 판단하고 생각하고 기억해온 삶이다. 눈으로 보는 것에 의존해왔기 때문에 눈이 닫히는 것은 세상이 닫히는 것이리라.

응급실에는 기다리는 사람으로 북적인다. 어디가 아파서 왔느냐는 질문에 소견서를 건네주니 빠르게 접수가 된다. 그리고 기다림이다. 기다리는 동안 여러 가지 상념들이 떠오른다. 내일 교육은 받을 수 있는지, 수술하게 되면 직장은 어떻게 해야 할지, 가족에겐 연락해야 할지, 만약 일할 수 없게 된다면…. 생각만 해도 아득하다. 딸과 아들이 대학을 졸업할 때까지는 견뎌야 하는데 하는 걱정에 한숨이 절로 난다. 얼마나 기다렸을까 담당 의사라며 전화 연결을 해준다. 전화기로 들려오는 의사의 설명을 들어보니 대꾸할 말이 떠오르지 않는다. 교수님이 세미나에 가 있어서 검사를 받고도 수술하는 것이 불가능하니 다른 병원으로 가는 게 좋겠다는 설명이다. 난감하다. 눈먼 사람이 허허벌판에 버려진 기분이다. 귀찮은 환자라서 다른 병원으로 떠밀리는 기분이 들었지만 어찌할 수 없는 약자의 참담함이려니 하고 받아들일 수밖에 없었다.

서울대 분당병원으로 향했다. 저녁도 먹지 못하고 보호자 역할을 해주는 동료에게 미안하고 고맙다는 생각이 든다. 일산에 사는 여동생에게 전화했다. 안부 전화도 할 줄 모르던 오라버니의 전화를 받고 무척 놀랐으리라. 여동생은 외동아들이 갑자기 무릎이 아파 수술하고 재활치료 중이며, 시어머니는 무슨 병명인지는 잘 모르겠지만 입원과 퇴원을 반복하고 있어서 걱정이 많다고 한다. 나까지 고민을 보태고 있으니 면목이 없지만 염치 불고하고 도움을 청할 수밖에 없다. 당장 입원해야 하는 등 갑작스러운 상황에 대처하려면 도와줄 가족이 필요하다는 생각에서다.

다행히도 전공의가 있어서 진료해준단다. 친절한 의사의 뒤를 따라 한참을 걸어서 진료실로 간다. 이미 닫혔던 진료실 문이 다시 열린다. 스위치를 누르니 어둠을 몰아내는 불빛이 밝아온다. 의사의 지시에 따라 눈동자를 움직이며 진찰을 받기 시작한다. 망막 박리는 아니고 망막이 터져서 피가 고여 시야를 가리고 있단다. 의사는 간단한 레이저 치료를 해주고 일주일 후에 다시 오라고 했다. 당장 수술해야 할 만큼 위급한 상황은 아닌 듯하다. 거리가 멀어서 일주일 후에 이 병원으로 오는 것은 힘들다고 하니, 가까운 안과에 가서 레이저 치료를 추가로 받으면 된다는 얘기를 들을 수 있었다.

오고 있다던 동생이 접촉사고가 나서 좀 늦어진다는 연락을 받았다. 치료가 끝나서 숙소로 돌아가고 있으니 걱정하지 말고 돌아가라 했다. 접촉사고가 난 동생의 안위보다 눈이 심각

나는 걷는다

한 수준이 아니라는 사실에 더 기뻐하는 나를 볼 수 있다. 참 이기적인 나를 만나는 것 같아 부끄러워진다. 진정으로 자신 말고 남을 위해 울어본 적이 있는지 궁금하다. 눈만 믿고 보이는 것만 의지하고 살아온 인생임을 문득 깨닫는다. 눈이 아닌 소리와 감각으로 보고 무엇보다 마음으로 보는 법을 배워야 하리라. 오로지 눈으로 보는 것만 전부인 양 알고 살아온 어리석은 인생이다. 눈에 보이지 않아 무심했던 소중한 세상이 눈물 나도록 고맙고 아름답다. 망막 박리 영원히 잊지 못할 단어가 될 것 같다.

숙소

먼 길 떠나려는 사람에게 먼저 다가오는 고민은 머무를 수 있는 공간이다. 이 공간이 확보된다면 마음이 놓인다. 집을 떠난 사람이 임시로 묵을 수 있는 곳을 숙소라고 한다. 숙소가 정해지지 않았다면 아마도 여행에 대한 엄두를 내지 못하리라. 일상에 지친 심신이 휴식을 취할 수 있는 숙소가 있다는 것은 얼마나 다행스러운 일인가. 더구나 다른 사람의 눈치를 보지 않고 가족이 평생 머무를 수 있는 집이 마련되어 있다면 축복이다. 집을 찾아 전전긍긍하는 사람이 많다는 것은 가슴 아픈 현실이다. 너무 익숙하고 적응이 되어서 집에 고마움을 놓치고 살아온 것은 아닐까 하는 생각이 든다.

거창으로 발령을 받았다. 제주에 입도한 지 십삼 년 만에 전

나는 걷는다

출이다. 거창은 3대 국립공원인 가야산, 지리산, 덕유산으로 둘러싸여 있고 강변 축제를 여는 위천천이 흘러가는 소규모 도시다. 산과 강이 어우러져 안개를 피워 올리면 신비로움이 군민들 가슴속으로 스며들고 산속에서 송이가 남몰래 얼굴을 내민다. 동양화가 절로 그려지는 아름다운 풍경을 간직하고 있다. 일에서 벗어나 약초와 송이를 캐며 자유롭게 자연인으로 살고 싶은 충동을 일으키는 곳이다. 사람들 인심도 농촌의 얼굴을 닮아 순박하고 풍요롭다. 거창에 발령을 받아 근무하면서 이곳에 정착한 직원이 많다는 것은 여러모로 매력이 숨겨져 있다는 증거다.

숙소가 사무실 바로 옆에 있다. 삼 평 남짓한 방에 텔레비전과 소형 냉장고 옷장이 갖춰져 있다. 화장실과 샤워실은 각자 방에 있지 않고 공동으로 사용하게 되어 있어 다소 불편하다는 불만이 들린다. 하지만 따로 숙소를 구해야 하는 수고를 덜었으니 천만다행이다. 사무실과 근접해있어 출퇴근이 쉬워서 금상첨화다. 살짝 아쉬운 면이 있다면 내 방에는 책상이 없다는 점이다. 책을 읽고 글을 쓰고 싶은 욕심이 있어서 그런 것 같다.

얼마나 오랫동안 쌓아놓은 성일까. 창틀에 견고하게 박혀있는 먼지성을 발견했다. 쉽게 공략하기도 어려울 뿐만이 아니라 무너뜨리기도 힘들어 보인다. 방안으로 공격해오는 먼지의 침입을 막기 위해 창문을 굳게 닫아두기로 했다. 창틀을 청소할 엄두도 나지 않았고 깔끔히 씻어낼 요령도 생각나지 않는다. 천성이 게으른 나로서는 서로 시비를 걸지 말고 모르는 척하는 게 상책이란 생각이 든다. 내 몸 하나 누울 공간이 있다면 그것으로 충분하다. 낯선 것에 친숙해지는 그러니까 게으른 핑계를 합리화하는 재주에는 일가견이 있는 것 같다.

거창에 온 지 4개월쯤 지나서다. 좀 더 나은 숙소를 위해 고칠 예산이 지원된다고 한다. 각 방안에 화장실과 샤워실을 갖출 계획이라니 훨씬 쾌적하고 편안한 숙소가 될 것 같기는 하다. 문제는 공사가 진행될 동안 다른 거주지를 찾아야 하니 귀찮고 번거롭다. 공사예정 기간이 두 달 정도라고 하는데 그 기간 빌려줄 방을 찾기가 쉽지 않을 뿐 아니라 이왕이면 사무실 가까운 곳에 얻고 싶은데 고민이 될 수밖에 없다. 어쨌든 뒤에 오는 직원을 위해서라도 좀 더 나은 환경을 조성하는데 이 정도의 불편은 감수해야 하리라.

사무실과 가까우면서 두 달 정도의 기간 빌려줄 조건의 숙소를 찾는 것은 그리 쉬운 일이 아니다. 다행히도 사무실 청소해주시는 아주머니의 주선으로 가까운 곳에 원룸을 구할 수 있었다. 시세보다 높은 가격이며 선급으로 지급하는 조건이다. 혹시나 그 방이 다른 사람에게 나가 버릴까 봐 보지도 않고 임차료를 일시에 지급했다. 그런데 이게 무슨 일인가. 내려온 예산이 견적보다 턱없이 모자라서 공사가 불가능하다는 소식을 들어야 했다. 미리 준비해야 한다는 성급함이 화를 자초한 것이다. 방값으로 돈은 미리 지급했는데 계약을 취소해야 할 난감한 상황이다.

 방은 구경도 못 해보고 돈을 지급했는데 돌려받지 못하는 것은 아닐까. 이럴 때 법적으로는 어떻게 되는 것이지. 순간에 많은 생각이 맴돈다. 처음에는 이런 상황을 다 감수하리란 각오로 지급했는데 인제 와서 너무 아깝고 억울하다는 생각이 살짝든다. 뒷간 들어갈 때 마음 다르고 나올 때 마음 다르다는 속담이 있는데 내가 그 꼴이 아닌가. 그래, 술 건하게 산 셈 치자. 원룸 주인에게 전화로 방을 이용하지 못하게 된 상황을 설명하니선선히 임대료 전액을 돌려주신다는 응답이다. 이렇게 고마울 데가 있는가. 잃었던 돈을 다시 찾은 기분이다. 위약금 조로 일정 금액을 제외한 나머지만 보내 달란 부탁을 하고 그 금액을 돌려받았다. 내 돈에서 나갔다 돌아왔는데 공돈을 얻은 느낌이다. 역시 거창 인심은 거창하다.

산사의 밤은 어둠이 빨리 찾아온다. 잠잘 곳을 찾아 헤매는 나에게 한 여인이 얼굴을 들이민다. 자신이 가는 암자가 있으니 같이 가 줄 수 있냐고 물어온다. 흔들림이 없는 깊고 고요한 눈, 악의라고는 찾아볼 수 없는 선한 인상의 다소 창백한 낯, 길 잃은 나그네를 구원하려고 나타난 묘령의 보살님이다. 하룻밤 머무를 장소를 애타게 찾는 나그네에게는 당돌하고 겁 없는 제안을 해준 그가 더없이 고맙고 신비롭다. 스님이 건네준 등불 하나에 의지해 지름길이라는 계곡을 따라 어둠을 뚫고 걷고 또 걸어서 찾아간 암자에는 먼저 와 있는 나그네가 있다. 서로 모르는 사람끼리 어울려 인사를 나누고 이야기를 나눈다. 마치 오래전에 알고 있었던 벗처럼 묵혀 두었던 삶의 생김새를 이야기하며 암자의 밤은 깊어간다.

너무나 익숙해버려서 당연하고 쉽게 얻을 수 있는 공간으로 여겨졌던 숙소가 누군가에게는 미치도록 절실한 공간이 되기도 한다. 밤새 오들오들 떨며 거리를 배회하는 사람이 이 하늘 아래 있다고 생각하니 슬픔이 다가온다. 고단한 하루의 짐을 내려놓고 마음과 육체를 쉬게 할 수 있는 공간이 모두에게 허락되는 세상이었으면 하는 바람이다. 화려하고 큰 침실이 아니어도 좋다. 숙소를 찾아 몹시 곤궁하게 헤매지 아니해도 내 한

나는 걷는다

몸 쉴 공간을 가졌으니 나는 얼마나 행복한 사람인가.

이제는 한 번쯤 떠나고 싶다. 일과 걱정 그리고 텔레비전 앞에 빠져 쳇바퀴 돌듯 돌고 도는 세상에서 탈출 한번 해보면 어떨까. 모든 번뇌가 사라지고 사람의 향기가 물씬 풍기는 고요한 평화의 숙소로 이곳 숙소를 떠나보자.

노을언덕

　십이월 저물어 가는 언덕에 서서 바닷속으로 사라져가는 노을을 본다. 우울하고 스산한 바람이 언덕을 맴돌다 붉은 한숨을 내쉬며 노을 속으로 빠져든다. 처량하고 아쉬움이 너무 붉어서 시린 계절이다. 슬프도록 아름다운 노을이 우수에 젖은 내 마음속으로 자취를 감춘다. 노을 진 언덕 저문 하늘에 별과 달을 단 귀걸이가 반짝 빛난다. 어둠 속에서 반짝이는 눈에 익은 풍경이 정겹고 편하다. 그래도 여행의 끝자락에 선 마지막 종착역을 향하는 아쉬움은 어쩔 수 없나 보다. 참회 속에 빠져들게 하는 부끄러운 기억, 이루지 못한 소망 등이 절박함과 함께 나를 물결 속에서 출렁이게 한다. 이제는 새로운 것에 대한 열정보다는 늘 있는 것에 대해 바라봄이 더 편하고 익숙한 것

나는 걷는다

을 보면 나이가 들어가고 있음이다.

왜 이 계절을 좋아하냐고 나보다 어린 직장상사가 묻는다. 옷깃을 여미고 움츠리게 하는 쌀쌀한 날씨에 우중충한 분위기를 좋아하는 것을 보니 활력이 없어 보인다는 뜻이 숨어 있다. 밝은 햇살 아래 환한 웃음이 꽃처럼 피어나는 생기 있는 계절을 좋아하는 것이 더 나을 것 같다는 의견도 피력한다. 내가 태어난 계절도 꽃 축제가 열리고 연둣빛이 파릇파릇 돋아나는 4월이다. 그러니 어쭙잖은 감상을 불러들여 우울의 심신을 만들지 말고 생기 담은 햇살을 머금은 꽃의 심신을 만드는 것이 현명한 선택이란 말에는 전적으로 동의한다. 하지만 어찌하랴. 몸은 4월의 생기와 싱싱함을 갈구하지만, 마음은 처량함과 우수에 찬 12월의 노을 언덕에 빼앗기고 만다.

내가 태어난 신성하고 거룩한 사월에 꽃다운 청춘이 속절없이 지고 말았다. 수많은 눈과 귀가 지켜보는 가운데 믿을 수 없는 상황이 생겼으니 가슴이 무너져 내리고 분노가 치민다. 사월의 꽃 축제 속에 숨어있는 기득권의 욕망과 탐욕, 무지와 비상식이 적나라하게 드러나는 순간이다. 탐욕에 눈먼 자들이 만들어놓은 잘못된 지침에 따라 순종하던 저 착한 아이들이 침몰해 간 것이다. 무책임하고 무관심한 이 세상의 어른들의 어리석음을 어찌 용서받을 수 있을까. 미안하다 아이들아.

세월호는 누구에게나 일어날 수 있는 교통사고와 같은 것이며 지나치게 집착하여 호들갑을 떤다고 말한다. 자식을 팔아 돈을 요구하고 심지어 국가 경제를 위태롭게 만들고 있다고 죄인 취급한다. 상처가 아물지 않은 마음에 조롱 섞인 폭력의 언어로 비수를 꽂는다. 자신은 국정원이 주관하는 단체의 임원이라고 살짝 자랑까지 늘어놓는다. 언젠가 동백섬에 가서 동백꽃 꽃술에 꿀벌이 아닌 똥파리가 앉아 있는 것을 본 적이 있다. 미모가 뛰어나다는 그녀가 꿀벌이 아닌 동백꽃 속에 똥파리 같다는 생각이 든다.

자식을 사랑하는 부모라면 알 것이다. 매의 눈을 하고 능숙한 사냥꾼처럼 아이의 모습을 영원히 기억하기 위해 가슴에 잡아둔다는 사실을 말이다. 그런 자식을 거짓과 타락과 무능으로 너무도 어이없게 잃었다면 그 슬픔과 분노를 어찌 쉽게 삭일 수 있겠는가. 하늘이 무너지는 고통이며 참담함이다. 4월은 아직도 치유되지 않는 역사적 아픔이 진행 중이며 정년 잔인한 달이다. 반성할 줄 모르는 권력은 사과와 용서 대신 거짓과 폭력으로 국민을 옥죄어 무지렁이로 만들려고 한다. 그리고 충실한 짐승으로 길들여 보다 많은 부와 명성을 쌓으려고 골몰한다.

죽은 자는 여기 남아있는 세상에 대한 기억이 없으리라. 오로지 살아 있는 사람의 기억 속에만 아프게 남아있다. 그 아픔이 세월이 흐른 뒤에 치유되고 잊히길 소망한다. 다만 사랑하는 사람이 살아있는 자의 탐욕과 거짓으로 허무하게 죽어갔다는 사실만은 영원히 교훈으로 기억했으면 한다. 그리고 잘못된 가치관으로 자신을 철저히 합리화시키려는 가짜 눈물이 아니라 진짜 눈물을 보고 싶다. 가장 기본적인 인간의 고통을 이해하고 사랑할 줄 아는 그런 눈물을 보고 싶다.

노을 언덕 저 물결 속에서 사월의 꽃이 일제히 촛불처럼 타오르는 것을 본다. 절대로 바뀌지 않을 것 같았던 견고한 거짓의 성이 어둠 속에서 반짝이는 별과 달빛으로 서서히 무너져 내리고 있다. 이 변화는 권력과 부를 추구하는 정치인이나 자본가에게서 나오는 것이 아니다. 가엾고 숭고한 죽음이 우리 밑바닥을 지탱하던 진실의 소리를 깨우치는 양심이 되었다. 무력한 양심에 촛불을 밝히는 희망이 되었다. 처량하고 우울한 심장을 따뜻하게 녹여주는 꽃물결을 하염없이 바라본다.

4부

이모님의 국수

면발이 질기지 않고 부드러우면서도 쫀득함이 배여 나와 목 넘김이 황홀했다.
국물은 그리움과 고통이 뼈무러진 눈물처럼 짠 듯 망망하다. 복잡하거나 화려
한 모습이 아니다.

다소니

    좋아하는 여인이 있다. 그 여인 손 한번 잡아보지도 못하고 깊은 한숨으로 멀리서 바라볼 뿐이다. 지독한 짝사랑이다. 물론 그녀가 새침데기는 아니다. 찬바람 휑하니 부는 도도한 여인도 아니다. 다가서지 못할 만큼 나를 싫어하는 것은 더더욱 아니다. 오히려 어릴 적부터 내 주위서 아련한 신비로 맴돌았다. 밤의 고요한 숨결로 한낮의 타오르는 열정으로 끊임없이 유혹했다. 계절이 바뀔 때마다 나타나 세상의 변화와 아름다움을 노래하게 했다. 그녀의 손만 잡으면 금방이라도 불타는 밤을 만날 수 있으리라 황홀한 꿈을 꾸었는데 쉬이 다가서지 못하는 나를 본다. 사랑하는 암말이 곁에 다가오면 정작 달아나는 수말처럼 자꾸만 달아나고 있었다.

무엇이 두려운 것일까? 의기소침하여 볼품없는 내 모습을 그녀에게 보이고 싶지 않았는지 모른다. 사랑하는 사람을 위하여 백마 탄 왕자처럼 그녀의 꿈을 실현해주고 싶은 것이 간절한 소망이지만 현실의 벽은 만만하지 않다. 용기없는 나를 탓하면서도 그녀를 향한 내 마음은 항상 허기져 있다. 그녀의 마음을 가슴 가득 채우고 싶은데 허망한 바람뿐이다. 좀 더 솔직히 말하면 자격지심이다. 두려움과 불안감인지도 모른다. 그녀의 꿈과 현실을 오롯이 받아주고 채워줄 능력이 없다. 그런데도 그녀는 약한 심성을 향하여 향기롭고 긴 머리를 휘날리며 달콤한 유혹을 해온다. 인생의 행복과 슬픔 속에 숨어있는 진실을 찾아 우리가 알지 못하는 세상을 향하여 떠나보잔다. 야하지만 절대 추하지 않은 어깨의 속살을 들썩이며 속삭인다. 저 바다 너머 세상과 이야기를 만나서 구석구석 떠도는 아름답고 달콤한 사연을 캐내 사람에게 전해주고 싶다고.

과감히 자신을 보여주고 싶다고 한다. 비록 보잘것없고 비참하고 추한 모습일지라도 누군가가 나로 인해 위안을 얻고 감동을 할 수 있다면 괜찮다고 단언한다. 아니 오히려 행복할 수 있으리라 떨리는 목소리로 말한다. 하지만 여전히 두렵고 망설여진다. 자신만의 세계에 갇혀 다른 세계를 돌아볼 여유가 없는 너무나 빠르고 바쁜 시대에 누가 그녀의 매력을 알아줄 것인가. 누가 그녀의 아름다운 내면을 읽어줄 것인가. 아무도 읽어주지 않는 그녀의 영혼을 끝까지 지켜줄 수 있는지 탄식이 새어 나온다. 일상으로도 충분히 머리 아프고 지겨운데 써지지 않는 글을 위해 불면의 고통을 참아내고 감내할 수 있을까? 현실의 벽을 뛰어넘어 가난한 이상을 지켜 낼 수 있을까? 아니 그런 열정이 진정 존재하고는 있는 것인지조차 확신할 수 없다. 게다가 배고픈 일임이 확실하다. 오늘 같은 현대사회에서도 밥이 없어 굶어 죽었다는 어느 가난한 작가의 소식을 접하고 말할 수 없는 슬픔을 맛본 적이 있다. 정말 말도 안 되는 소리라 생각했지만 현실이다.

언어로써 삶의 진실을 추구하는 그녀를 생각하면 아프다. 행복하다. 아름답다. 그녀를 잊을 수도 버릴 수도 없다. 언제나 가슴을 뛰게 하는 그 이름. 한때 아득히 잊힐 것 같았지만 좌절과 절망으로 쓰러질 때마다 나를 일으켜 세우던 그녀의 이름은 문학이다. 죽음보다 더 강한 이름, 그녀는 내 곁에 있다. 이제 도망가지 않으련다. 그녀가 내미는 손을 잡고 불꽃 같은 밤을 지새우며 좋은 자식 하나 만들어 볼까나.

나는 걷는다

책을 읽는 나를 보다

항상 밝게 웃고 있어서 걱정이 없어 보인다고 누군가는 말한다. 걱정이 없을 수야 없겠지만 그 말은 나를 기분 좋게 만든다. 내가 웃으면 상대방도 웃는다. 상대방이 웃으면 행복해진다. 그러니 웃는다는 것은 행복해지기 위한 치밀한 전략이다. 불안하고 두려운 세상 속에서 자신을 보호하고 버티며 살기 위한 본능적 방어행위인지도 모른다.

본능적 방어든 치밀한 전략이든 성공했다는 생각이 든다. 함께 근무하고 싶은 동료로 선정되어 직원대표위원회로부터 상패를 받았다. 직장 동료와 관리자로부터 함께 근무하고 싶은 동료로 인정받은 셈이다. 인기투표 비슷한 성격도 없지 않으나 동료가 나를 싫어하지 않고 함께하고 싶은 사람으로 인정해주었다는 사실이 무엇보다 기쁘다. 어찌 그렇지 않겠는가. 하루 대부분을 직장에서 보내는데 그곳에서 타인에게 즐거움과 행복을 줄 수 있다니 더없는 영광이고 자랑이다. 만일 다른 사람에게 짜증과 스트레스를 주는 기피 대상으로 남는다면 슬프고 가슴 아픈 일이다. 직장에서 업무의 양이나 고난도보다 힘들고 괴로운 것은 싫은 사람을 만나는 것이라고 한다. 그러니 사회생활 속에서 인간관계의 중요성을 알 수 있다. 그 속에서 모나지 않고 원만한 관계를 이루며 다른 사람과 어울릴 수 있다는 것은 기분 좋은 일이다.

진정으로 가슴 뛰는 삶을 살아 본 적이 있는가. 가만히 생각해보면 세상은 그렇게 만만하거나 뜻대로 되어주지 않는다. 항상 채워지지 않는 결핍상태고 불만에 가득 찬 희망 없는 그런 존재다. 육체적으로나 정신적으로나 메말라 있고 의도한 바는 아니지만 하는 일마다 말썽이다. 과학실험을 한다는 핑계로 불장난을 하다 초가집을 태워 먹은 방화범이다. 어른들 흉내 낸다고 상에 있는 술을 마시고 취해서 비몽사몽이 되어 방안 가득 토해 놓은 적도 있다. 나무를 찍는 도끼를 가지고 시멘트 바닥을 두드리다 도끼날을 상하게 했다. 호기심은 어른들 가슴을 쓸어내리게 했고 철없고 대책 없는 인간으로 만든다. 게다가 성질까지 사나워서 병신이라 놀리는 친구와 싸워서 이기지 못하자 그의 집까지 쫓아가 죄 없는 지붕에다 돌멩이를 던지기도 했다.

　어떤 잘못을 했는지 정확한 기억은 없다. 아마도 큰 잘못을 했을 것이란 추측을 해본다. 수돗가에서 발가벗긴 채 부모님에게 혼난다. 사람들이 구경하면서 재미있다고 낄낄대면서 웃고 있고 창피와 모멸감으로 서럽게 울음을 터뜨리던 기억이 아릿하다. 불안했고 반항은 멈추질 않는다. 아무리 잘하려고 해도 못된 짓만 하게 되는 악마의 본성이 사로잡고 있다는 생각이 든다. 희망이 보이지 않는다. 악마에 사로잡힌 내가 살아있을 이유가 있느냐는 무서운 생각에 머문 적도 있다. 욱하고 치밀어 오르는 화를 잠재우기엔 수양이 부족해 툭하면 가출을 시도한다. 물론 오래가지 못하고 집으로 돌아오는 소심한 가출이기는 하다. 온통 세상은 적개심으로 가득 찼고 아무도 나에게 관심과 사랑을 주는 사람이 없는 것 같다. 무엇을 사랑하고 왜 사랑해야 하는지 그 이유도 모른다. 남에게 무시당하지 않으려고 긴장과 경계의 눈빛으로 마음 졸이며 살았다.

　운명일까 아니면 우연일까. 어느 순간 그는 내게로 왔다. 경험해보지 못한 바다 너머의 세계에 대한 호기심과 동경이 그에게 빠지게 했을까. 아니 재미있어서라고 하는 것이 솔직하고 적절한 표현인 것 같다. 밤새워 이야기를 나눠도 피곤하지 않을 만큼 재미있는 친구를 만난 것이다. 글이 주는 재미, 문장이 주는 재미에 길들고 있다. 그와 만남은 종종 있었지만 강렬한 감동으로 밤을 꼬박 새우던 그 날의 희열은 영원히 잊지 못하리. 마치 첫사랑과도 같은 설렘과 날카로운 충격에 빠져 여러 날을 야릇한 감성에 젖어 살았다. 나와 비슷한 아니 나보다 더 어려운 상황에서도 굴복하지 않는 착한 심성을 만나다 보면 부조리하고 냉정한 세상이 왜 아름다운지 이해가 된다. 세상은 착한 사람이 있어서 아름다운 것이다. 아주 오래된 영화처럼 내용은 가물가물하지만, 감동의 여운은 이미지로 남아 사라질 줄 모른다.

꿈이 있어 가난하지만, 행복한 네로다. 할아버지와 플란다스의 개와 같이 우유 배달하며 살아가는 착한 소년이다. 그런데 네로의 여자 친구 아빠는 그가 가난하다는 이유로 멸시하고 탐탁지 않게 여긴다. 나를 무시하는 그에게 적의를 불태우든지 상종을 하지 않으리라 다짐했을 것이다. 하지만 네로는 그를 미워하지도 않고 그의 잃어버린 돈을 찾아주기까지 한다. 그는 네로에 대한 자기 생각과 판단이 잘못된 것임을 깨닫게 된다.

나는 걷는다

정말 통쾌한 복수다. 그때 생각하면 지금도 눈물이 나려 한다.

다른 사람의 목숨을 대신해서 기꺼이 자신의 목숨을 바친 사람도 만난다. 숭고한 희생이 비뚤어지고 악한 마음을 지닌 나에게 복수를 한다. 한 줄의 문장이 감정을 건드리는 경우가 있다. 그럴 때면 주체할 수 없는 눈물이 난다. 부끄러운 줄도 모르고. 책이 아름다운 복수를 한다.

책을 읽다가 문득 책을 보고 있는 나를 본다. 세상을 바라보는 악마의 본성이 영원히 변하지 않을 줄 알았다. 그런데 주인공의 아픔과 슬픔을 보면서 같이 상처를 어루만진다. 부조리한 세상에 굴복하지 않고 착한 심성을 간직하고 있는 주인공의 모습에 갈채를 보낸다. 사람의 따뜻한 심성이 세상을 아름답게 변화시킬 수 있다는 사실에 놀란다. 그리고 악한 마음으로 가득 차 있다고 여겼는데 일면 순수하고 착한 구석도 있는 나를 만난다.

이제 긴장과 경계의 눈빛을 거두어도 되리라. 마음의 변화가 세상에 대해 두려움에서 벗어나는 길이며 스스로 아름다워지는 길이다. 무엇보다 나를 바라볼 기회를 얻었다는 것이 무척 반갑고 다행스럽다는 생각을 해본다. 마음을 열고 진실을 보게 되니 모든 것이 새로워진다. 세상이 반갑고 사람이 그립다. 눈물 나도록 아름다운 그런 사람과 풍경을 찾아가고 싶어진다. 모두가 소중하다. 행복해지는 나와 다른 사람을 만나는 길인데 어찌 미소가 새어 나오지 않으리. 책이 나에게 보여준 행간 속의 비밀을 훔쳐보았으니 웃음은 인생에서 치밀한 전략이 된다. 세상을 아름답게 보이게 하고 행복을 찾아가는 법을 가르쳐준 책이라는 벗이 고맙다. 인간의 아름다운 본성에 감동할 줄 아는 나를 바라보는 것은 정말이지 큰 기쁨이자 행운이다.

나는 걷는다

착한 사람

그의 이름을 나지막이 불러본다. '윤동주!' 하늘과 바람과 별과 시가 내 마음속에 쏟아져 내린다. 무엇이 그토록 그를 부끄럽게 만들었을까. 참회하는 마음이 아프게 다가온다. 어렴풋이나마 아픔이 손끝에 만져지지만 깊은 내면을 끌어안기엔 턱없이 모자라다. 하늘을 보며 부끄러움을 알고 참회하는 시인의 마음을 닮고 싶다. 연약하고 힘없고 아프지만, 시의 마음은 착하다. 시의 근육은 세상을 지탱하는 강한 힘이 되기도 한다. 그리고 그 착함이 세상을 아름답게 만드는 것이라 믿는다. 시처럼 착한 사람이 되고자 하늘을 우러러본다.

철없는 방황과 갈등이 있다. 풍족하지 못한 가난이 늘 따라다닌다. 하지만 집에는 모든 것을 품어주고 다독여주는 햇살 같은 포근함이 있다. 가족끼리 다툼과 논쟁이 수시로 찾아오기도 하지만 평화가 밑바탕에 깔렸다. 평화로 인하여 함께하고 있음이 행복하다. 평화와 행복은 어디에서 오는 것일까. 때로는 비바람이 몰아치는 태풍이 지나가도 항상 우리 곁에 있는 하늘과 바람과 별이 있어서다. 자연은 거짓말하지 않고 정직하다. 선한 풍경이다. 가족도 사람도 자연 일부이며 사람이 만들어내는 착한 풍경은 세상에서 제일 아름답다. 내 몸속에는 자연을 닮은 할아버지와 아버지의 피가 흐르고 있다.

어머니의 말을 빌리면 할아버지는 농사일이 서툴러 할머니에게 구박을 많이 당했다고 한다. 그래도 사람들에게는 인심 좋고 법 없이도 살 착한 사람으로 정평이 나 있다. 아버지도 마찬가지다. '태환이는 법 없이도 살 사람'이라는 소리를 곧잘 듣곤 했다. 너무 고지식하다는 소리도 듣는다. 좋은 평인지 나쁜 평인지 약간은 헷갈리는 면도 있지만, 아버지에 대한 사람들의 인식은 매우 호의적이며 신뢰가 크다는 것을 느낄 수 있다. 심지어 이모님은 서울에서 번 돈을 은행에 맡기지 않고 아버지에게 맡길 정도다. 그러니까 아버지는 고지식하기는 하지만 법 없이도 살 만큼 착한 사람이다. 나는 그런 아버지가 자랑스러웠고 밤하늘에 별처럼 아름답다고 생각한다. 착하다는 소

나는 걷는다

릴 들으면 기분이 좋아지고 행복에 들뜬다. 내게도 할아버지와 아버지의 유전자가 흐르고 있음이다. 아무리 힘들고 괴로워도 살아가면서 잃지 말고 유지해야 할 것은 착한 마음이다. 이것이 인간이 유지해야 할 기본이라고 가슴에 다독이며 살아왔다.

살다 보니 양심에 꺼리는 일탈 행위로 아무도 없는 섬으로 도피하고 싶을 만큼 부끄럽고 괴로운 적도 있다. 착하지 못한 생각과 행위는 할아버지와 아버지 그리고 자연 앞에 부끄러운 짓이다. 착함이 강물처럼 흐르는 영혼에 깃든 자존감에 대한 먹칠이다. 은연중에 착한 사람이라는 자부심에 의기양양해지기도 했고 그렇지 못한 사람에 대해 우월감에 우쭐해지기도 했다.

세상은 착한 사람이 많으므로 살맛이 나는 것이고, 그래서 세상은 외롭지가 않다고 생각했다. 이 강력하고 든든한 삶의 이유이며 후원자였던 착함이 어느 날 직장 상사로부터 무참히 짓밟히는 소릴 들어야 했다. 업무로 인하여 의견이 일치되지 않았고 상사는 자신의 요구가 잘못된 것임을 알고 화해의 뜻으로 나를 불렀다. "이 반장은 다 좋은데 너무 착해서 탈이야." 물론 친밀함을 유지하기 위한 그의 솔직함이 담긴 충고가 소주잔에 넘치고 있음은 인정한다. 하지만 너무 착해서 탈이라니. 내 영혼을 지켜오던 존엄과 자랑이었던 착함이 일순간에 바보가 되어버리는 처량함에 말문이 막힌다. 그가 원하는 바가 바람직하지 못한 의도임을 알고 있기에 순순히 받아들이기엔 자존심이 허락지 않는다.

어쩌다가 착하다는 것이 세상 물정 모르는 어리석고 오래된 골동품 취급을 당하는 신세가 되고 말았는가. 착함은 고리타분하고 능력이 없는 자의 변명으로 조롱거리가 되고 만다. 힘없는 자의 자기 위안이며 비겁한 도피다. 자기 몸과 영혼을 제대로 지켜내지 못하는 한없이 슬픈 외톨이다. 참 가슴이 답답하고 서글픈 마음이 스며든다. 영혼이 추구하던 삶의 궁극적 목적이며 마음이 지향하던 착한 사람이 이렇게 무시되어질 정도로 연약한 존재란 말인가. 바위처럼 단단하던 이상과 가치가 흔들리고 있는 것을 바라보는 것은 더욱 초라하고 비참해진다.

억울하면 출세해야 하고 출세하려면 무슨 수를 써서라도 악착같이 올라서야 한다. 그 길이 바른길이 아니더라도 권력과 부를 움켜쥐는 것이 급선무다. 착한 사람은 오히려 출세하는 데는 걸림돌이 될 수밖에 없고 양심 같은 건 일찌감치 시궁창에 버려야 할 허접스러운 쓰레기에 불과하다. 세상 살아가면서 착하기만 하면 항상 손해만 보고 이익을 얻을 수 없다. 남의 입장 고려하고 양보만 하다 보면 뒤처질 뿐 아무도 알아주지 않는다. 과연 이 말이 잘못된 것이라고 단호하게 반박을 할 수 있겠는가. 잠시나마 흔들리는 나를 바라보는 것이 참 아리고 부끄럽다. 착한 사람이 아니라는 사실은 영혼을 오염시키는 일이며 시의 마음을 배반하는 일이다.

　사람 사는 세상이 너무 각박하고 흉흉하다. 재산을 위해서는 부모의 목숨도 앗아가는 세상이다. 세상을 향한 적의가 만연해 연약한 사람에게 폭행과 살인을 저지르는 '묻지 마' 범죄가 늘고 있다. 악착같이 권력과 부를 탐하고 물질에 대한 욕망이 득실거리는 인간성 상실 시대다. 철학과 문학 즉 사람다움을 가르치는 인문학이 잡동사니로 취급되고 있다. 이제 시를 읽고 하늘을 바라보던 마음은 죽어가고 있다. 착한 사람이 소멸하고 있다. 아름답지 못한 세상이다.

　정녕 악한 마음을 품고 자신의 이익을 취한다고 해서 행복을 담보할 수 있을까. 욕심은 더 큰 욕심을 불러올 것이고 허기진 욕심을 채우려 하루도 편안한 날이 없으리라. 종국에는 못된 마음이 자신의 심신을 갉아먹는 해충이 되어 파멸에 이르게 할 것은 자명하다. 이를 알면서도 흔들리는 내 마음을 제어하지 못하는 비겁함이 너무 싫다. "사는 게 다 그렇지 뭐." 하고는 세월을 탓하며 시간 속으로 숨어버리고 그냥 묻어가려 한다. 모든 것을 경험한 사람처럼 삶이 시시하다는 핑계로 그냥저냥 착한 사람을 포기하려 한다. 어쩌면 아름답지 못한 세상은 나로 인해 시작되었는지도 모른다. 착한 사람을 살짝 포기하려는 게으름과 죽어있는 의식이 내 영혼을 지배하려고 한다. 이제 깨어나야겠다. 할아버지와 아버지가 원하던 세상은 착한 세상이다. 착한 사람이 되기 위해 행동하는 양심이 되자. 아름다운 세상을 원한다. 그러니 착한 사람이 되어야 한다.

노래앓이

노래는 소리로 입맛 돋우는 양념이다. 삶은 사랑이라는 공기 때문에 호흡을 한다. 공기 속에 다양한 양념을 불어넣어 감칠 맛을 우러나게 한다. 취향과 입맛이 서로 달라서 귀에 착 감기는 노래도 제각각일 수 있다. 또한, 시대와 상황에 따라 개인적 선호도가 달라진다.

언젠가부터 말하는 것보다 듣는 것이 좋아졌다. 아마 아는 지식이 모자라고 말하는 것도 서툴러서 그런 것 같다. 듣고 있으면 맛있는 빵처럼 달콤하고 꿀잠처럼 개운하다. 진실이 묻어있다면 말이 비록 정제되지 않은 거칠고 억센 몸짓일지라도 매콤하고 알싸한 맛이 온몸에 번진다. 아무리 듣기 좋은 억양과 소리일지라도 진실이 없다면 썩은 과일을 씹는 것처럼 역겹고 힘들다. 젊고 자존심이 충만할 때에는 누구에게도 지지 않으려는 웅변가처럼 말하는 것에 열을 올린 적도 있다. 섣부른 지식으로 세상의 이치를 깨우친 양 목소리를 높였다. 부르지도 못하는 노래를 감정 섞어 악쓰며 불러보기도 했다. 참 어리석고 철없던 시절이다. 얕은 지식과 소음 같은 노래를 감내하여 들어주었던 그들에게 미안하고 고맙다는 생각이 든다.

　누구나 사는 것이 힘들고 외롭다는 것을 살다 보면 알게 된다. 힘들고 고통스럽지만 참고 견디며 노력하는 것이 인생이라던 아버지의 말을 귀에 닳도록 들었다. 고달픈 인생을 용기 있게 견디면 고통의 언덕 너머 희망이 기다리고 있을 것이라는 아버지의 철학이자 자기 위안의 주문이었던 것 같다. 어쩐지 슬픔이 물렁물렁하게 만져지는 것 같고 패배의 그림자가 드리워지는 느낌도 지울 수가 없다. 순응에 길들어 울타리에서 벗어날 수 없는 착하고 바보 같은 양이라고나 할까. 아버지가 터득한 명제에 대해 반란을 꿈꾸고 벗어나기를 간절히 소망해보았지만, 나이가 들면서 깨닫는다. 나도 점점 아버지를 닮아가고 있으며 아버지의 말을 가슴으로 껴안으며 살아야 한다는 것을….

　노무현 대통령이 부엉이바위에서 떨어졌다. "너무 슬퍼하지 마라. 삶과 죽음이 자연의 한 조각이 아니겠는가." 슬퍼하지 말라고 했지만, 그가 남긴 유서를 보니 눈물이 난다. "책을 읽을 수도 글을 쓸 수도 없다."는 구절을 대하니 특히 아픔이 만져진다. 그의 자취를 더듬다 문득 김광석의 노래를 만난다. 왜 김광석의 노래를 듣고 있으면 노무현 대통령이 떠오르는지는 나도 잘 모른다. 그의 노래는 고요한 산속을 홀로 산책하다 마시는 샘물처럼 가슴 밑바닥까지 촉촉이 적셔준다. 자꾸만 보고 싶고 듣고 싶어진다. 끌린다는 것이 이런 것일지도 모르겠다는 생각이 든다. 때론 허름한 선술집에 앉아 소주 한 잔 마시며 너무 아픈 사랑에 취해보고 싶다. 하얗게 밝아온 유리창에 널 사랑한다고 썼다 지우고 싶다. 까마득히 지나버린 청춘의 날을 건너오면서 저토록 아리고 그리운 사랑을 해봤는지 기억이 흐릿하다. 생활에 묻혀 잊고 있었던 젊은 날의 감성이 살아온다. 그 감성이 아프면서도 눈부시게 아름답다.

광복이 형님은 김광석의 친형이다. 그를 만난 것은 새내기 직장인 때다. 아마도 그는 소득세과 차석이었고 나는 민원업무 담당이었던 걸로 기억한다. 그를 만날 때마다 동생 사인 받아 달라고 보채곤 했다. 그가 김광석의 친형이라는 사실이 신기하기도 했지만 사람 좋은 미소가 친근감을 더한다. 무수천을 지나 광령 입구에서 마을 안까지 벚꽃 구경을 갔고 내 고향 집에서 차를 마셨던 기억이 새롭다. 여러 번 부탁에도 동생의 사인을 받아준 적은 없다. 대신의 사람 좋은 미소만 날릴 뿐이다. 간혹 덧붙여서 "임지훈이 사인도 받아줄까?" 하고 선심성 발언도 내뱉었지만 역시 받아준 적은 없다.

그러던 어느 날 김광석이 이 세상 사람이 아니라는 믿기지 않는 소식을 접했다. 광복이 형님은 동생의 장례식을 치르러 육지에 다녀왔다. 동생의 일을 치르고 와서 처음 그에게서 들은 말은 "미안합니다."였다. 미안하다는 그 말이 내 기억 속에 지워지지 않고 아직도 살아있다. 왜 그런지는 몰라도 지금도 그의 노래를 듣게 되면 미안한 마음이 올라온다. 먼저 떠난 사람들에게 미안하고 남아있는 사람들에게도 미안하다. 미안한 마음에 울적해져 오면 노래를 듣는다.

어느 순간 귀를 사로잡고 가슴에 와 꽂히는 노래를 만나게 된다. 한번 꽂히면 빼내기는 쉽지 않다. 노래의 힘으로 위안을 받고 살아갈 용기를 얻는다. 내 안의 서려 있는 한의 정서가 슬프고 애절한 노래를 만나 위무를 받는다. 오랫동안 노래를 가슴에 품고 힘들고 외로울 때마다 토해내는 것이다. 강물 따라 세월이 흐르고 추억 따라 감정이 흐르고 사랑 따라 노래 취향도 흐른다. 영원히 머물러 있는 것은 없는 법이다. 그렇다고 자신이 좋아하고 사랑하는 노래를 버리고 다른 노래를 선택하라는 뜻은 아니다. 첫사랑의 추억은 가슴 한구석에 웅크리고 있을 것이고 다른 인연을 받아들이는 것도 괜찮다. 아름다운 풍경은 어느 한곳에만 머물러 있는 것이 아니고 내가 경험하고 상상하는 수많은 곳에 머물러있기 때문이다. 한 많은 이 세상 노래를 들을 수 있어서 참 좋다.

몰리의 탄생

어항 속에 노니는 작은 생명체를 바라보면서 오랜만에 커피를 마신다. 가을을 닮은 검은 꽃잎이 커피 향을 흩뿌리며 유유히 산책하는 것 같다. 아무리 봐도 질리지 않는다. 생명이란 것이 이토록 사람의 마음을 잡아당기는 매력이 있나 보다. 오일장이 서던 날 아이들의 성화에 못 이겨 집에서 기를 물고기를 사러 갔다. 온통 검은빛의 물고기, 블랙 몰리를 선택했다. 주인이 새끼도 낳을 수 있으니 암수 한 쌍을 사라고 일러준다. 설마 새끼까지 낳을 수 있으려고 반신반의하면서 주인이 건네주는 하얀 비닐봉지를 받아든다. 어떤 놈이 암컷이고 수컷인지 분간이 가지 않는다. 하지만 무심해진다. 보나 마나 아이들이 관심을 두다가 어느 정도 시간이 흐르면 시들해질 것이다. 그러면

이들의 존재도 쉽게 잊히리라 생각했다. 언젠가 거북이 한 마리를 사 와서 키웠는데 오래지 않아 죽음을 맞이했다. 거북이는 천 년 동안 산다고 했는데 허무하기 이를 데 없었다. 자신들이 잘 돌봐주지 못해서 그렇다고 슬퍼하는 아이들에게 천년이다 된 거북이를 사 와서 일찍 죽은 거라 싱거운 위로를 해주던 기억이 떠오른다. 곧장 집으로 오지 않고 트렁크 안에 물고기를 내버려 둔 채 도립미술관을 거쳤다.

　새로 전시된 설치 미술품이 눈에 들어온다. 노아의 방주를 연상하는 커다란 배 위에 층층이 건물들의 모습이 보인다. 맨 밑에는 재건축 대상인 허름한 판잣집이 즐비하고 위층으로 올라갈수록 고급 아파트가 자리 잡고 있다. 맨 위층에는 권력을 상징하는 듯 국회의사당이 거만하게 자리를 차지하고 있다. 배 옆으로 고래와 그의 등을 타고 있는 새끼가 인간이 저질러 놓은 인륜을 저버린 만행의 창살에 찔려 죽어가고 있다. 타락에 젖은 숨 막히는 기류가 어둡고 황량한 바다를 희망 없이 흘러가는 듯하다. 모두가 파멸한 그 암울한 배에서 눈이 세 개 달린 기형아인 낙타라는 소년이 태어났다. 소년은 또 하나의 눈으로 희망을 찾고 있다. 탐욕과 이기에 젖어 인간성을 상실하고 파멸한 이 암울한 바다에서, 아름다운 사람의 향기가 흐르는 밝고 따스한 세상의 기류를 부디 소년의 눈으로 찾아주었으면 하는 바람이다.

어항 속에 몰리를 풀어 주었을 때 한 녀석이 맥없이 비실거린다. 아이들은 너무 오랜 시간 비닐봉지에 내버려 뒀다고 우는 소리를 해댄다. 내 무관심이 또 하나의 생명을 앗아가는 우를 범한 것 같아 무안하다. 미술관에서 본 창에 맞아 죽어가는 고래가 떠오른다. 기어이 한 마리가 죽음을 피하지 못하고 움직임을 멈춘다. 암울한 바다가 떠올라 마음이 무겁다. 우리는 죽은 물고기가 암컷일 거라 예상하고 몹시 애석해했다. 다행히도 나머지 한 마리는 혼자서도 잘 논다. 한 마리라도 잘 키우자. 정제된 물을 갈아주고 먹이를 주고 정성껏 보살핀다.

사흘째 아침 출근하기 전 어항 속을 무심코 쳐다보았다. 어항 안에서 검고 작은 물체가 움직이는 듯했다. 아들 녀석이 흥분하여 큰소리친다. "몰리가 새끼를 낳았어요." 아내는 어머! 감탄사를 연발하며 어항을 뚫어지라고 관찰한다. 정말이다. 아주 작은 물고기 다섯 마리가 물속을 자유로이 유영하고 있다. 볼수록 신기하고 감동이 몰려온다. 가슴이 뛴다. 사무실에서도 새끼 몰리 생각에 가슴이 설렜다. 우리 집에서 생명이 잉태한 것을 보다니 허 그것 참! 집에 돌아와 보니 다섯 마리가 아닌 스

202

무 마리의 몰리 새끼들이 어항을 까맣게 채우고 돌아다니고 있다. 기적이란 생각이 든다. 기적이라고 좀 지나친 비약을 하고 있다는 느낌을 지울 수 없지만 놀라운 것은 사실이다. 살아남은 몰리는 암컷이었고 그 녀석은 뱃속에 알을 품고 있다가 마침내 움직이는 새끼를 낳고야 만 것이다. 몸에 알을 품고 있느라 부풀어 올랐던 몸매가 군살을 뺀 것처럼 날씬한 몸매로 바뀐 것을 확인할 수 있다.

블랙 몰리가 우리 가족에게 기쁨과 행복을 주었으니 고맙다. '행복한 나.' 하고 속삭여본다. 아닌 게 아니라 나는 정말 행복한 놈이다. 부모님이 생존해 계시다. 아내와 자식이 건강하게 곁에 있다. 그리고 이렇게 고요한 시간에 글을 쓸 수 있다. 두려워 망설이던 수영을 배우고 있다. 이런저런 얘기를 풀어 놓을 수 있는 친구가 있다. 조밤나무 아래 떨어져 있는 조밤을 줍듯 난 행복을 줍고 있었구나. 행복을 주웠으니 이제 감사해야겠다. 아직은 건강하게 촌에 계신 부모님에게, 장인 · 장모님에게 감사드린다. 형님, 동생, 처남, 처제, 조카들에게도 감사드린다. 친구와 직장 동료들에게도 감사드린다. 무엇보다 내가 살아 숨 쉬는 우주 만물인 이 세상에 감사드린다. 감사하고 나니 또다시 행복이 밀려온다. 감사하고 나니 행복해진다. 혹시라도 절망에 빠져 세상에 적의를 품고 있다면 생각을 바꿔보면 어떨까. 내가 숨 쉴 수 있는 시간과 공간을 주신 세상을 향해 감사하다고 속삭여 보자. 그리고 감사한 마음을 자연이 내린 밤을 줍듯, 낙엽을 줍듯 마음의 호주머니에 가득 담아보자. 그러면 행복이 찾아올 것 같다. 일이 지치고 삶이 지친다고 엄살을 부리던 나의 모습이 떠올라 부끄럽다. 양쪽에 지느러미를 날개처럼 쉼 없이 움직이고 꼬리를 치는 몰리야, 부디 잘 자라다오. 커피 향이 유난히 따사로운 가을날 새벽이다.

나는 걷는다

바람은 돌담을 통한다

바람의 소망은 무엇일까?

도시의 아스팔트 길을 걸을 때면 사방이 막혀 있는 듯 답답하다. 바람길이 막혀 삭막하고 외롭다. 도시의 건물들이 들어서기 전에는 세상은 돌담으로 구획되어 각자의 세계를 자랑하곤 했다. 바람은 돌담이 열어놓은 구멍을 통하여 세상과 소통을 한다. 지금 도시에는 흔하던 돌담이 자취를 감추고 콘크리트 벽이 바람을 막아 자유롭지 못하다. 세상과의 단절은 바람을 미치게 한다. 자신의 경계를 표시하고 자존을 지키면서도 항상 마음을 열어두고 바람이 통하던 세상! 삶의 무거운 강풍이 불어와도 무너지지 않고 품을 수 있는 돌담이, 바람은 부럽다. 간혹 마음이 무거울 땐 돌담이 있는 고향을 찾아간다.

제주의 돌담에는 종류가 다양하다. 집과 진입로를 연결하는 올레에 쌓은 올렛담, 밭에 쌓은 밭담, 무덤가에 쌓은 산담, 목마장에 쌓았던 잣담, 가옥의 외벽으로 쌓은 축담, 집의 울타리로 쌓은 울담, 해안의 환해 장성이나 진성에 쌓았던 성담, 어살과 같은 전통어업의 방식의 하나로 쌓았던 원담 등이 있다.

초등학교 시절 구불구불 곡선을 따라 축조된 올렛담을 따라 걸어가던 친구의 집은 꿈의 도서관이다. 그의 아버지는 경찰관이었는데 자식들을 위해 문학 전집을 사다 주셨다. 책들이 얼마나 눈이 부시게 빛이 나던지 가난한 소년의 욕망은 그것을 모두 가지고 싶었다. 정작 주인은 책에 별 관심이 없는 듯했다. 자꾸만 빌려 가는 내가 오히려 이상하다는 표정을 지어 보이며 기꺼이 내준다. 때론 일부러 책을 가지고 와선 울담 너머로 건네주곤 했다. 돌담 너머로 책을 받아들 때면 쿵쾅거리는 심장 박동 소리가 밖으로 새어 나올까 봐 노심초사하던 마음을 친구는 알고 있을까. 글 한 줄 읽기 힘든 바쁘고 팍팍한 오늘의 일상은 가난하지만 넉넉한 여유가 있던 그 시절을 더욱 그립게 한다.

올레길은 아이들의 놀이터이고 자연 학습장이다. 올레에서 우리는 술래잡기를 하든지, 구슬치기나 딱지치기를 했다. 그러

나는 걷는다

다 종종 돌담의 구멍 사이로 징그러운 구렁이가 우영밭*으로 넘어가는 광경을 목격하곤 했다. 우리는 두 손을 뒤로한 채 무시무시한 놈이 사라질 때까지 두려운 마음으로 지켜본다. 누군가는 그놈이 집을 지키는 영물이라고 해서 함부로 하지 못했다. 그놈이 사라지고 나서도 온몸을 휘감는 섬뜩한 기운을 쉽게 떨쳐 버리지 못한다. 그도 그럴 것이 영락이라는 동네 꼬마가 알 수 없는 병명으로 시름시름 앓다가 세상을 떠난 적이 있다. 그런데 그는 죽기 몇 달 전 돌담에 출현한 구렁이를 돌로 쳐서 해를 끼친 적이 있다. "심방**의 말에 의하면 그것이 이승을 하직한 까닭이다"라고 사람들이 수군대는 것을 들은 적이 있다. 돌담은 정답고 무서움이 공존하는 신비가 깃든 곳이기도 하다. 참새와 같은 작은 새부터 시작하여 사마귀, 귀뚜라미도 보인다. 도마뱀이 돌담을 들락거리는 모습도 보인다. 혹은 족제비가 잽싸게 자신의 모습을 숨기기 위해 달아나기도 한다. 제사가 끝나고 제사 음식을 이웃과 나눌 때도 돌담을 통해서 나눠주곤 했다. 돌담은 신비가 흐르고 정이 통하는 공간이다.

---

* 텃밭의 제주어.
** 제주에서 무당을 일컫는 말.

동네 사람들은 수눌음***을 통해 삼삼오오 모여 밭일을 한다. 밭일하면서 그들의 땀과 노력은 농경지의 경계 표시로 쌓아둔 밭담 위로 하나의 예술작품을 탄생시킨다. 노란 유채꽃 세계를 도화지에 풀어놓고 청보리 물결이 출렁이는 바다를 그린다. 귤꽃 향기 진하게 풍겨오거나 황금빛 열매가 들판을 장식할 때도 있다. 달콤한 맛이 배어 나오는 수박도가 펼쳐질 때도 있다. 그리고 그들은 노동의 고달픔과 생활의 아픔을 하나둘씩 이야기로 풀어놓으며 가슴에 쌓인 한을 녹인다. 집 나간 자식 걱정하는 부모의 아픈 사연도 기막힌 누군가의 팔자도 털어놓는다. 듣기 민망한 처녀와 총각의 은밀한 연애담도 낄낄거리며 주고받을 때도 있다. 돌담은 이런저런 마을의 비밀을 오롯이 간직하고 있으며 쉬는 날 없이 바쁜 그들의 역사를 기억하고 있다.

어둠이 깊어지면 바람의 소리가 들린다. 마음속 깊이 숨겨두었던 마을의 비밀을 돌담은 바람을 통해 속삭인다. 무슨 이야기를 하고 있는지 정확히 파악할 수는 없으나 돌담에 기대서면 귀에 속삭이는 바람의 입김을 느낄 수 있다. 말 못 할 사연들이 우리 작은 마을에 생겨나고 소멸해 가고 있다는 것을.

마을에는 배안이라는 저수지가 있는데 그곳에서 수영도 하

*** 제주 특유의 미풍양속으로 품앗이와 같음.

나는 걷는다

고 낚시도 하곤 했다. 근데 참으로 이상한 것은 마을 처녀들이 어느 한 해에 저수지에 빠져 죽는 일이 유독 많았다. 이유는 잘 모르지만, 멱 감는 처녀들을 먼저 죽은 물귀신이 잡아갔다는 얘기를 들은 적이 있다. 한동안 무서워서 그곳은 금지구역이 되었다. 하루는 노동에 지친 부모님의 거친 숨소리를 들으며 친구가 빌려준 책을 읽다가 소변을 보러 밖으로 나온 적이 있다. 고요한 적막 속에서 돌담을 통해 들려오는 흐느낌이 있었다. 흐느낌은 얼마 전 저수지에 빠져 죽은 처녀의 어머니 같은데 너무 애절하고 서글퍼 온몸에 소름이 돋는다. 더구나 어머니와 대화 상대가 일전에 물에 빠져 죽은 처녀라니 내 귀를 의심하지 않을 수 없었다. 자신도 믿을 수 없는 사실을 돌담은 바람을 통해 전해 준다. 유년 시절은 돌담 안의 현실과 돌담 너머 상상의 세계가 어우러져 분간을 못 할 때도 있다.

　설문대할망이 한라산을 만들다 해진 치맛자락에서 흘러내린 흙들이 오름이 되었다고 한다. 제주 사람은 오름 자락에서 태어나서 오름으로 돌아간다고 믿는다. 오름 자락에 널브러진 산소를 우마로부터 보호하기 위해 쌓아놓은 산담이 있다. 산담 한구석에 틈새를 열어두고 죽은 영이 들어오게끔 배려한 것을 볼 수 있다. 이는 비록 사람은 죽었어도 영혼은 남아서 평상시에 집안의 대문으로 들어서듯이 돌담의 문으로 들어오게 하려는 뜻이라 한다. 돌담의 문으로 영혼만이 드나드는 것은 아니다. 마을 인근 산소는 놀이동산 역할도 하여 우마가 아닌 사람이 하도 많이 드나들어 풀이 자라지 못하는 경우가 허다하다. 산소 주인에게는 미안한 일이지만 아이들에겐 너무도 친숙한 공간이다. 산 자와 죽은 자의 영혼이 하나가 되어 어울리는 공간이기도 하다.

어머니 젖무덤 같은 봉분에 기대어 지난 시간을 되새김질하곤 한다. 악몽 같은 조회시간은 아픔이다. 시골 중학교에 미남이고 운동신경도 좋아 여학생에게 특히 인기가 좋은 생활 주임 선생님이 있었다. 난 선생님에게 무방비 상태에서 발길질을 당하고 여학생이 보는 앞에서 땅바닥에 넘어졌다. 놀란 눈으로 고개를 돌렸을 때 선생님은 무술의 달인처럼 의기양양하게 노려본다. 웬일인지 나도 모르게 미소가 새어 나온다. 그는 웃는다고 또다시 연약한 뒷무릎을 걷어찬다. 다시 힘없이 쓰러진다. 불량학생 쳐다보는 주위의 시선을 느낄 수 있다. 얼굴이 오월의 장미처럼 붉게 타오른다. 말문이 막혀 아무런 소리가 나오지 않는다. 일어서서 꼿꼿이 정면을 응시하며 서 있다. 나를 아는 친구만이 안타까운 시선으로 항변하는 것처럼 느껴진다.

나는 걷는다

"그는 몸이 불편해요!" 도시에서 온 선생님은 자세가 불량하다고 아무런 경고 없이 걷어찼지만 서글픔이 몰려온다. 침묵할 수밖에 없는 경우도 때로는 있는 법이다.

돌담의 문으로 들어서는 영혼이 억울함도 슬픔도 참으라고 말한다. 모든 것은 지나갈 것이며 결국은 진실을 알게 되리라 돌담은 바람에 속삭인다. 시방 세상은 연둣빛이 왁자하다. 암울한 시대를 이겨내고 새싹은 희망을 노래하고 있다. 하지만 우리 곁에 눈을 돌리면 볼 수 있었던 돌담의 존재가 자꾸만 사라지고 있는 것 같아 안타깝다. 집에서부터 대문을 나서면 신비와 정감을 간직하고 있는 돌담이 반기던 시대는 사라져 간다. 오랜 삶의 역사에서 만들어진 소중한 예술작품이 개발이라는 이름으로 그 자리를 내주고 있다. 거대한 빌딩 아래에서 추억도 사랑도 그리움도 사방이 막혀 소통이 그리워지는 것은 나 혼자만의 생각일까?

이모님의 국수

양의 무리가 파란 하늘을 야금야금 갉아 먹더니 짙은 회색이 허공을 가득 메웠다. 푸른 초원이 사라진 하늘 벽에 금이 갔나 보다. 물방울이 보슬보슬 새어 나오더니 목마름으로 허기진 대지를 촉촉이 적신다. 갈증이 해소된 대지의 어깨춤이 아지랑이처럼 피어난다. 대지의 어깨춤에 장단을 맞추느라 물오른 나무들이 북을 치며 환호성을 지른다. 축 처진 일상에 한 줄기 빛과 같은 거역할 수 없는 유혹의 소리가 들려온다. "이런 날은 막걸리 한잔이 딱 맞은데…." 마음이 모이는 소리가 들리고 쾌재를 부르는 이도 있다. 비가 오면 막걸리에 파전이 당기는 날이 있듯이 고독이 그립고 우수에 젖는다. 추적추적 내리는 빗줄기를 보니 쑥고개 시장에서 국수를 말아주던 그리운 사람과 같이 하고 싶다. 외로움과 슬픔에 허기진 날에는 이모님의 국수가 그립다.

행주산성에 유명한 국숫집이 있다 하여 들린 적이 있다. 소문대로 사람이 북적이고 맛있게 보이는 국수가 푸짐하기까지 하다. 잔치국수와 비빔국수 중에 선택하란다. 오랜만에 비빔국수를 먹는 것도 괜찮다는 생각이 든다. 막상 비빔국수가 나오자 후회가 밀려온다. 비빔국수가 맛이 없어서라기보다 다른 사람이 시킨 잔치국수를 보자 마음이 흔들린다. 이런 내 모습이 참으로 우습다. 그러고 보니 사람은 끊임없이 선택의 순간에 직면하고 있다. 피할 수 없는 선택이 인생의 커다란 고민일 수도 있고 운명을 좌우할 수도 있다. 자신이 선택한 상황에 대해 곧잘 후회하기도 하고 안도의 한숨을 쉴 때도 있다. 물론 신중한 선택도 필요하겠지만 막상 선택했으면 다른 것에 대한 미련과 욕심은 과감히 버리고 그것에 집중하는 것이 현명하다. 어느 것을 선택하든 그렇지 못한 것에 대해 아쉬움은 남는 법이다. 만일 내가 잔치국수를 선택했다면 비빔국수에 집착했을지도 모른다.

짜장면과 짬뽕에 대한 선택에 대한 고민을 해결하는 방안으로 한 그릇에 구분되어 동시에 나오는 방법도 있다. 하지만 그 선택에 대해서도 후회가 있을 수 있다. 하나의 맛에 집중하지 못하면 그 맛은 오히려 떨어질 수도 있기 때문이다. 선택하고 나면 그 선택에 대해 애정과 집중이 필요하다. 그래야 자신이 선택한 국수를 맛있게 먹을 수 있다. 아마도 잔치국수에 대한 미련은 이모님이 말아주던 국수에 대한 추억에서 비롯된 것이라 변명을 해본다.

어둠이 머물러 있는 새벽에 일터를 향하는 도시의 노동자와 어둠이 짙어지는 밤늦은 시간 가난한 영세민을 위해 항상 문을 열고 기다리던 이모님의 식당이 쑥고개 시장에 있었다. 국물까지 깡그리 마시고는 포만감에 젖은 행복한 사람들이 부담 없는 가격을 기꺼이 지급하고는 총총히 어둠 속을 향해 사라져간다. 특히 이모님이 말아주던 하얀 면발의 국수는 넉넉하고 푸짐했다. 면발이 질기지 않고 부드러우면서도 쫀득함이 배여 나와 목 넘김이 황홀했다. 국물은 그리움과 고통이 버무리진 눈물처럼 짠 듯 밍밍하다. 복잡하거나 화려한 모습이 아니다. 단순하면서도 결핍과 부족함을 따뜻하게 채워줄 것 같은 풍족함이 깃들어 있다.

푸짐하고 부드러운 국수를 말아주던 이모님의 목소리에는 아픔 같은 가시가 걸려있는 듯했다. 저 목 속에 숨어있는 가시를 시원하게 뽑아내 주고 싶은데 너무 깊고 오래 박혀 있었는지 쉽게 뽑힐 기미가 보이지 않는다. 고부간의 갈등, 남편과의 불화, 아무리 노력해도 펴지지 않는 가난한 살림살이…. 정말 팍팍하고 고단한 삶의 연속이었다. 돌파구가 필요했고 벗어나고 싶었다. 오죽했으면 제주를 떠났을까. 이유야 어찌됐든 자신의 도피로 인해 어린 자식들이 보육원에 버려지는 상황이 발생했다. 어디를 가든 이모님의 마음은 사방이 꽉 막힌 감옥이었을 거란 생각이 든다. 자포자기하고 무너지는 대로 내버려 두고 밑바닥까지 추락할 심사였는지도 모른다. 하지만 아이들을 생각하면 그렇게 쉽게 무너질 수도 없는 일이다. 독해지고 강해져야 했다. 고통과 패배로 주눅이 들어 우울의 방에 자신을 가둘 수는 없는 일이다. 오기와 도전정신으로 악착같이 버티고 견뎠다. 새벽에 일어나고 밤늦게까지 일하고 또 일했다. 그 힘든 서울이라는 도시에서 마침내는 집을 장만하고 고향에 있는 자식들을 위해 뒷바라지를 남몰래 하고 있었다.

서울에서 만난 또 다른 서울 이모부에게는 자식이 둘 있었다. 아이를 버리고 온 엄마와 엄마에게 버림받은 아이가 만나 쑥고개 시장에서 같이 살았다. 의도하지는 않았지만 어쩔 수 없이 버린 자와 버려진 자의 슬픔과 아픔은 매한가지였으리라. 서로를 바라봐야 하는 아픔과 그리움이 발가벗겨진 채 방안을 서성인다. 자신들의 처지를 인정해야만 하는 동거가 아슬아슬하면서도 따뜻하다. 이모님은 애들이 손버릇이 나쁘고 말을 잘 안듣는다고 심한 꾸중을 할 때도 있다. 한동안 같이 지내던 나로서는 애들이 측은하다는 생각마저 든다.

이모님의 잔소리를 가만히 들여다보면 남에게 하는 것이 아니고 본인 자신에게 하는 넋두리인 것을 알아챌 수 있다. 아이들도 그것을 알고 있는 듯 자연스럽게 받아들인다. 그 잔소리를 들으며 자신을 버리고 간 어머니를 미워하기도 하고 또 한편으론 그리워하고 있었는지도 모른다. 우리는 이모님이 말아주신 국수를 맛있다고 국물까지 다 마시고는 조금 더 달라고 했다. 그러면 이모님은 함박웃음을 지우시곤 했던 기억이 난다.

세월이 한참 흘러도 이모님의 목 속에 가시는 여전히 박혀있는 듯했다. 밤늦은 시간 약주를 걸친 이모님의 넋두리를 받아주던 어머니의 충고와 위로의 통화를 몇 번 들은 적이 있다. 이모님은 죽은 지 3일이 되어서야 발견됐다. 텅 빈 집에서 혼자 외로움과 그리움을 술로서 달래다가 고독사를 한 것이다. 얼마나 외롭고 쓸쓸했을까. 가는 길 서러워하는 국수 면발 같은 비가 주룩주룩 내린다. 모든 슬픔과 아픔을 대신 짊어지고 갈 것처럼 세상의 갈증을 씻고 냇물이 되어 바다로 흘러간다. 이모님의 영정 앞에서 제주 이모부와 서울 이모부는 서로 부둥켜안고 엉엉 울었다고 한다.

우유 도둑

상용빌라에 도둑이 들었다. 주머니에 넣어둔 우유가 사라졌다. 누구의 소행일까 궁금하다. 요구르트를 만들거나 빵과 같이 마실 우유를 훔쳐가다니 괘씸한 생각이 든다. 빌라 사람들이 모여서 웅성거린다. 누군가는 무인 카메라를 달아놔야 한다고 주장한다. 무인 카메라가 여의치 않으면 경고문이라도 붙여놔야 안심할 수 있다고 목소리 높인다.

일전에는 201호의 자전거를 도둑맞았다. 운동할 요량으로 큰맘 먹고 비싼 돈을 주고 산 것이란다. 혹시나 잃어버릴까 봐 잠금장치로 현관 입구 계단 철봉에 단단히 매어 놓았는데도 그걸 훔쳐가다니 어안이 벙벙할 뿐이다. 심지어 중고생들이 주차장 옆 빈터에서 담배를 피우고 담배꽁초를 함부로 버린다고 역정

나는 걷는다

을 낸다. 끼리끼리 모여 담배를 피우면서 사람이 와도 피하는 기색이 없어 대놓고 잔소리하는 것도 꺼려진다고 실토한다. 어른이 자식뻘만 한 학생들을 훈육하는 일은 당연지사인데 무서워서 피해야 한다고 하니 서글픈 세상이다. 도둑, 대문, 거지가 없어 삼무가 자랑인 제주의 하늘 아래 상용빌라는 도둑 사건으로 어수선한 분위기다.

201호 자전거 도둑은 검찰에서 절도범을 잡았다고 연락이 와서 알게 되었다. 알고 보니 다른 사건을 조사하던 중 여죄를 추궁하자 자전거를 훔친 사실까지 실토했다고 한다. 갓 미성년자를 넘긴 이십 대 청년이라고 하니 가벼운 한숨이 절로 난다. 훔친 그 자전거는 어디에 있는지 물어보니 자신도 도둑맞았다고 증언하더란다. 잃어버린 자전거의 행방이 묘연하니 보상받을 길은 없다. 기부한 셈 치라고 검찰 직원이 멋쩍게 말한다. 도둑놈이 도둑을 당하다니 웃어야 할지 울어야 할지 난감하다. 정확한 가족 상황은 알 길이 없지만, 부모가 이혼해서 할아버지와 동거를 해왔다는 사실에 비추어보면 생활이 퍽 어려웠을 거란 생각이 든다. 소년원에 갔다 온 전력도 있다고 한다. 어쩌다가 옳지 못한 길을 선택하여 저리 검찰에 불려 다니는 신세가 되었단 말인가. 진술서를 쓰면서 잃어버린 자전거를 찾지 못한 안타까움도 있지만 젊은 청춘이 갈 길이 어긋날까 걱정이 된다고 자전거 주인은 말한다.

자전거 도둑의 정체는 알아냈다. 그럼 우유 도둑은 어떤 사람일까? 우유는 음료이다. 즉 먹거리를 훔친 것이다. 이 시점에 왜 빵을 훔치다 감옥살이를 한 장발장이 떠오르는 것일까. 먹을 것이 넘쳐나서 비만을 걱정하고 다이어트를 위해 오히려 단식하는 세상에 배고파서 우유를 훔쳤다면 가슴 아픈 일이다. 얼마나 서럽고 비참한지 배곯아본 사람은 안다. 생활비가 떨어져 연탄을 사지 못해 한겨울에 냉방에서 추위에 떨어봤다. 배고픔의 고통에 시달려 본 적도 있다. 한 끼의 식사가 얼마나 달콤하고 소중한지 뼈저리게 느끼는 순간이다. 그때의 경험으로 먹고살기 위해선 무언가를 해야 하며 엄청난 노력이 수반된다는 것을 어렴풋이 깨닫게 됐고, 부모님의 보호 아래 있는 것이 얼마나 행운인가를 알게 됐다. 언젠가는 부모님의 곁을 떠나 먹을 것을 찾아 망망대해로 나아갈 운명이며 그 모험을 반드시 감행해야 하리라. 불안하면서도 호기심과 꿈에 젖어 가슴 뛰는 날들도 있다. 다행히도 지금은 일자리를 얻어 그럭저럭 먹고 살고 있지만, 아직도 배고픔에 서러운 사람이 많다는 사실이다. 그들은 꿈꿀 수 있는 여유마저 박탈당한 채 그야말로 굶

나는 걷는다

어 죽을 판이다. 오늘은 어떤 메뉴를 선택할 것인가 하는 호사스러운 고민을 하는 동안 누군가는 어떻게 한 끼라도 해결할 수 있을지 생사에 기로에선 사람도 있다.

최고의 부자들이 사는 서울에서 생활고를 견디지 못하고 이승을 하직한 사람이 있다고 하니 대한민국의 슬픈 자화상이다. 가난한 자의 손을 잡아줄 여유도 관심도 없는 삭막한 서울의 고층빌딩에서 삶을 비관한 여인이 아이들과 함께 뛰어내렸다고 한다. 고층빌딩은 그들의 소망이었는지 모른다. 저 여인의 잔인하고 서글픈 삶의 역사를 어떻게 받아들여야 하나. 물질과 문명이 발달할수록 사람에 대한 가치는 퇴보하는 것인가. 세상은 부유해지는데 정작 사람은 피폐해지고 영혼이 없는 백골이 되어가는 것 같다. 가진 자는 못 가진 자에 대한 배려와 이해가 들어설 틈이 없다. 자신과는 상관없는 일이라고 무관심으로 일관하고 있다. 예술가의 자존심을 지켜주지 못하고 굶어 죽게 하는 세상이 우리 하늘 아래의 일이다. 도시화하기 전에는 가난하지만, 이웃과 나누는 정이 있었다. 지친 노동으로 일군 양식을 기꺼이 이웃과 나누는 배려와 사랑이 있다. 사람의 가치가 제일 우선시 되는 삶이다.

텃밭에는 상추, 무, 고추, 호박, 오이가 가난한 사람의 손길을 기다리며 자라고 있다. 풍족하진 못할지라도 밭에는 감자와 고구마가 있어 배고픔을 달게 나눠 먹을 수 있는 행복을 준다. 게다가 살짝 서리를 용인하는 참외와 수박이 가슴 뛰는 맛을 제공한다. 자연은 저리 먹거리를 내어주었고 이웃이 굶어 죽도록 내버려 두는 일은 없다. 도시화하면서 주변의 흙이 소멸하고 있다. 온통 콘크리트 벽으로 막혀 이웃과의 소통도 막혔다. 흙이 사라지니 그 흔하던 자연의 선물도 사라지고 마트에 가서 비싼 돈을 주어야만 구할 수 있는 물건이 되어버린다. 말 그대로 돈 없으면 굶어 죽어야 한다. 고향의 정도 흙의 선물도 도시의 거대한 물결에 잠식되고 있다.

우유 도둑이 정말로 배고파서 훔쳤다면 여기의 생각이 미치니 잠시 망설여진다. 얼마나 배고팠으면 우유를 훔쳤을까. 물론 훔치는 행위가 정당화될 수는 없지만, 이웃의 배려가 사라진 도시의 문명 속에서 손을 내밀 곳은 그 어디에도 없지 않은가. 배고픈 장발장이 생겨나지 말란 법이 없다. 사라진 우유로 배고픈 사람의 한 끼 양식이 될 수 있다면 그나마 다행이란 생각을 해본다. 인간의 가장 기본적인 삶의 욕구를 해결하지 못한다면 참으로 허무한 세상이다. 빵을 훔쳤던 장발장도 죄책감으로 다시 태어나지 않았는가. 인간의 가장 기본적인 도리를

나는 걷는다

실천하고 이웃을 사랑하며 베푸는 아름다운 영혼의 소유자가 되지 않았는가. 만약 그도 장발장으로 다시 태어난다면 이보다 아름다운 축복이 어디 있으랴.

우유 도둑 사건 이후 한동안 문단속을 열심히 하는 분위기다. 그런 가운데 누가 단호박이 가득 든 상자를 계단 입구에 갖다 놨다. 닷새 뒤 호박이 든 상자는 텅 비었다. 현관 안에다 놓아두었으므로 상용빌라 사람이 가져다 먹으라는 신호였고 필요한 이웃이 가져다 먹었으리란 추측을 할 수 있다. 그 이후 이번에는 현관 밖에 감자가 가득 든 상자를 갖다 놨다. 흙이 묻어 있는 거로 봐서 밭에서 바로 캐온 싱싱한 것이다. 누구일까? 도둑이 들어 어수선한 분위기에 저리 내버려 둬두어도 되는지 걱정이 된다. 내 걱정을 눈치챘는지 아내가 말해준다. 훔쳐가라고 일부러 저리 놓아둔 것이라고. 그 마음이 전달된다. 아직 희망은 남아 있구나. 감자에 묻은 흙이 참으로 반갑고 따스하다.

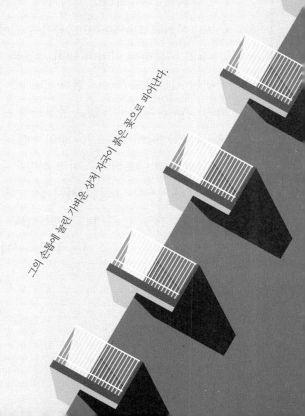

5부

꽃이 피는구나

그의 손톱에 눌린 가벼운 상처 자국이 붉은 꽃으로 피어난다.

삼월

삼월이다. 아직 바람이 차갑지만, 온기를 품은 대지의 숨결이 아지랑이처럼 피어오르고 있음을 발밑에서 느낄 수 있다. 삼월은 우리 마음속에 바람이 되어 새로운 희망을 불어넣는다. 새 학년이 시작되고 새봄이 온다. 그러나 봄이 오는 길목에 마지막 발악하듯 물러서지 않는 동장군의 기세는 매섭다. 지난겨울 혹독한 칼바람에 목숨 줄을 놓아버린 나뭇가지도 있다. 화려하던 삶의 파편 날려버리고 꿈도 사랑도 모두 떠나버린 텅 빈 나뭇가지 애처롭다. 그 나뭇가지 끝 차마 떠나지 못하고 머물던 바람 한 점 햇빛 한 줄기 기지개를 켠다. 차가운 세상 속에 숨어 있던 작은 불씨는 살을 에는 꽃샘추위에 눈꽃으로 피어나 삼월의 신비를 더한다.

두꺼운 이불도 없고 연탄도 다 떨어진 차가운 겨울밤을 혼자 견딘 경험이 있다면 따스한 봄날이 그립다. 봄날에 피는 꽃을 보고 있노라면 연탄에 달구어진 훈훈한 온기를 느낄 수 있다. 봄의 온기는 어머니의 품속처럼 따사롭고 여인의 젖가슴처럼 보드랍고 향기롭다. 싸늘하고 냉랭한 현실을 참고 견디면 삼월은 저 멀리서 들려오는 꽃소식을 전해주리라. 꽃을 기다리는 사람의 마음을 그 누구도 이길 수 없으리니 대지는 산모의 고통을 이기고 반드시 꽃을 피워 축제를 준비한다.

삼월은 꽃소식만 전하고 곧 우리 곁을 떠날지 모른다. 어디선가 들려오는 꽃소식을 만나러 성급하게 길을 나선다. 신호등에 걸려 걸음을 멈추고 우연히 바라본 곳에 누런 개 한 마리가 도로 한편에 누워 꼼짝을 안 한다. 저 멀리서 하얀 개가 지나가는 차량을 피하며 조심조심 누워있는 누렁이에게로 다가간다. 흰둥이는 누렁이 옆에서 동태를 살핀다. 코로 쿵쿵거리며 냄새를 맡고 혀로 얼굴을 핥아도 누렁이는 미동도 하지 않는다. 무서운 속도로 달려오는 괴물 같은 차량에 치여 이미 영혼은 하늘로 떠났나 보다. 흰둥이는 누렁이가 일어나기를 기다리다 지쳤는지 누렁이를 남겨두고 그 자리를 떠난다. 뒤돌아보며 자꾸만 뒤돌아보며 힘없이 터벅터벅 걸어간다. 도로 위 흰색 스프

레이가 가엾은 영혼이 떠난 자리인 듯 희미하게 지워지고 있다. 흰둥이가 걸어간 인도 옆 담장에 나뭇가지 사이로 노란 햇살이 일렁인다. 가만히 다가가 보니 개나리꽃이 살며시 얼굴을 내밀고 있다. 꽃이 눈부시게 애처롭다.

춘삼월 바람 불면 연인들의 가슴속에 사랑이 피어난다. 서로의 인연을 찾아 각자는 자기의 자리에서 둘이 하나가 되는 진실한 사랑을 찾아 헤맨다. 인연을 만나려는 바람이 기분 짜릿한 고통을 수반할지도 모른다. 청보리 물결 출렁이는 들판을 향해 바람 따라 걷다 보면 오름을 만나고 산사의 계곡을 만나리라. 산사의 묵언을 깨고 만물의 진리를 설파하는 물소리를 만날 수 있다. 어느새 피었다 지는 목련의 뒷모습도 볼 수 있다. 영원한 아름다움은 없다는 사실을 상기해주는 것 같다. 꽃은 피었다 지는 것이 불멸의 진리이듯 사람의 마음속에 꽃은 반드시 핀다는 사실 또한 우리에게 말해 주고 있다.

삼월에 내리는 비는 대지를 촉촉이 적시고 그 물은 들판에 산나물을 키운다. 아낙네의 손길을 기다리는 고사리는 들판에서 자신을 불러줄 장맛비를 간절히 사모하고 있다. 삼월의 햇빛은 구수한 봄의 맛을 제공하고 삼월의 바람은 봄의 향기를 준다. 꽃이 지듯 여전히 슬픔은 우리에게 찾아오겠지만 우리의 바람

나는 걷는다

은 바람을 타고 초원의 산나물이 되고 들녘에 꽃이 되고 봄의
축제가 된다. 겨우내 고통을 이기고 살아있음을 느끼게 하는
계절이다. 희망이 어깨춤 들썩이는 삼월이다.

숲속을 거닐다

숲속에서 만나는 고요한 바람이 좋다. 나뭇잎 사이로 살랑살랑 춤을 추거나 가느다란 햇살 사이로 유영한다. 아무런 잡념 없이 바라보노라면 명상이 찾아오고 자아를 발견하곤 한다. 생활이 팍팍하고 힘들 때나 무더운 더위로 쏟아지는 땀방울을 식히기 위해 숲속을 찾아간다. 숲속에선 고독해도 괜찮다. 더위에 지친 목덜미를 차가운 손등으로 만져주는 바람의 손길을 만날 수 있으면 그것으로 충분하다. 바람은 어디든 통하는 것일까? 내가 있는 이 세상뿐만 아니라 돌아가신 할머니의 세상에도 바람은 저렇게 흔들리고 있을까? 문득 할머니가 살아생전 죽음을 얘기할 때 열성을 다하여 저승의 밝음을 강조했던 기억이 떠오른다. 그것은 아마도 할머니의 마음을 편안하게 달래기

230

위한 고육지책이었을 게다. 어떻게 가보지도 않은 저승의 세계를 예단 할 수 있단 말인가.

이상한 일이다. 왜 나는 항상 의식 속에 생은 밝음이고 죽음은 어둠이라는 이미지를 갖게 되었는지 모르겠다. 죽음은 검은색이다. 검은 것은 어둡다. 어둠은 무서움이라는 생각이 뇌리에 박혀 있는 것 같다. 여기 숲속에서 만나는 세상은 이런 나의 고정관념을 흔들어 놓는다. 어둠은 고요하고 평온하다는 생각이 든다. 특히 살인적으로 내리쬐는 태양 아래서의 밝음은 공포이고 무서움이다. 하지만 숲속 그늘서의 어둠은 그야말로 시원하고 선선한 위안 그 자체다.

숲속을 거닐기로 한다. 온몸을 뜨거운 햇살로 채우고 인생이 슬퍼져서 몸으로 흐르는 눈물을 달래기 위해 걸어가던 숲속에서 산사가 눈에 들어온다. 그곳에선 어느 영가의 사십구재가 있었다. 영가가 돌아가신 날로부터 이레마다 한 번씩 일곱 번 재를 올리는데 그 일곱 번째 재를 칠칠재 또는 사십구재라고 한다. 장모님의 말씀이 떠오른다. 사십구재 할 때 같이 불공을 드리면 그렇게 좋단다. 무엇이 그렇게 좋은지는 모르겠지만 할머니가 돌아가실 때도 사십구재를 했던 기억이 새롭다. 초청한 큰 스님의 법문이 시작되었다. 합장하고 스님의 얼굴을 쳐다본다. 큰 스님은 잠깐 말없이 허공을 응시하다 혜충국사의 무봉탑에 대한 일화를 들려주신다.

숙종 황제가 혜충국사에게 물었다.

"스님께서 백 년 후에 필요한 물건은 무엇입니까?"

국사는 말하였다.

"노승에게 무봉탑을 만들어 주십시오."

국사가 한참 동안 말없이 있다가 "알았습니까?"라고 하니,

"모르겠습니다."

황제가 그 말이 무슨 뜻인지를 몰라 자꾸 묻자 국사는 나중에 자신의 제자에게 물어보라 한다. 혜충국사가 죽자 황제는 곧장 제자를 불러 무봉탑에 관해 물어본다. 그러자 제자는 "상강의 물은 남으로 흐르고, 담강의 물은 북으로 흐른다."라며 알 듯 말 듯 한 대답을 한다.

무봉탑은 꿰맨 흔적이 없는 돌덩어리로 만든 탑이다. 국사의 무봉탑은 분별이 끼어들 수 없는 본래 면목을 이른 것이므로, 그런 무봉탑이라면 처음부터 시공의 제한을 초월하고 있는 것임이 틀림없다고 큰 스님은 말씀하신다. 우주 천하가 다 무봉

탑이고, 황금 덩어리며, 빛인데 무슨 탑이 달리 필요하고, 무슨 의식이 필요하겠는가. 낡은 육신을 그냥 갖다 버리면 되지 번거로운 장례의식이 왜 필요하겠냐는 뜻이 숨어 있다. 사람이 죽고 사는 것은 어쩔 수 없는 것이며, 생전에 이기와 명성에 집착하는 것은 부질없는 일임을 일깨운다. 또한, 큰 스님은 성철 스님의 비싼 비석이 지금에 와서 무슨 의미가 있느냐고 질타를 하신다. 감투와 재산에 대한 욕망을 벗어던지라 일갈한다. 그리고 너무 슬퍼하지 말라 한다. 생명 있는 것들은 지상을 떠나야 하는 것이 세상의 법칙인 것을….

죽은 혼령이 지옥 고통을 당하지 않게 해달라고 간청 드리고 영가의 왕생극락을 기원했다. 탈상하기 전 영가의 자식 중 한 분이 아버지에게 바치는 고별사를 훌쩍이며 읽는다. 그리움과 회한을 토로하는 목소리가 슬프다. 듣고 있는 동안 나도 모르게 눈물이 흐른다. 의식이 끝나자 점심 공양이 있었다. 절에서 나오는 음식은 담백하고 맛이 일품이다. 그래서 점심 공양을 거절하지 못하고 맛나게 먹는다. 먹는 것에 대한 욕심을 버리지 못한 나 자신을 탓하면서도 배고픔은 면해야 하기야 어쩌랴. 맛있는 것을 먹을 수 있는 행복을 감사하면서 주지 스님에게 인사를 하고 나온다. 주지 스님은 비구니인데 누구와 닮았다는 생각이 든다. 누구와 닮았는데?… 맞다. 수년 전 홀연 고향을 떠나 중이 되었다는 후배 창언이가 떠오른다.

　실제 내면의 세계를 알아보지도 않고 겉모습만 보고 전부라고 판단해버리는 경우가 허다하다. 지금은 스님이 된 그에 관한 판단은 썩 호의적이지는 않았다. 마을에서 온순하지 못하고 과격하며 자파리가 심하다는 것이 그에 대한 평가다. 싸움질이 있거나 수박 서리, 참외 서리하면 항상 그의 이름이 오르내린다. 담배는 피우지 않았으나 술을 좋아했던 기억이 난다. 술 마시고 마을로 들어오는 버스를 막아서는 객기를 부린 적도 있다. 군대에서 휴가 나온 친구와 함께 나이트클럽에 가서 놀다가 시비가 붙어 눈두덩이가 검게 부어오를 정도로 얻어맞고는 달걀 찜질을 하는 모습을 본 적도 있다. 또한, 울분을 참지 못하고 집에 있는 죄 없는 유리창을 박살 낸 적도 있다. 그러니 내 눈에 비친 그는 영락없이 엉덩이에 뿔 난 대책 없는 인간이다.

　그는 운동을 잘하였다. 마을 체육대회 때만은 동네 사람들의 칭찬을 한 몸에 받는다. 뜨거운 함성에 햇살이 바람 따라 출렁이고 그는 젊은 육체를 운동장에 분출시킨다. 그런 그의 모습을 바라보는 것이 좋다. 어느 순간부터 어둠이 내려오면 마을 물통에서 소주잔을 기울일 정도로 우리는 가까워졌다. 그는 연세 지긋한 부모님 걱정을 했고 자신의 진로를 걱정했다. 희망보다 절망에 가까운 불효자라며 자책한다. 알고 보니 그의 걱정이 나의 걱정이다. 겉모습만 보고 얼핏 단정해버린 그에 관한 판단이 미안하다. 인생에 관해 이야기도 주고받았으나 그 내용은 잘 기억이 나지 않는다. 다만 그의 마음속에 깨달음에 대해 목마름이 연둣빛 새싹처럼 자라나고 있다는 것을 느낄 수 있다. 그와 대화를 나누고 내면을 읽어가는 동안 맘이 편하고 따뜻하다. 수술로 오랜 시간 직립이 어려울 때 명상 관련 책을 가져다준 기억이 난다. 그리고 복식호흡에 대한 시범을 보여주기도 했는데, 배꼽 밑이 부풀어 오르던 모습이 신기하다. 어느 순간 그의 모습이 마을에서 사라졌고 한참 후에야 그가 스님이 되었다는 소식을 전해 들었다.

그를 다시 만난 건 아버지 칠순 잔치 때였다. 승복을 입고 나타난 낯빛은 엄격하면서도 고요한 미소가 어린다. 일반적인 삶을 외면하고 떠나야 했던 이유를 묻고 싶었지만, 아무것도 묻지 않았다. 소싯적 벗처럼 함부로 대할 수 없는 기운이 어리연꽃의 자태처럼 뿜어져 나온다. 그래도 부모님 일이라 멀리서 왔다고 생각하니 인연의 옷은 벗어 던지기가 힘들구나 하는 생각을 해본다. 누군가 농담 반 호기심 반으로 술잔을 권한다. 그는 웃으며 대꾸한다. "옛날에 창언이로 돌아가 볼까요." 하지만 술잔을 입에 대고 마시지는 않는다. 불교대학에서 학업에 정진하고 있다는 소리를 들을 수 있었다. 스님에게서 어린 나뭇가지의 외로움이 보인다. 아니 외로움으로 인하여 나뭇가지를 맴도는 바람처럼 자유로움이 물씬 풍긴다.

스님은 자신의 내부에서 자라고 있는 질문에 대한 답을 찾았을까 궁금해진다. 삶도 죽음도 아득한 숲속에서 그를 만나면 얼마나 좋을까. 아무리 마셔도 취하지 않는 술잔을 기울이며 인생에 관해 이야기를 나누고 싶다.

나는 걷는다

꽃이 피는구나

꽃이 피는구나! 봄이 오면 꽃이 피는 것을 잠시 잊고 있었다. 희훈이가 넷째 주 토요일에 방문한 나에게 묻는다. "밖에 꽃이 피었어요?" 잠시 말문이 막힌다. 요사이 꽃이 핀 것을 본 적이 있는지 곰곰이 생각해 본다. 기억이 잘 나지 않는다. 아니 관심을 둘 여유가 없었다고 해야 옳은 말인지 모른다. 언제나 방에만 누워 있는 그에겐 꽃소식이 기다려졌을 것이다. 무심히 지나쳐 사라질 일을 그는 간절히 소망하고 기다린다. 아직 꽃을 본 기억이 없다고 솔직히 대답해 준다. 무슨 꽃을 좋아하냐고 물어보니 벚꽃과 유채꽃이 보고 싶다고 온 힘을 다해 말한다. 봄날에 우리 주위에 가장 흔하게 볼 수 있는 꽃이다. 그에겐 익숙한 것이 가장 보고 싶은 꽃인지 모른다. 희훈아, 지금은 때가 아닌 듯하다. 조금만 더 기다려라. 벚꽃이 피어나려고 온몸으로 아우성치는 소리가 들린다. 유채꽃이 바람에 웃음 지으며 손짓할 날이 가까이 왔다. 꽃이 피면 봄나들이도 가야 하고 소풍도 가야 하고 기다릴 것도 많고 자랑할 것도 많은 스물여섯 살의 총각 희훈이. 그는 온몸으로 말하고 꽃처럼 웃는다.

우리 돌바람 봉사회에서는 매달 넷째 주 토요일에 제주장애인 요양원을 방문한다. 둘째 주 토요일에 희훈이를 만날 수 있었던 것은 사회복지법인 신원복지재단 10주년 행사에 초대장을 받아서이다. 그동안 불편한 이들의 손과 발이 되어 주고 장애인의 인권과 복지를 위해 애써온 노고에 감사한 마음이 든다. 10년이라는 세월을 한결같이 생명의 존엄성을 지켜온 그 위대한 발자취에 축하의 박수를 보낸다. 10년 이상 근속한 직원을 위해 표창 패와 금반지를 부상으로 수여하고 있다. 원장님이 부상을 수여하며 금값이 금값이라고 너스레를 떤다. 하지만 금값보다 더욱 값진 것은 그들이 청춘을 바쳐 묵묵히 일해 온 사랑과 희생일 것이다. 그러고 보니 우리 돌바람 봉사회에서도 이곳 장애인 요양원에서 봉사 활동을 한 지 6년이 넘어가고 있다. 매월 20만 원을 후원하고 있으며 넷째 주 토요일은 청소도 하고 생활인과 벗하고 논다. 때로는 참석 인원이 저조하여 송구스러울 때도 있다. 도움이 부족하고 정성이 모자란 것 같아 초대받은 자리가 쑥스럽다. 하지만 위안으로 삼을 수 있는 것은 어색하고 난감했던 순간을 헤치고 지금은 우리를 반겨주는 친구를 얻었다는 사실이다. 누군가 나를 기다리고 보고 싶어 한다면 기분 좋은 일이 아닌가. 내가 그에게 다가가서 마음을 나눌 수 있다면 살맛 나는 세상이다.

사실 그런 생각이 든다. 인간은 영원히 살 수도 없을뿐더러 항상 건강하게만 살 수도 없다. 아니 한 번도 아프지 않고 건강하게 살 수만 있다면 더 바랄 것이 없다. 하지만 아픔을 모른다면 서로를 돌아볼 여유가 없을 것이며 자신의 이익만을 좇아 달려갈지 모른다. 인간미가 없는 삭막한 세상이 되고 만다. 아픔을 안다는 것은 이웃을 돌아볼 수 있는 사랑이며, 인간답게 살고 인간답게 죽게 할 수 있는 명약이다.

희훈이와 대화를 나누는 동안 중년 부인이 내게 다가와 아들이냐고 묻는다. 참으로 곱게 나이 드신 분이다. 그래도 그렇지. 졸지에 스물여섯 난 아들을 둔 아버지가 되다니. 동생이라고 소개하고 웃음을 건넨다. 부인은 자기 아들을 보러 왔다고 한다. 그동안 잘 들르지 못했던 방 안 침대에 그녀의 아들이 보인다. 그의 아버지도 침대 곁에 서 계신다. 아들은 부모님이 오셔서 반가운지 허공에다 끊임없이 웃음을 날린다. 인사하는 내 손을 꽉 잡고 놓아주지 않는다. 그의 손톱에 눌린 가벼운 상처 자국이 붉은 꽃으로 피어난다.

뇌 병변 장애인일 때 영지 학교를 졸업하고 나면 이들을 받아 줄 시설이 없다고 한다. 정작 도움이 더욱 절실한데 갈 데가 없다고 하니 안타까운 일이다. 그래서 뇌 병변 장애인 부모님들이 이들을 위한 새로운 시설을 간절히 희망하고 있다. 신원복지재단에서 새로운 시설을 위한 모금을 하고 있는데 후원금이 쌓이고 있다고 하니 다행이다. 많은 도움의 손길이 있기를 기원해 본다. 우리도 조금 더 도울 기회를 마련해 봐야겠다.

희훈이는 이야기하는 것을 좋아한다. 비록 말을 하는 것이 힘에 부치지만, 끊임없이 이야기하고 있다는 것을 나는 안다. 이번에 광철이 삼촌과 지형이와 종오가 아파트에 나가서 생활한다고 부러운 소식을 전해준다. 카세트에 "희훈이 꺼."라고 써놓았기에 그가 좋아한다는 가수 송대관, 태진아의 테이프를 사다 주니 함박웃음이다. 질투도 많다. 그의 손톱을 깎아주고 나서 다른 친구의 손톱을 깎아주자 부러운 시선으로 쳐다본다. 그의 이야기를 들으면서 해 줄 이야기가 별로 없다는 사실을 깨닫는다. 봄이 오는 풍경을 그에게 전해주고 싶은데 말주변이 없는 나를 탓해 본다. 소화가 잘 안 되는지 방귀 소리가 그만 크게 울리고 만다. 장애인 요양원과 세월을 같이한 열두 살의 승현이가 누가 뀌었냐고 범인을 수색한다. 내 방귀 소리라고 자수했더니 모두 웃는다.

여기는 수목원이다. 핸드폰으로 열심히 사진을 찍고 있다. 이름을 모르는 풀꽃, 수선화, 동백꽃, 복숭아꽃, 목련꽃, 수국의 잎새…. 비록 화면은 흐리지만, 다음에 갈 때 희훈이에게 보여주고 싶다. 잃어버렸던 내 마음에 꽃을 찾게 해준 희훈이가 고맙다. 꽃이 피는구나!

과수원

귤꽃 향기 화사했던 오월의 뜨거운 추억이 엊그제인데, 어느덧 감귤이 익어가는 시월의 끝자락이다. 억새가 숨 가쁜 고통의 몸부림으로 하얀 기쁨을 들판에 출산하고, 과수원은 황금빛 가을로 물들고 있다. 극조생 감귤은 이미 농염한 자태로 행인을 유혹한다. 하얀 겨울이 오기 전에 너를 따야 하리. 세찬 비바람의 시샘도 이기고 뜨거운 태양의 열정도 품었으니 가슴이 옹골차다. 봉긋 솟은 그 가슴도 살며시 만져보고 싶다. 달콤한 포옹도 해보고 실핏줄 일어서는 시큼한 입맞춤도 해보고 싶다. 하지만 너를 사랑하기엔 뼛속까지 농부가 되지 못하니 걱정부터 앞선다. 저걸 언제 다 딸 것이며 출가는 어떻게 시킬 것인가. 지극히 현실적인 고민이 고개를 쳐든다.

나는 걷는다

아버지의 도움으로 농업회사와 영국 수출 계약을 하고 그들이 제시하는 지침대로 과수원을 관리하여왔다. 그런데 궤양병이 일부 발견되어 영국 수출이 어렵다는 통보를 받는다. 난감하다. 천 평이 조금 넘는 과수원이지만 농사일이 그리 수월한 편이 아니다. 직장 일도 해야 하고 도움을 청할 수 있는 어머니의 무릎 상태도 좋지 않다. 그러니 귤을 손수 따서 수확하는 것은 더욱 엄두가 나지 않는다. 아내와 의논하여 밭떼기로 상인에게 팔기로 한다. 그러면 수확에는 신경을 쓰지 않아도 될 일이다. 육백만 원을 받고 넘겼다. 과수원을 경작해서 벌어들인 수입이다. 그 가격이 예상 시세보다 섭섭한 면도 있지만 다행이다 싶다. 영농 일지를 들여다보니 그동안 과수원에 들어간 비용이 백오십만 원 정도다. 농자재비만 달라는 아버지의 만류에도 불구하고 수입 금액 절반을 드린다. 물론 아버지는 마다하셨지만, 아내의 의견대로 아버지의 수고가 전부라 해도 과언이 아니다. 첫 수입은 만져보지도 못하고 아이들 약값으로 지출됐지만 내 책임과 노동의 대가로 이루었으니 기쁘다.

  별빛이 여전히 위세 등등한 일요일 새벽 다섯 시에 졸린 눈을 비비며 아내와 같이 과수원으로 향한다. 농약을 치기 위해서다. 이렇게 서두르는 것은 무더운 불볕더위를 피하기 위해서

다. 우선 커다란 드럼통에 물을 받는다. 아버지는 그날 뿌릴 양의 농약을 능숙하게 탄다. 아직 아버지의 도움은 필수다. 아버지가 하는 일련의 과정을 지켜보며 영농 수업을 받는다. 드럼통에 물이 채워졌을 때 분전함에 스위치를 올리고 발전기를 작동시킨다. 발전기에 연결된 호수에 분무기를 연결하고 농약을 감귤나무에 뿌리기 시작한다. 모자를 쓰고 마스크를 하고 비옷으로 갈아입은 채다. 서쪽으로는 아버지 홀로 노련하게 뿌린다. 동쪽으로는 일이 서툰 아내와 내가 번갈아 가면서 살포한다. 내가 뿌릴 때는 아내가 줄을 잡아당겨 주고 아내가 할 때는 내가 잡아당겨 준다. 그래도 혼자 하는 아버지가 더 빠르고 골고루 뿌리는 것 같다.

어깨와 무릎이 상한 어머니는 농약을 치기 전 과수원 틈새에 심어놓은 고추를 따거나 상추를 뜯는다. 때로는 농약 뿌리는 일을 살피곤 잘 뿌리지 못한 곳을 가리키며 지적을 해준다. 그리고 아주 흐뭇한 표정으로 일이 되어가는 과정을 바라본다. 옛날 경운기에 물통을 싣고 다니며 농약을 할 때 비하면 얼마나 편해졌는가. 이 정도면 할 만하다고 자위해보지만, 한여름의 태양은 성격이 급하다. 별빛은 사라진 지 오래고 쳐다볼 수 없을 정도로 거만한 얼굴을 내민 채 뜨거운 열기를 뿜어댄다.

나는 걷는다

시간이 지날수록 호흡이 거칠어지고 땀과 농약이 뒤범벅된 채 현기증이 서서히 몰려온다.

일이 끝나고 나면 언제나 밀려오는 뿌듯함이 있다. 아버지는 땀과 농약으로 젖은 비옷을 벗고 땀이 고인 장화 속에 물을 털어낸다. 그리고 수고했다며 웃는다. 아버지의 칭찬에 과수원이 아늑해지고 마음이 시원해져 온다. 무엇보다 부모님과 같이 있다는 사실이 행복하고 즐겁다. 아내가 준비해온 빵과 요구르트를 맛보며 아버지의 영농교육을 고개 끄덕이며 듣는다. 손에서 농약 냄새가 난다. 아마도 며칠간은 냄새가 배어 빠지지 않을 것이다.

어떻게 견뎠을까? 오전만 하는 것도 이처럼 일이 힘들고 고된데 온종일 밭일을 해야 하는 부모님은 지칠 줄 모르는 강철인가 보다. 걱정과 고마움이 동시에 밀려온다. 땀에 흠뻑 젖어 벌겋게 상기된 얼굴로 물을 들이켜던 부모님을 보면서 태양의 얼굴을 닮았다고 생각한 적이 있다. 뙤약볕 아래서 밭에 김을 매던 힘든 시절도 있다. 일을 마치고 돌아올 때면 저녁노을이 구름 위에 따스한 여운을 남긴 채 사라진다. 착하다는 칭찬이 꿈속처럼 아련하다. 칭찬을 해주는 사람도 있고 공부를 핑계로 쉴 수도 있다. 하지만 부모님은 누가 칭찬을 해줄 것이며 핑계를 대고 한가로이 쉴 수 있는 여유가 있는가. 오직 고된 노동만이 기다린다.

가난으로 삶이 팍팍했던 당시 부모님은 서로 살가운 면보다 농사일을 하면서 다툼이 많았다. 농약을 뿌리면서도, 비료를 뿌리면서도 의견 충돌이 끊이지 않는다. 어머니는 적게 뿌린다고 타박을 하고 아버지는 너무 많이 뿌린다고 역정을 내면서 벌건 얼굴이 더욱 뜨거워지도록 싸운다. 다음번에는 거꾸로 어머니는 적게 뿌리고 아버지는 많이 뿌린다. 그렇게 두 분은 싸우면서 서로에게 맞춰간다. 어머니는 이제 일하고 싶어도 어깨와 무릎이 아프고 시려서 일할 수가 없다. 자신의 몸을 너무 혹사한 것이다. 부모님은 결코 강철이 아니었음을 뼈저리게 느끼게 된다.

언제부터인가 난데없이 닭 한 마리가 과수원에 들어와 살기 시작했다. 어디에서 왔는지 주인이 누군지 알 수가 없어 그냥 놔두기로 한다. 며칠 있다 제집 찾아 돌아가려니 하고 신경 쓰지 않았는데 갈 때마다 그곳에 있지 않은가. 아마도 자기 집이려니 여기고 있는 듯하다. 갑자기 횡재한 기분이 든다. 저게 크면 달걀을 낳는다. 여차하면 보신용으로도 쓸 수 있다. 게다가 따로 먹이를 주지 않아도 자기가 알아서 자라줄 테니 걱정이 없을 것 같다. 과수원은 과일과 채소뿐만 아니라 덤으로 닭까지 주었으니 더없이 고맙다. 문제는 농약을 칠 때다. 농약을 하고 있노라면 먹이를 찾아 감귤나무 밑을 돌아다니는 닭이 어지간히 신경 쓰인다. 농약을 하지 않는 곳으로 피신하면 좋으련만 외려 농약이 떨어지는 나무 아래에서 먹이를 쪼아대니 닭대가리는 닭대가리다. 분명 농약 성분이 모가지 속으로 빨려 들어갈 텐데 어찌할꼬.

농약을 마시고 자살한 사람을 본 적이 있다. 벌레와 해충을 잡는 농약이 궁극에는 사람에게도 혹은 다른 생명에게도 유해하지 않는가. 닭인들 오죽할까. 게다가 이 녀석은 우리가 보지 않는 사이 시멘트 바닥에 고인 농약 물로 목을 축이고 있지 않은가. 재빨리 그 물에서 내쫓는다. 걱정이 기우였으면 좋으련만 기어코 닭은 죽고 만다. 달걀도 몸보신도 달아나버렸으니 애석하기 그지없다. 무엇보다 미리 방지하지 못한 죄책감이 든다. 병충해를 막아 사람에게 이롭게 하기 위한 행위가 오히려 자연과 생명을 갉아먹는 범죄행위가 될 수 있다니. 닭의 죽음 앞에 살육자가 된 것 같아 무서움에 몸서리쳐진다. 내 이익을 얻기 위해서 다른 생명의 존엄에 대해서 너무 무심하였구나.

내 고향 제주에는 청정 이미지를 더해주는 소중한 지하수가 있다. 하늘과 땅이 주는 선물을 받아서 오롯이 생명수를 잉태하는 제주의 허파이면서 어머니와 같은 곶자왈이 있다. 그런 곶자왈이 마구잡이로 파헤쳐 지고 있는 슬픈 현실이다. 그 위에다 골프장이나 관광위락시설이 들어서고 있다. 문제는 골프장이나 관광위락시설의 잔디를 관리하기 위해서는 엄청난 양의 농약이 살포된다. 그것이 다 어디로 갈 것인가. 지하수로 스며들거나 바다로 흘러 들어가지 않겠는가. 벌써 제주의 바다는 오염된 물질이 흘러들어 백화현상으로 몸살을 앓고 있다. 그것은 결국 생명을 위협하는 무서운 재앙이 될 것이다.

특정 집단의 이익을 위해서 내 고향 산천이 썩어 문드러지고 있다. 누군가의 과도한 욕심으로 생명의 고귀함이 내팽개쳐지고 있다. 과수원이 진정 원하는 것은 무엇일까? 당장 눈앞에 재물을 탐하려 사람에게 독이 든 열매를 주려고 할까. 화려한 외출을 위해 독이 든 화장으로 종국에는 자신의 몸도 병들게 하는 그런 어리석은 짓을 선택할 것인가. 아니라고 본다. 조금은 덜 예쁘고 덜 화려해도 사람을 살리고 자신을 살리는 그런 고운 존재로 남으려 하지 않겠는가. 이제 진지하게 고민할 필요가 있을 것 같다. 농부가 무농약과 친환경 농법만을 고집하는 것은 말처럼 쉬운 일은 아니다. 하지만 너를 생각하고 나를 생

나는 걷는다

각하고 우리를 생각한다면 반드시 실천해야 할 앞으로의 방향이라는 생각이 든다. 유기농을 강조하던 어느 농부의 마음이 새삼 감동으로 다가온다.

　과수원에 있으면 생활의 찌든 묵은 때가 땀으로 씻기는 기분이다. 물론 노동의 끝자락에 팔다리 뇍신하게 쑤시는 고통도 있지만, 아버지의 넉넉한 웃음과 어머니의 자애로운 미소에 살아있다는 기쁨을 만끽할 수 있다. 서툴지만 누구의 눈치도 보지 않아 마음이 평화롭다. 삶에 지친 사람에게 달콤한 맛과 멋을 건네주고 싶은 곳이기도 하다. 치장하고 분 냄새 풍기는 도시가 아니다. 몽롱한 도시에서 하룻밤 성교를 하고 헤어지는 화려하고 어둠침침한 불빛이 아니다. 과수원은 언제나 자고 일어나면 곁에 있는 가족 같은 고향이다.

신비의 도로

　바람이 불고 구름이 몰려온다. 비가 오고 구름이 몰려간다. 구름이 물러간 자리 햇빛이 얼굴을 내민다. 햇볕이 따사로운 주말이다. 도립미술관 카페에 앉아 커피를 마신다. 주말이면 종종 도립미술관을 들른다. 가끔 상영해주는 예술영화도 관람하고 그림도 감상하고 주위를 산책하기도 한다. 무엇보다 여기에서 마시는 커피 맛은 일품이다. 전에는 사람들이 그리 많지 않았는데, 요즘은 카페의 여인이 얼굴이 상기되어 땀이 흐를 정도로 바글바글하다. 창밖에 풍경이 어둠 속에서 문득 깨어난 새로운 세계 같다. 세계를 지탱하고 있는 흙과 대기가 눈앞에 있다. 세계를 풍요롭게 하는 물과 불이 떠오른다. 우리는 그 속에서 살아가고 또 사멸해 간다. 꽃이 지고 다시 피고 강

나는 걷는다

물 따라 사랑이 흐른다. 만물은 생성하고 소멸하고 머무르는 것은 없다. 세상은 항상 새로워질 것이며 그 속에서도 예술은 영원하리라.

미술관 바로 옆에 성인 박물관인 러브랜드가 있고 그곳을 지나 한라산 방면으로 조금만 가면 신비의 도로를 만날 수 있다.

"이곳은 제주공항에서 약 7㎞ 해발 300m 지점에 있는 신비의 도로입니다. 1975년 5월 1일 개설된 총연장 35.1㎞의 1100 도로 상에 위치, 제주시와 한라산 어리목 · 영실 서귀포시를 연결하는 곳입니다. 내리막길에서 차를 세우면, 당연히 내려가야 할 차가 신기하게도 올라간다고 하여 일명 '도깨비도로'라 불리기도 하는 이 도로는 1980년 신혼부부를 태우고 가던 한 택시 기사에 의하여 발견되어 지금은 제주를 방문하는 많은 관광객이 신비한 현상을 체험하는 곳이 되었습니다.

제주는 한라산을 중심으로 해안에 이르기까지 일만 팔천 신들의 살아 숨 쉬는 신비한 고장으로 이곳 '신비의 도로'에서 태곳적 신비가 살아 숨 쉬고 있으므로 여러분도 자연과의 대화를 나누며 제주도의 신비를 함께 느껴보시기 바랍니다. 이러한 신비의 도로는 이곳 외에 산록도로, 명림로 등에도 있습니다."

위에 내용은 신비의 도로를 설명하는 안내문이다.

눈에 보이는 모든 물체는 위쪽에서 아래쪽으로 흐른다. 높은 곳에서 낮은 곳으로 떨어진다. 그러니 내리막에서 물체가 아래로 내려가는 것이 상식이다. 그런데 내리막에서 물체가 올라간다니 신비하다. 마치 도깨비 장난 같다. 시작점에서 기어를 중립으로 해놓고 가만히 있어도 차가 저절로 언덕길을 올라간다. 액셀을 밟지 않아도 차가 위로 올라간다니 믿기지 않는다. 이 신비한 현상을 확인해 보려고 누군가는 깡통을 높고 굴려본다. 동전을 굴려 보거나 물을 뿌려 물의 흐름을 관찰하기도 한다. 분명히 우리가 생각하는 지식과는 반대 방향으로 움직인다. 이건 상식을 뒤집는 자연의 반란이다. 그런데 이 현상은 우리의 눈을 속이는 착시현상에 기인한 것이라 한다. 주변 환경에 의해서 지형이 오르막처럼 보인다. 사실은 내리막길인데 오르막길처럼 착각을 불러온다.

우리가 맹신하고 있는 감각에 의한 체험이 진실이라고 확신할 수 있을까 하는 의문이 생긴다. 우리는 눈으로 보고 귀로 들어야 믿을 수 있다고 말한다. 우리의 감각 중에 가장 낫다고 믿는 눈과 귀를 통한 사물의 현상을 진실이라고 확신하며 살아왔다. 과연 그럴까? 혹시 착시현상에 빠져 잘못된 진리를 안고 살아가고 있는 것은 아닐까? 세상 곳곳에 착시현상이 만들어 놓은 덫이 있으므로 우리가 보고 듣는 것이 정확한 사실이라고 맹신해서는 아니 된다. 잘못된 진실을 아무런 비판 없이 습관적으로 믿고 따라왔는지도 모른다. 내가 체험하고 인식하지 못한다고 해서 또 다른 세계가 존재하지 않는다고 단정 지을 수는 없는 일이다. 어쩌면 우리는 감각과 경험으로 익힌 습관을 세상에 전부라고 믿으며 살아가고 있다. 그 습관이 정말 옳은 것인지 그른 것인지 판단하는 참된 이성과 양심을 외면하면서 살아온 것은 아닌지 여유를 가지고 한 번쯤 생각해볼 일이다.

어린아이들의 눈으로 보면 신비의 도로가 별로 놀라운 일이 아닐 수도 있다. 물체는 높은 곳에서 낮은 곳으로 흐른다는 지식이 부족해서 일수도 있지만, 아이들의 세계는 순수 그 자체이기 때문이다. 편견이나 관습에 젖어 있지 않고 자연 그대로를 바라보기 때문에 두려움도 놀라움도 덜한 것이리라. 비가 오면 비가 오는 것이고 바람이 불면 바람이 부는 것이다. 햇빛이 비치면 해님이 따스하고 고맙다. 자연이 주는 신호를 그대로 받아들인다. 거기에 어떠한 사족을 달거나 이용하려 들지 않는다. 그저 받아들이고 순응한다. 사실 눈에 보이지 않지만, 아래에서 위로 흐르는 것도 얼마든지 있을 수 있다. 다만 우리가 인식하지 못하고 깨닫지 못할 뿐이다. 세상은 위에서 아래로 아래에서 위로 순환하고 있는지도 모른다.

제사 끝나고 돌아오던 자정이 넘은 한밤중에 신비의 도로를 아무런 방해 없이 체험해보고 싶었다. 우리 가문은 제사를 자정이 다 되어서 하므로 저녁에 저녁밥을 챙겨 먹고 제사가 끝나면 음복으로 또다시 밥과 국이 동반된 상을 차려 먹는다. 야식을 섭취하는 꼴이다. 이것은 과식하게 되어 건강에도 안 좋을뿐더러 늦은 밤에 밥상 차리고 설거지해야 하는 여인의 고생을 배가시킨다. 시간도 많이 잡아먹는다. 아내는 제사 끝나고 음복은 밥과 국을 생략하여 간단히 하면 좋지 않겠냐고 의견을 토로한다. 가만히 생각하니 맞는 말이다. 그런데 우리 가문은 그것이 전통이라고 믿으며 아무런 비판 없이 습관대로 답습해 온 면이 있다. 물론 먹을 것이 별로 없는 가난한 시절엔 제사 음식을 이웃과 나누기 위해 넉넉히 차린 면도 있었고 제삿날에 귀한 쌀밥을 먹을 수 있는 행복한 순간이기도 했다. 오랜만에 조상님 덕택에 맛난 음식을 양껏 먹을 수 있도록 한 어르신들의 지혜와 배려의 산물인지도 모른다. 하지만 지금은 음식이 넘쳐나서 오히려 탈인 세상이다. 그러니 옳다고 믿고 맹목적으로 따라온 것도 어쩌면 착시현상일 수도 있으리라.

신비의 도로에는 어둠과 고요만이 주변을 감싸고 있었다. 시작점에서 시동을 끄고 기어를 중립으로 해 놓는다. 서서히 차가 위로 올라가더니 차츰 속도가 빨라진다. 그런데 핸들과 브레이크가 작동하지 않는다. 온몸에 소름이 돋으면서 무서움이 엄습해온다. 설마 조상님이 노하여 나를 데려가려 하는 것은 아니겠지. 브레이크를 잡고 시동을 잽싸게 건다. 이제 차가 말을 듣는다. 다행이다. 아찔한 순간이다. 시동을 끄는 것이 아니다. 자칫하면 신이 만들어 놓은 장난에 황천길로 갈 뻔했다.

신비의 도로에는 신이 빚어낸 이 불가사의한 현상을 확인하려는 인파가 북적인다. 인간은 호기심이 많다. 그래서 자연의 비밀을 혹은 신의 비밀을 엿보고 싶어 한다. 자연이 주는 풍경을 경애하는 마음으로 받아들일 때 자연의 신비와 아름다움을 볼 수 있다. 그런데 인간의 자만은 자연이 주는 호흡과 숨결에 고마워하지 못하고 오히려 정복하고 파괴하려 들고 있다. 인간이 자연에서 가장 높은 위치에 있다는 착각에 신이 있어야 할 자리까지 차지하려 한다. 탐욕과 이기로 세상을 위험에 빠뜨리고 있는 것은 아닌지 심히 우려된다. 이제 신은 죽고 인간만이 득세한다. 신이 죽고 순수한 인간성도 잃어가고 있다. 오로지 문명의 이기만을 좇고 있는 세상이다. 인간이 만들어 낸 물질과 문명이 전부라고 자신하고 그것이 신을 대신하고 있다. 그

커다란 착시현상이 세상을 파멸로 몰고 가고 있는 것은 아닐까. 신비의 도로에서 착시현상을 경험한다. 인간 마음의 착시현상을 바로 잡아야 한다.

나는 걷는다

12월을 바라보며

　너를 바라본다. 가득 채워져 있었는데 어느새 줄어든 너의 무게가 휭하니 쓸쓸하고 허전하다. 이제 덜렁 한 장 남았구나. 그 한 장의 풍경을 서성이며 주위를 둘러본다. 남쪽 창문 너머 한라산 정상에는 옅은 구름이 에워싸고 있고 구름 밑으로 햇살이 내리비치고 있다. 신령한 기운이 하늘과 맞닿아 있다. 한라산 중턱 아래 펼쳐있는 오름 주위에는 듬성듬성 눈이 하얗게 빛나고 있다. 서쪽 하늘에는 비행기 하나가 점점 작아지면서 사라진다. 가까운 곳에 새들이 나타났다가 사라지기를 반복한다. 차가운 기운이 햇살에 어룽거린다.

　저들은 어디로 가는 것일까. 저물어가는 한 해를 마무리하기 위해 총총히 제 할 일을 찾아 떠나고 있을 거다. 겨울을 나기 위해 분주히 움직이는 겨울새의 몸짓이 예사롭지 않다. 휴일 사무실에서 바라보는 새들의 비행이 평화롭다. 비우면 가벼워진다는데 왜 이리 마음이 조급해지는 걸까. 어느덧 가득 찼던 날들을 다 흘려보내고 유일하게 한 장 남아있는데 무언가를 채우지 못한 아쉬움이 깊다. 그냥 흘려보내면 그만인 것을 어쩌지 못하고 이리 서두는 것을 보면 인생의 굴레에 메인 몸이라 그런지 모른다. 버리지 못하고 가득 채우려는 욕심이 남아 있어서 마지막 이달은 쓸쓸하고 허전한 것이 아닐까. 욕심을 내려놓지 못하는 내가 가엾어 보인다.

올해 첫날은 안개가 머무는 산속에서 흐릿하게 붉은 햇살이 떠올랐던 기억이 난다. 새벽 여명이 밝아오는 하늘을 바라보며 행복한 미래를 소망하고 평안을 기원했다. 보람찬 한 해를 맞이하기 위해 계획한 일도, 해야 할 일도 많다. 오늘은 온통 회색빛이다. 아니 그렇게 느끼고 있다. 돌이켜보건대 특별히 나아지거나 변화된 것이 보이지 않는다. 그저 밋밋하다. 지워버리고 싶은 과거가 주마등처럼 스쳐 지나간다. 하지만 과거의 씨앗은 항상 현재의 그 모습을 투영하고 있기에 쉬이 지워버릴 수가 없다. 다만 잊고 싶은 것이다. 뱉은 말 주워 담을 수 없는 것처럼 그 당시 상황이라는 것은 바꿀 수 없다. 다람쥐 쳇바퀴 돌듯 운명처럼 그 상황이 우리 앞에 놓여 있다. 피한다고 피해지는 것이 아니다. 그래도 그릇된 행동이 있었으면 참회해야 옳다. 참회 속에서 놓쳐버릴지도 모르는 행복을 찾을 수 있기 때문이다. 적어도 그 상황이라는 것은 참회 속에서 좀 더 나은 방향으로 끊임없이 변화된다고 믿는다.

아내의 달력에는 한 해의 집안 대소사가 작은 글씨로 빼곡히 채워져 있다. 그 속에는 가족의 생일, 조상님의 제사 기일이 들어있다. 나는 아내가 채워놓은 달력의 일정에 따라 준비하거나 쫓아가면 무리 없이 집안일을 챙길 수 있다. 다행이란 생각이 든다. 직장에서도 마찬가지이다. 미리 정해진 큰 물줄기 따라 강물이 흐르듯 달력에 새겨진 일정에 따라 움직이면 된다. 가까이에 다가오는 일들은 상황에 맞게 대처해 나가면 된다. 그렇게 여정 된 인생의 길 위에서 서성이며 흘러간다. 좀 더 나은 혹은 색다른 경험을 꿈꾸지만 지나고 나면 새롭거나 달라진 것은 없어 보인다. 언제나 거기서 거기고 낡다는 생각마저 든다. 한 장 한 장 찢기거나 궤짝 속에 차곡차곡 쌓아둔 달력 그 속에 숫자들은 이미 지나간 과거이며 소멸한 죽은 숫자에 불과하다. 인생은 달력 위에 새겨진 숫자처럼 무의미하고 건조한 것인지도 모른다. 다 흘려보내고 마지막 12월의 열차에 몸을 신고 창문 밖에 풍경을 바라보노라니 밀려오는 소회이다. 한해가 다 가는데 아무런 수확 없이 보내야 하는 아쉬움, 늙음을 향해 달려가는 고독감, 아니면 계절이 가져다주는 쓸쓸함…. 뭐 이 런 것이 아닐까.

그런데 가만히 돌이켜보니 찢기고 사라진 달력 위에 숫자들 안에는 수많은 사건이 스쳐 지나갔다. 새롭거나 달라진 것 없 이 그저 그렇다고 치부해 버릴 수도 있지만 분명 변화는 있다. 눈에 보이지 않는 상황까지 고려한다면 무수히 많은 생성과 소 멸이 이루어졌으리라. 우선 물리적으로 내 몸의 변화가 오지 않았는가. 허리통증으로 인해 피곤해지고 눈도 침침하여 책 읽는 게 힘이 든다. 체력의 저하에 따라 의기소침해지고 열정 도 덜하다. 대신에 타인에게도 나 자신에게도 관대해진 것 같 다. 사람과 사물에 대한 측은지심이 깊어졌다. 체력 저하에 따 른 열정은 식었지만 무거운 욕심들을 하나하나 내려놓으니 마 음은 편해진다.

이미 궤짝 속에 처박혀 사라진 날들이지만 흐릿하게 혹은 생 생하게 살아나오는 예도 있다. 붉은 햇살이 안개를 잠재우던 1 월 어느 날 형님은 시처럼 이승을 떠났다. 오래전에 고인이 된 가객 김광석과 같은 나이인데 서럽게 하늘로 가고 말았다. 시와 노래를 남기고 떠난 용띠의 사내들이 그립다. 골치 아픈 민원을 처리하느라 몸살을 앓았던 기억도 선명하다.

분명 원하지 않던 사건과 골치 아픈 일들이 스쳐 지나갔다. 위급하고 아슬아슬한 순간도 있다. 어찌할 수 없는 상황에 가슴을 친 적도 있다. 내가 느끼지 못할 정도로 엄청난 변화가 있다. 다만 낯선 것을 거부하고 현실에 안주하려는 육체와 정신이 변화를 두려워하고 있다. 그러니 내 몸 안에서 또는 거대한 우주에서 생성과 소멸이 이루어지고 있는 것을 감지하지 못하고 있을 뿐이다. 끊임없이 새로운 것을 만나고 부딪혀왔다. 그리고 지금 이 순간도 변화는 이루어지고 있으며 그 변화에 맞서 당당히 승리자로 존재하고 있다. 저 달력 속에 놓인 숫자는 그저 죽어있는 무의미한 숫자가 아니다. 삶의 궤적이다. 내 발자취이며 색연필로 동그랗게 그려져 있는 기념일이며 추억이다. 여기 변화된 나의 모습을 오롯이 존재하게 하는 동력이다. 덜렁 한 장 남아있는 너를 바라보며 무엇이 그리 불안하고 허전한 것이냐. 불안해하지 마라. 허전해하지 마라. 변화를 두려워하지 마라. 낯선 것을 거부하지 말고 새로움에 당당히 도전하자. 한 장 남은 모습이 사라지면 분명 새로운 시간이 기다리고 있지 않은가. 자연은 소멸과 생성이 반복되는 것이 이치다. 소실점 너머 사라지는 것은 사라지는 것이 아니다. 다만 우리 눈에 보이지 않는 새로운 세계가 존재하고 있을 뿐이다. 그리운 또 다른 세계가. 그러니 안녕히 잘 가라, 12월아.

춤추는 남자

한 남자가 춤을 춘다. 쉬지 않고 상체를 흔든다. 손을 머리 위 좌우로 흔들면서 가슴께로 내려와 흔든다. 두 손을 마주치며 비벼대듯 마찰을 일으키거나 손뼉을 치기도 한다. 간이 의자에 앉은 채로 엉덩이를 들썩이기도 하고 희미하게 움직이는 다리도 보인다. 춤추는 모습이 바람에 흔들리는 개업식 가게 앞 춤추는 풍선 인형과 흡사하다. 넘어질 듯 위태하면서도 끊임없이 흔들리는 인형이 사람의 눈길을 사로잡듯이 그의 움직임은 지나가는 사람의 눈길을 잡아끈다.

그는 길거리에서 행인을 상대로 음반을 판매하고 있다. 음악이 흘러나오고 음악에 맞춰 춤을 춘다. 보는 사람도 신이 나서 쳐다본다. 어떤 이는 같이 몸을 흔들며 춤을 추고 지나간다. 음반을 구매하려는 사람이 오면 간이 의자에서 일어선다. 원하는 것을 전해주고는 여전히 손과 몸을 흔들어 댄다. 쉬는 기색을 찾을 수 없다. 잠시 일어서는 그의 모습에서 움직임이 다소 부자연스럽다는 것을 느낄 수 있다. 조금 쉬었으면 좋으련만 흔들고 또 흔든다.

춤추는 저 남자 분명 무슨 사연이 있겠지. 춤추는 얼굴엔 미소보다 무언가를 이겨내려는 비장함이 묻어난다. 마치 멈추면 지는 것처럼 필사적이다. 쉬지도 않고 춤을 추던 그는 어둠이 내려오자 집을 향한다. 집에서 그를 기다리고 있는 사람은 노모다. 노모는 일터에서 돌아온 아들을 안타까운 눈으로 바라본다. 그리고 애원하듯 기도하듯 읊조린다. "내 아들 편하게 잠자게 해주세요. 하루라도 좋으니 제발 잠자게 해주세요." 잠자는 게 무엇이 그리 어려운 노릇이라고 저리 간절히 원한단 말인가. 게다가 온종일 춤을 추어댔으니 피곤해서라도 잠만 잘 올 것 같은데….

잠 못 이루는 이유가 있다. 가만히 있으면 멈추지 않고 밀려오는 통증 때문이다. 누웠지만 통증 때문에 가만히 누워 있을 수가 없다. 통증을 이겨보려고 잠을 자다 일어나서 또다시 춤을 춘다. 그나마 통증을 잠재우는 방법은 몸을 흔들어 대는 것

나는 걷는다

이다. 몸을 흔들어 대는 것은 운동의 방편이기도 하지만 통증을 가라앉히는 유일한 치료제이다. 춤을 추지 않고서는 고통을 이겨낼 수 없는 그의 하루가 숨 막힐 듯 아려온다. 자신의 고통을 바라보는 어머니의 아픔을 생각하니 한없이 죄송스럽게 슬프다. 어머니의 가슴은 오죽할까. 어머니의 걱정을 달래보려고 아무렇지도 않은 듯 넉살 좋게 노래를 불러본다. 그런다고 아픔을 숨기려는 아들의 마음을 모르실까. 그래도 몸을 이렇게 움직일 수 있는 것만도 기적이고 축복이라 자위한다.

트럭 운전을 하던 어느 날, 차에 깔리는 엄청난 사고를 당했다고 한다. 생사의 갈림길에서 살아났으나 거의 움직일 수 없는 지경이다. 그런 상태로 오랜 시간 식물인간처럼 누워 있었다. 그래도 하늘이 도왔는지 몸을 움직일 수 있게 되었고 걸을 수 있는 단계까지 되었다. 하지만 온몸을 에워싸는 통증이 문제다. 지치지도 쉴 줄도 모르는 빌어먹을 통증! 눈을 떠도 눈을 감아도 꼭 붙어서 떨어질 줄 모르는 징그러운 놈. 저 못된 놈을 어이할까. 차라리 죽는 편이 나을지도 모른다. 아니 그리해서도 안 되지만 그럴 수도 없다. 노모가 저리 자신을 바라보며 해바라기처럼 살아가고 있다는 것을 누구보다 잘 알고 있기 때문이다. 그러니 통증에 무너질 수는 없는 노릇이다. 살아서 움직여야 한다. 움직일 수 있는 한 밭일이라도 찾아서 해야 한다. 통증을 잊기 위해서 아니 고통을 이기기 위해서 춤을 추어야 한다. 거머리 같은 통증도 신명 나게 춤을 추고 나면 떨어져 나갈 것이며 분명 기쁨이 찾아오리라.

외딴 벼랑에 홀로 등 굽은 소나무를 본 적이 있다. 제 몸에 중심인 뿌리를 땅속 깊이 박고 풍족한 영양분을 흡수해야 하겠지만 얄궂은 운명의 장난으로 위태로운 벼랑 위에 서게 됐다. 매서운 바람에 온몸이 흔들리고 자칫하면 벼랑 끝으로 떨어질지도 모른다. 쉴 없이 찾아오는 공포와 외로움으로 인해 애써 힘을 주고 버티던 다리와 손의 힘이 풀리는 것을 느낀 적도 있다. 하지만 살아야 하기에 뒤틀린 손과 발로 바위를 부여잡고 버틴다. 제 몸이 꼬이는 상처를 어루만지며 외로움의 눈물도 보듬으며 살아왔다. 벼랑에 홀로 선 저 등 굽은 소나무의 모습을 보라. 노을이지는 언덕 그 누구도 흉내 낼 수 없는 장엄한 삶의 향기다. 인내의 산물로 가장 아름다운 소나무로 우뚝 섰다. 아아! 살아가고 있음이 눈부심이다.

풀잎에도 상처가 있다
꽃잎에도 상처가 있다

나는 걷는다

너와 함께 걸었던 들길을 걸으면

들길에 앉아 저녁놀을 바라보면

상처 많은 풀잎들이 손을 흔든다

상처 많은 꽃잎들이

가장 향기롭다

　　　　　　　－정호승의 〈풀잎에도 상처가 있다.〉 전문

소나무

우르르 쾅쾅 천둥소리 하늘을 치더니만 연이어 번개가 번쩍인다. 허공의 벽을 부수는 천둥도 무섭지만, 허공을 가르는 번개의 섬광은 섬뜩하다. 대창 같은 비까지 대지를 적신다. 신들의 노여움이 세상을 향해 울부짖는 것 같다. 창문 밖에선 소나무가 우리 집을 잡아먹을 듯 두 손을 내 저으며 노려보고 있다. 제우스가 삼지창으로 번개를 부리듯이 소나무가 천둥 번개를 불러들여 우리 집을 부숴버릴 것 같다는 생각마저 든다. 무서움에 옴짝달싹 못 하고 멍하니 창밖을 주시한다. 그때 번개의 눈이 창문을 뚫고 나에게 달려든다. 순간 눈을 질끈 감는다. 잠시 후 내 몸 상태를 살펴본다. 다행히도 내 몸에선 통증 같은 것이 느껴지지 않는다. 다음엔 잽싸게 번개가 치고 간 곳을 훑는

나는 걷는다

다. 타는 냄새가 흘러나오는 곳으로 눈을 돌린다. 아무도 밖에서 초인종을 누르지도 않았는데 인터폰 화면이 자동으로 켜지고 그곳에서 연기가 새어 나오는 것을 볼 수 있다. 번개가 인터폰을 때린 것이 분명하다.

이를 어쩌면 좋다는 말인가. 연기는 새어 나오는데 지금 내가 할 줄 아는 게 없다. 나보다 손재주가 나은 아내도 당황스럽기는 마찬가지다. 아이들과 아내가 두려운 눈으로 나를 쳐다본다. 아래층에 사는 만물박사 철이를 떠올린다. 철이는 흥분하는 내 목소리에 신뢰를 못 하는 눈치다. 다른 집은 다 괜찮은데 이 집만 특별히 벼락을 맞을 리는 없다고 한다. 피뢰침이 있는데 왜 우리 집만 벼락을 피하지 못했을까에 대해 의문이다. 벼락 맞아 연기 나고 뜨거워진 저 인터폰이 명백한 증거가 아닌가. 철이는 능숙한 솜씨로 분해를 하면서 타버린 부분을 수리하든지 아니면 이참에 새것으로 교체하는 게 낫겠다는 소리를 한다. 여전히 번개의 침입은 믿지 못하는 표정이다. 하지만 나를 노려보던 번개의 무서운 눈을 잊을 수 없다.

진정 공포라는 게 이런 것이 아닐까. 누군가가 나를 노리고 공격해 올 것이라는 두려움이 온몸을 지배해버리는 이 상황에서 벗어나고 싶다. 일일이 다 기억은 못 하지만 과거에 지은 죄가 나를 옥죄고 있는 것 같다. 죄를 용서해달라고 나도 모르게 빌고 있다. 하늘 우러러 한 점 부끄럼 없는 인생이 되고 싶었는데 이를 어찌하랴.

우리 빌라에서 서쪽으로 난 창문의 풍경은 단순하다. 벚나무가 있고 벚나무 뒤로 이도주공아파트의 지붕이 보인다. 벚나무 사이로 전깃줄도 보인다. 그리고 두 그루의 소나무가 나란히 서 있는 것을 볼 수 있다. 키가 우리 빌라 위를 넘어설 정도로 제법 크고 밑동이 두 아름은 족히 된다. 한쪽 소나무에는 담쟁이가 올라서기 시작했으나 다른 소나무에는 담쟁이의 모습이 보이지 않는다. 필시 부부의 연을 맺은 소나무가 틀림없으리라. 담쟁이를 품고 있는 소나무가 여인이고 그렇지 않은 소나무가 사내일 것이라는 추측을 해본다. 얼마나 오랫동안 저 자리에 있었는지는 모르겠지만 참으로 어울리는 부부이다. 그런데 저리 다정한 두 소나무를 베어 달라고 민원을 제기했으니 소나무의 입장에서 들으면 경악할 노릇이다. 그것도 한 번도 아니고 두 번씩이나 제주시청 인터넷 게시판에 민원을 올렸고 답변이 없자 전화까지 했다. 우리보다도 훨씬 먼저 저 자리를 차지하고 있었는데 늦게 온 놈이 남의 보금자리를 강탈하는 격이다. 변명하자면 아내와 나의 독단적인 의사는 아니다. 태

나는 걷는다

풍 매미가 왔을 때 두 소나무의 위력은 대단했다. 소나무 가지가 부러지면서 밑에 있던 차량이 파손되고 솔잎 파편들이 유리창을 세게 때렸다. 만약 소나무 밑에 사람이 있었다면 인명피해가 생겼을지도 모를 일이다. 또한, 소나무가 내는 신음은 빌라에 불길한 기운을 가져다주는 듯하다. 하지만 그것이 어찌 소나무 부부의 잘못이겠는가. 태풍의 위력에 고난을 겪은 것은 소나무도 예외일 수는 없었을 것이고 소나무 또한 태풍 피해자다. 아니 오히려 태풍으로부터의 공격을 온몸으로 막아준 은인일지도 모른다.

그러나 우리 빌라에서는 소나무의 위해에 관해서 토론하기 시작했다. 소나무로 인한 위험을 사전에 차단해야 하고 그 방법은 소나무를 베어 없애야 한다는 결론에 도달했다. 그리고 총무를 맡고 있었던 아내에게 그 일을 담당하라는 특명이 내려온 것이다. 정말 어쩔 수 없는 선택이다. 태풍을 막아 준 고마운 존재가 아니라 위협이 될 수 있는 위험한 존재로 낙인이 찍히고 만 것을 어찌할까. 물론 강력한 변론을 하지 못했고 오히려 민원을 제기하는 총대를 메고 있었으니 변명의 여지가 없다.

천만다행으로 소나무는 잘리지 않고 지금까지 생존해 있다. 시청에서는 이도 아파트 내에 있는 소나무이니 이도 아파트 관리소에 문의해서 판단하라는 답변을 보내왔고, 이도 아파트 관리소에서도 귀찮은 내색을 보여 실행할 방법을 찾지 못하고 여기까지 왔다. 그러다 보니 소나무의 존재에 대해 까마득히 잊어버리고 더 소나무 문제를 꺼내는 사람이 없어 흐지부지 넘어가고 만다. 아무튼, 소나무가 살아남을 수 있어서 다행이다.

　소나무는 자신의 목숨을 노린 우리의 행위를 알고 있는 것이 분명해 보인다. 소나무의 복수가 시작되었다. 뜨거운 햇볕을 피해 소나무 아래 차를 세워두었더니 차위에 송진이 이슬처럼 여기저기 피어 있다. 이슬은 조용히 사라지지만 송진은 착 달라붙어 떨어질 줄 모른다. 제때 닦아내지 않으면 제거하기도 힘들뿐더러 세차를 해도 잘 지워지지 않아 차를 추잡하게 만든다. 분명 다른 차 위에는 보이지 않던 송진이 유독 우리 차에만 가득하다. 마른 솔잎과 잔가지를 차위에 뿌려놓을 때도 있다. 심지어 소나무에 앉아있던 새들이 하필이면 우리 차에만 똥을 싸 놓는지 속상하기 이를 데 없다. 차가 주인을 잘못 만나 품위 유지를 못 한다. 해도 해도 너무한다고 소나무에 화풀이를 해보지만, 귓등으로도 안 듣는다. 억울하면 소나무를 피해서 세울 수밖에 없는 일이다.

　저 꼿꼿함. 변하지 않는 저 기개를 어찌 당할 수 있단 말인가.

화해의 손을 내민다. "소나무야, 우린 너희를 미워하지 않아." 소나무를 볼 때마다 아내와 나는 이렇게 속삭이곤 한다. 소나무가 우리의 소리를 알아들었는지는 모르겠지만 진심이다. 알고 보면 소나무는 우리와 친숙하게 지내던 벗이다. 항상 우리 주위에 있어서 눈만 들면 바라볼 수 있는 가장 가까운 친군데 너무 소홀하게 대한 면도 없지 않다.

제주 하늘 아래 사람들이 척박한 땅에서도 주눅 들지 않고 강인하게 살아올 수 있었던 것은 어쩌면 소나무의 변하지 않은 푸르른 품성을 닮아서다. 언제나 자신의 빛깔을 잃지 않고 바람을 견디는 굳건한 소나무다. 그 소나무가 제주 사람의 절개 있는 특성을 고스란히 지켜오고 있었다는 생각을 해본다. 우리가 하마터면 버리려 했던 저 두 소나무를 봐도 그렇다. 몇 번의 태풍을 맞고서도 의연히 서 있는 빛나는 저력이 보인다. 물론 태풍에 분신을 잃는 아픔을 겪어야 했겠지만 세파에 흔들리지 않는 삶의 방식을 읽을 수 있다. 그래서 제주에 가면 허무를 바라볼 새가 없다. 변하지 않는 절개와 역동하는 신비의 힘을 받는다.

때로는 변화가 없어서 밋밋하고 존재감이 없다는 의견을 제시할 수도 있다. 계절의 변화에도 불구하고 소나무는 여전히 그 빛깔이다. 하지만 소나무 옆에 있는 벚나무인 경우 얼마나 화려한가. 봄의 여왕이다. 흐드러지게 피어나 세상천지가 꽃의 향연이다. 꽃 잔치 후에 피날레를 장식하는 꽃잎의 낙화는 겨울날의 눈 오는 밤을 연상시키기도 한다. 떨어지며 소멸하는 눈의 짧은 생명을 떠올리기도 한다. 아름다운 것은 저리 허무와 미련을 가슴에 남기고 떠나는 것인가 보다.

꽃잎이 다 지고 나면 찾아오는 연초록 새싹이 있다. 저 어린 새싹에서 옹알이하는 아기의 웃음소리를 본다. 꽃이지는 슬픔보다 이 벅찬 감동을 난 마음껏 누리곤 한다. 하지만 시간이 흐르고 계절의 변화에 노란 슬픔을 잎에 매단 채 바람에 흔들리다 우수수 땅에 떨어지고 만다. 변하지 않을 것 같았던 청춘의 빛이 무색해지는 순간이다. 잎이 떨어지는 소리에 흠칫 놀라고 만다. 이유 없는 서글픔이 몰려오고 자꾸 하늘을 보며 한숨을 쉬게 되는 슬픈 계절을 만나게 된다.

곱게 물든 단풍에 감탄사를 연발하면서 화양계곡을 산책하고 있었다. 그런데 숲속에서 바람이 일고 비처럼 떨어져 내리던 나뭇잎을 보면서 까닭 모를 고독에 잠긴다. 사람의 마음에 나약한 심성을 던져주고 소멸하는 저 아름다운 허무를 어찌하란 말인가. 지조 없는 나무들이다. 사람의 눈을 현혹해 놓고 무

나는 걷는다

상하게 자신의 텅 빈 몰골을 보여주는 벚꽃에 비교하면 소나무는 사시사철 변함이 없다. 악조건 속에서도 자신의 내면을 꼿꼿이 지키는 소나무를 보면 나약하고 간사한 마음이 들어올 틈이 없다.

내 눈을 의심했다. 갈색 옷을 입고 우리 눈을 현혹하는 저기 저 단풍 든 나무가 정녕 소나무란 말인가. 재선충병에 의해 저리 말라 죽어가고 있다니 애석한 마음이 든다. 재선충병으로부터 소나무를 지켜내려고 모진 애를 써보지만, 힘이 부치는 모양이다. 심지어 소나무 제거 작업을 하다 목숨을 잃은 사람도 있다고 한다. 요즘은 비관해서 삶의 끈을 스스로 놓아버리는 자살률이 높다는 반갑지 않은 소식을 접한다. 이를 소나무의 죽음과 연관을 시킨다면 지나친 비약일까. 소나무가 자신의 빛깔을 잃고 말라가고 있다. 언제나 푸르게 살아 숨 쉬던 정기가 맥없이 스러질까 봐 두렵다.

소나무 부부여! 살아주어서 고맙다. 번개를 보내어 하늘 무서움을 경고해주어서 고맙다. 비바람에 굴복당하지 말고 당당하게 살아주어라.

꿩을 치다

    할아버지 제삿날이다. 주문해 놓은 떡을 찾기 위해 운전 중이다. 토요일 늦은 12시경인데도 애조로는 차량이 붐빈다. 차량이 늘기도 했지만, 요사이에 개통된 도로도 꽤 된다. 차의 길은 여기저기 뚫어놓았지만 내가 알던 오솔길은 지형의 변화로 찾아보기 힘들다. 새로운 도로를 달리다 길을 잘못 들어 멀리 갔다가 돌아온 적도 있다. 평화롭게 거닐던 시골의 산책길은 어디로 갔는가. 곤충 같은 작은 동물에서 꿩이나 노루 같은 덩치 큰 동물이 다니던 익숙한 오솔길마저 사라진다. 그러니 동물이 갑자기 변한 낯선 환경에 길을 잃고 헤매다 질주하는 차량에 목숨을 잃는 경우가 허다하다. 고요히 거닐던 평화로운 길이 사라지고 생명을 위협하는 무서운 길이 생겨나고 있다.

나는 걷는다

언젠가 무서운 도로 위에서 붉은 속살이 거죽을 뚫고 나와 납작 엎드려있는 고양이 사체를 보았다. 옆에 타고 있던 동료가 퉤퉤 소리치며 침을 뱉는 시늉을 한다. 인간이 운전하고 있는 차에 의해 무자비하게 목숨을 잃었건만 단지 사체를 보게 돼서 재수 없다는 표현인 것 같다. 가엾은 죽음을 애도할 새도 없이 휙 지나 가버리는 잔인한 도로는 질주에만 목말라 있다. 인간이 저질러놓은 만행에 속절없이 죽어간 저들의 영혼을 누가 위로해줄 것인가. 세상 물정 모르는 동물이 도로 위에 도사리는 위험을 모르고 한가로이 길을 건너다 죽음에 맞닥뜨린다. 수많은 바퀴에 깔려 산산이 찢기고 먼지처럼 흩어져 간 그들의 영혼을 위해 명복을 빈다.

그 모습이 가물가물 멀어져 흐릿하지만, 초가집 마루에서 아기구덕 흔들며 불경 같은 주문을 읊조리던 할아버지의 미소가 설핏 떠오른다. 문득 "말라!"라는 단어가 입안을 맴돈다. 할아버지는 농사일이 서툴렀던 것 같다. 그래서 밭일 대신 집에서 손자를 돌보는 일을 주로 했었는데 항상 "말라."라는 소리를 달고 다닌다. "말라."라는 소리는 "하지 말라."라는 소리의 준말이다. 이를테면 손자가 땅바닥의 흙을 집어 먹을라치면 "말라." 라고 주의를 주는 식이다. 자신의 손자뿐만 아니라 놀고 있는

다른 아이들에게도 나쁜 짓을 할라치면 어김없이 할아버지의 입에서 "말라."라는 소리가 튀어나온다. 동네에 나이든 형들은 우리 형제만 보면 할아버지의 흉내를 내며 놀리곤 했다. 지금도 하늘에서 양심에 꺼리는 못된 짓을 할라치면 "말라." 하고 말리시는 할아버지의 음성이 들리는 듯하다.

순식간에 일이었다. 장 꿩 한 마리가 달리는 내 차 앞에 내려앉는다. 빨리 달리지는 않았지만, 뒤에서 다른 차량이 쫓아오고 있어 급브레이크를 밟을 처지가 아니다. 아차, 하는 마음에 속도를 줄여 보았으나 가볍게 쿵 하는 소리를 피하지 못하고 만다. 기어이 꿩을 친 것이 분명해 보인다. 걱정과 두려운 마음에 백미러를 보았을 때 살아서 움직이는 꿩의 모습을 볼 수 있다. 놀라서 비틀거리는 모습이 방향감각을 잃고 헤매는 것을 느낄 수 있다. 시야에서 사라진 꿩이 간 곳을 알 수는 없지만, 뒤에 쫓아오는 차량에 다시 치였으면 어떡하지. 누군가는 횡재했다고 잡아갔을지도 모를 일이다. 제발 무사히 도로에서 빠져나가기를 빌어보지만, 왠지 찜찜하고 불안하다. 그것도 할아버지 제삿날에 이런 불길한 일이 생기다니 영 마음이 개운치 못하다. 어쩌면 그 꿩이 할아버지의 환생이 아닐까. 하필이면 할아버지는 그곳에 내려앉아 손자의 차에 희생을 당하고 말았단

나는 걷는다

말인가. 할아버지가 돌아온 세상이 너무 많이 변해서 길을 찾지 못하고 저리 방황하고 있는 것이리라. 무거운 돌덩이가 가슴을 내리치는 것처럼 가슴이 답답하고 아프다.

　집안에 자꾸 우환이 생기자 어머니는 신방을 불러 굿을 하곤 했다. 얄궂은 운명을 바꿔보려는 어머니의 간절한 애원이 신방을 통해 하늘에 닿기를 빌었을 것이다. 문제는 신방을 부르는 값이 만만치 않다. 아버지가 어머니의 마음을 모르는 바는 아니다. 하지만 그 효험을 장담하지 못할 뿐 아니라 어려운 처지에 돈을 쓰는 것이 마뜩잖다. 그렇다고 그냥 손 놓고 있기엔 아버지의 마음도 불안하기는 매한가지였나 보다. 아버지는 어머니에게 제물을 준비하게 하고 할아버지 산소에 가서 직접 기도하는 방법을 선택한다. 굳이 신방을 통하지 않더라도 정성을 다하여 조상님께 기도하면 응답을 주시리라. 어쩌면 그렇게 믿고 싶었는지도 모른다. 어둠이 채 가시지도 않은 새벽에 정성스럽게 마련한 제물을 산소에 펼치고 두 손을 모아 빌고 또 빈다. 조상님의 은덕으로 이승에 남아있는 자손들의 고통을 덜어주고 편안하게 해달라고.

　기도가 끝나갈 무렵 어디선가 꿩의 울음소리가 들려왔다. 꿩의 울음소리는 좋은 징조라 한다. 새벽 기도 시 개의 울음소리는 좋은 징조가 아니지만, 꿩의 울음소리는 좋은 징조라며 기뻐하던 기억이 떠오른다. 솔직히 어디서 나온 근거인지는 모르지만 위로받고 싶은 아버지의 마음이 간절해서 나온 해석이 아닌가 싶다. 아무튼, 그 이후로 꿩의 모습을 보거나 꿩의 울음소리가 들려오면 마음이 편해져 옴을 느낀다. 마치 할아버지와 꿩이 하나라는 생각을 은연중에 하고 있었다. 그런데 그런 꿩을 치고 말았으니 이런 난감할 데가 있단 말인가. 할아버지 뵐 면목이 없다. 이를 어찌하랴.

나는 걷는다

꽃 껍질

목련꽃 지는 소리 밟으며 그는 떠나간다. 휴직으로 자꾸 직원
이 비어서 걱정인데 정년을 5년 이상 남기고 명예퇴직을 신청
했다. 인사 담당으로서 난감한 상황이다. 각 과에서는 빠져나
간 직원을 대신할 업무분담을 다시 해야 하고 기존 직원의 업무
량이 늘어나는 고충을 알기에 더욱 그렇다. 이런 상황이다 보
니 이왕이면 좀 더 머물러주기를 바라보지만, 그의 입장 또한
굳게 닫힌 철문처럼 단호하다. 직장인은 가슴 한구석에 사직
서를 품고 다닌다는 이야기를 들은 적이 있다. 그렇다고 함부
로 사직서를 낼 만큼 강한 입장을 지닌 사람은 없을 것으로 보
인다. 입장의 같음은 먹고 사는 일이 중요한 모든 사람에게 적
용되는 일이겠지만 같은 동료로서 지내다 보면 더욱 견고해진

다. 혹시나 외적이든 내적이든 직장 생활이 견디기 어려워 어쩔 수 없이 떠남을 선택해야 하는 상황이라면 말리고 싶은 것이 솔직한 심정이다.

혈세라는 표현을 들을 때마다 마음이 편치 않다. 공직이라는 가치를 실현하기 위해 나름대로 열심히 살아온 날들이지만, 누군가는 간혹 피를 빨아먹는 흡혈귀라고 비아냥거린다. 아니 우리가 피를 빨아먹는 흡혈귀라니 웃을 수도 울 수도 없다. 내 개인적인 입장에서는 이 세계를 떠나 다른 세계로 나아 갈 수 있는 그의 처지가 부럽다. 아무튼, 오랫동안 같이해 온 그의 퇴임을 위해 아주 성대하진 않지만, 격식 있는 퇴임식을 준비하고 싶었다. 하지만 그는 극구 사양하고 만다. 그저 아무 일도 없다는 듯이 조용히 떠나고 싶은가 보다. 그래도 함께 했던 동료들은 그들의 마음을 담은 기념패와 행운의 열쇠를 전달하려고 한다. 기념패에 들어갈 글귀를 적어달라는 부탁을 받았다. 틀에 박힌 정형화된 문구는 어쩐지 피하고 싶다. 고민이 된다.

눈앞에 알알이 와 박히는 목련꽃을 본다. 고민은 어느덧 사라지고 하얀 드레스 입은 신부의 자태에 넋을 잃고 만다. 출퇴근하며 바라보던 나무에 어김없이 목련은 피어나고, 이제 정말 봄이 왔다는 사실을 실감하게 된다. 눈부신 미소가 너무 고와

똑바로 바라보기가 부끄러워진다. 새신랑 마음이 이럴까. 아, 황홀한 부끄럼이여. 꽃이 피어 봄이 온다더니 꽃핀 봄은 정녕 아름답다. 불빛이 은밀한 어둠을 벗기고 밝은 기운을 사방에 뿌리듯 목련은 내 마음속 그늘진 어둠을 걷어낸다. 오랫동안 잊고 있었던 젊음의 열정이 살아오는 것 같다. 저 부풀어 오르는 목련의 유혹을 살며시 만져보고 싶다.

목련 나무는 단골 미용실 가까이에 있다. 예약된 시간이 남아 있어서 가까이에서 꽃을 보고 싶다는 생각이 든다. 빈약하게만 보이던 여린 나뭇가지에서 어떻게 저리 가슴 적시는 꽃봉오리를 탄생시킬 수 있었을까. 고운 자태에 탄성이 절로 난다. 목련 나무 아래로 눈길이 닿는다. 거무튀튀하고 솜털 같은 작은 껍질들이 이리저리 널브러져 있다. 응달에 있어서 그런지 초라하고 비루한 몰골이다. 밝고 화려한 세상의 이면에 무관심으로 버려진 하찮은 존재로 여겨진다. 남루한 행색의 거지가 화려한 잔치에 나타나 즐거운 분위기를 망치는 훼방꾼 같다는 생각이 든다. 껍질들은 왜 저리 어둡고 초췌한 모습으로 누워있는 것인가. 아름다운 세상에 도움이 안 되는 대지의 불청객을 다 몰아내고 싶은 충동이 인다.

그러다 무심코 껍질 하나를 들어 찬찬히 살펴본다. 먹다 버린 과일 껍질처럼 더럽고 하찮은 존재로만 여겼는데 무언가 따뜻함이 만져진다. 촘촘히 박혀있는 털의 감촉이 부드럽고 온화하다. 어둡고 무거운 빛깔이라 추하다고 단정을 짓고 있었는데 그게 아니다. 만지면 만질수록 보드라움이 손끝을 타고 마음 깊은 곳으로 스며든다. 껍질은 시원한 비타민이 되어 땅의 기운을 향기롭게 물들이고 어둠의 빛깔을 몰아낸다. 흙 묻은 부모님의 거친 듯 따뜻한 손이 느껴진다. 마음의 수도꼭지가 열렸는지 울컥하고 감동의 물결이 솟는다. 겉모양만 보고 현상을 결정지어버리는 내 모순된 판단이 어리석다. 초라하고 궁색한 외양만 보고 아름다움을 방해하는 훼방꾼이라 단정을 지었으니 참 바보다. 한겨울의 살을 에는 추위와 시샘에서 꽃을 보듬고 지켜온 꽃껍질이다. 온 몸을 던져 보호하고 사랑의 힘으로 견뎌왔다. 꽃껍질의 보호와 사랑을 받은 목련은 이리 눈부시게 피어 봄의 아름다움을 세상에 선포하고 있다. 그리고 정작 본인은 소리 없이 나무라는 세상을 떠나 땅으로 돌아간 것이다. 본인의 존재와 희생을 그 누구에게도 자랑하지 않고 숙명처럼 낙화했다.

목련꽃처럼 화려한 직장이라고 생각할 수도 있다. 하지만 그 내면으로 들어가 보면 사실 힘들고 괴로움에 몸부림칠 때도 있

나는 걷는다

음을 잘 안다. 거창하게 국가를 위하여 헌신했다고 자부할 수는 없을지라도 최소한 어려움 속에서도 포기하지 않고 동료들에게 피해를 주지 않으려고 열심히 일해 온 측면이 분명 있다. 지루함을 견디고 묵묵히 일해 온 힘으로 우리의 업무는 돌아가는 것이고 비바람 속에서도 끄떡없이 지탱해 온 것이라 본다. 이제 목련꽃 지는 소리를 밟으며 조용히 떠나는 그의 뒷모습을 바라본다. 감동의 퇴임식을 못 하고 보내야 하는 아쉬움이 있지만 우리는 안다. 그는 아름다운 목련을 피워낸 꽃껍질이었다는 것을. 비록 본인은 꽃껍질처럼 초라하게 직장을 떠나지만, 그의 희생과 노력이 있었기에 목련꽃은 더욱 빛을 발하리라.

　꽃껍질이 나무를 떠나 흙으로 돌아간다. 흙에서도 꽃껍질은 보드라운 털로 흙의 기운을 북돋아 준다. 생각의 저장소인 두 뇌를 감싸고 소중히 보듬느라 제멋대로 자란 머리카락을 자른다. 꽃껍질처럼 떨어져 내리는 머리카락이 거울 속에 시원섭섭하게 비친다. 거울 속 너머 목련꽃이 환하게 웃음 짓는다.

인간적인, 너무나 인간적인 삶과 문학
- 이철수의 수필 세계

허상문(영남대 교수, 문학평론가)

1. 들어가며

문학이 인간을 위해 할 수 있는 일이 무엇일까. 문학에 관한 지극히 원론적인 이 질문에 대한 답은 문학의 효용성과 관련지어 여러 가지 복잡한 논의를 낳을 수 있다. 따라서 이 질문에 대한 답을 선뜻 내린다는 것은 그리 쉬운 일이 아니다. 그렇다는 것은, 우리 주변에서 인간다운 삶을 사는 사람과 문학다운 문학을 하는 사람이 그리 흔치 않다는 이야기이기도 하다. 실로 오늘날 우리의 삶에서 갈수록 문학의 역할은 상실되어가는 듯하고 문학다운 문학을 하는 사람도 드물다.

작가 이철수가 그동안의 창작활동을 정리하기 위하여 수필집을 발간하면서 '작품 해설'을 부탁해 왔다. 그가 넘겨준 작품을 꼼꼼히 읽어 보면서 다시 한번 이철수라는 작가는 지극히 인간다운 삶을 살고 인간적인 문학을 추구하는 사람이라는 느낌을 받았다. 필자가 아는 한, 이철수는 이런 삶과 문학을 실천적으로 보여주는 사람이다. 「나는 걷는다」라는 표제작에서 잘 묘사되고 있듯이, 그는 어린 시절에 불의의 신체적 장애를 갖게되어 불편한 몸으로 살아가고 있다. 그러면서도 그는 어느 면으로도 자신의 신체적 결함을 고통으로 받아들이지 않고 밝고 맑은 모습으로 살아간다. 또한 그 어느 곳보다 치열한 업무가 이루어지는 직장에서 힘든 일을 하면서도 항상 부드럽고 성실한 인간다운 품성을 유지하면서 살아가는 사람이라 듣고 있다. 글의 서두에서 주제넘게 한 작가의 삶에 대하여 이런 문학 외적인 이야기를 하는 것은, 이철수가 그만큼 인간다운 삶과 문학을 실천해서 보여주는 사람이라는 사실을 강조하기 위함이다.

　작가는 매일 새롭게 사유하고 글쓰기를 하면서 숙명적으로 고통의 시간을 보내야 하는 존재이다. 작가가 경험하고 사유하는 세계는 그에게 필요한 문학의 자양분을 제공해준다. 또한 인간과 세계를 사유하고 해석하는 문학적 행위는 삶에 대해 적극적으로 사고하고 실천하는 행위이기도 하다. 그리하여 작가가 문학 텍스트를 통하여 이루는 문학적 · 인간적 사유가 결실을 보아 빛을 발하는 순간, 독자는 진실한 감동을 받게 되고 더 나아가 존재와 세계의 의미를 새롭게 인식하게 된다. 이철수의 문학세계는 이런 면에서 우리에게 깊은 감동으로 다가온다.

2. 인간적인, 너무나 인간적인

이철수 수필에 나타나는 가장 중요한 가치의 하나는 인간과 세계를 사유하는 작가의 진지한 태도라고 할 수 있다. 그의 수필에서 우리가 확인할 수 있는 일련의 탐색 방식은 어떤 대상이나 사실을 통해 무엇을 확인하거나 점검하고자 하는 과정이라기보다 그것을 어떻게 수용하고 실천하는가의 문제이다. 다시 말해 인간과 세상을 바라보면서 어떻게 사유해야 할 것인가에 대해 고민하고, 그러한 과정을 통해 본질적 의미와 진실에 닿기 위해 노력하는 것이 이철수 문학의 중요한 특징이라 할 수 있다. 따라서 이철수 수필에서의 글쓰기 주체는 일차적으로 개인으로 존재하지만, 그는 결코 개인에 머무르지 않는다. 개인과 타자 또는 개인과 세계와의 관계를 설정하고, 그러한 관계망 속에서 본질과 진실을 찾기 위해 깊이 사유하고 모색하는 과정을 거친다. 이런 사유의 과정에서 작가는 우리에게 삶과 존재의 본연적 모습을 확인할 수 있게 하며 더 나아가 새로운 인식의 가능성을 보여준다.

이런 의미에서 이철수의 사유는 흡사 철학자 F. 니체가『인간적인 너무나 인간적인』에서 일체의 학문과 과학의 규격화를 벗어나 부르짖었던 인간 본연의 '자유 정신'과 유사한 의미를 지닌다. 니체가 말하는 자유 정신이란 그 어떤 체계와 규율에도 얽매이지 않는 지극히 자유롭고 무한하게 사유하는 정신의 자유, 즉 기존의 관습적인 것에서 해방된 정신이다. 말하자면 이는 "수없이 많은 대립적인 사유방식에 이르는 길을 허용하고자 하는 성숙한 정신"이다. 그래서 니체는 철학적이거나 사변적인 것이 아니라 인간의 구체적 양태와 행위에 대해서, 인간과 세계의 본질적 모습에 대해서 뜻깊은 규명을 이루었다.

수필은 삶과 존재의 의미에 대해 작가의 자유로운 관점과 해석을 보여주는 문학이다. 이철수의 수필은 서사문학의 주요 모티프라고 할 수 있는 존재의 문제에 집중되어 있으며, 따라서 그의 담론은 인간과 세상에 대한 깊은 친화성에서 출발한다. 말을 바꾸면, 그의 수필은 글쓰기 주체의 내면적 질서, 즉 인간이 추구하는 진실을 찾아가는 과정에 얽힌 존재론적 관계의 구조로 파악될 수 있다. 존재의 본질을 규명하기 위해서 작가가 보여주는 사유의 과정은 주체가 자신을 인식해나가는 과정을 통해 구체화한다.

그런 의미에서 이철수 수필이 시사해 주는 바는 분명하다. 그가 자신의 수필을 통해 제기하는 것은 답이 아니라 질문이다. 무엇을 해야 할 것인가에 대한 해법이 아니라, 삶의 과정에서 제기될 수 있는 문제를 어떻게 해야 할 것인가에 대한 진지한 질문이다. 우리가 이철수의 글쓰기에서 일차적으로 주목해야 할 것도 바로 이 '어떻게'에 대한 작가의 진지한 사색이다. 텍스트를 통해서 삶과 인간을 어떻게 인식할 것인가에 대한 문제의식이 바로 이철수가 보여주는 글쓰기 방식이라 할 수 있다. 그렇기에 그는 남들과 다른 방식으로 사유하고, 어떻게 살아가야 할 것인가라는 삶의 방식에 대하여 끊임없는 질문을 던지고 있다. 그러한 삶에 대한 사유와 실천을 통해 인간은 인간다운 가치를 새롭게 구현할 수 있다고 작가는 생각한다. 이런 사실은 그의 여러 작품에서 빈번히 나타난다.

무엇을 채우려 저리 몸부림치는 것일까. 깃대에서 더 나아갈

　　　　　　　　　　　　　　　　　나는 걷는다

수 없는 운명이지만 꿈조차 머물러서는 안 된다. 포기하고 물러
선다면 그가 가야 할 길은 자명하다. 땅에 떨어진 깃발 그런 깃
발이라면 무슨 의미가 있단 말인가. 깃대를 떠난 깃발의 운명은
이미 존재가치를 잃어버린 천 조각에 불과하다.

―「깃발」에서

    노을 언덕 저 물결 속에서 사월의 꽃이 일제히 촛불처럼 타오
르는 것을 본다. 절대로 바뀌지 않을 것 같았던 견고한 거짓의
성이 어둠 속에서 반짝이는 별과 달빛으로 서서히 무너져 내리
고 있다. 이 변화는 권력과 부를 추구하는 정치인이나 자본가에
게서 나오는 것이 아니다. 가엾고 숭고한 죽음이 우리 밑바닥을
지탱하던 진실의 소리를 깨우치는 양심이 되었다. 무력한 양심
에 촛불을 밝히는 희망이 되었다. 처량하고 우울한 심장을 따뜻
하게 녹여주는 꽃물결을 하염없이 바라본다.

―「노을언덕」에서

    돌담의 문으로 들어서는 영혼이 억울함도 슬픔도 참으라고
말한다. 모든 것은 지나갈 것이며 결국은 진실을 알게 되리라
돌담은 바람에 속삭인다. 시방 세상은 연둣빛이 왁자하다. 암

울한 시대를 이겨내고 새싹은 희망을 노래하고 있다. 하지만 우리 곁에 눈을 돌리면 볼 수 있었던 돌담의 존재가 자꾸만 사라지고 있는 것 같아 안타깝다.

- 「돌담은 바람을 통한다」에서

작가는 불의와 부도덕이 없는 이상적 세상을 꿈꾸지만, 그렇지 못한 삶의 현실과의 숙명적인 만남은 괴로운 일이다. 그렇지만 작가는 어두운 현실에 눈감지 않는다. 위에 인용한 「깃발」 「노을언덕」, 「돌담은 바람을 통한다」와 같은 작품에서도 잘 드러나듯이, 불우한 현실에서 좌절하거나 체념하지 않고 자신의 인간다운 본성을 지키겠다는 각오와 다짐의 자세를 작품의 곳곳에서 보여준다.

「깃발」에서 '깃발'은 수직의 상태에서 펄럭이는 이상과 초월을 표상한다. 불의에 맞서고자 하는 정의, 어둠을 밝히고자 하는 빛, 고통스러운 현실에 맞서고자 하는 꿈과 이상, 이런 대립과 갈등은 이철수의 문학에서 원형적 성격의 의미를 지닌다. 현실과 이상의 대립은 깃대를 매개로 하여 바람과 깃발의 대립으로 이미지화한다. 이 양자의 대립은 쉽게 해결될 수 없는 삶과 존재의 숙명적인 양상으로 나타난다. 그렇지만 "깃대를 떠난 깃

나는 걷는다

발의 운명은 이미 존재가치를 잃어버린 천 조각에 불과"한 것이듯이, 우리는 올바른 존재와 삶의 가치를 위하여 '깃발' 같이 펄럭여야 함을 작가는 역설한다.

「노을언덕」에서 삶에 대한 진지한 태도는 더욱 역동적으로 표현된다. 세월호의 "가엾고 숭고한 죽음이 우리 밑바닥을 지탱하던 진실의 소리를 깨우치는 양심이 되었다." 작가는 오늘의 우리 사회에서 난무하던 온갖 거짓된 욕망과 허위가 세월호와 함께 무너지는 것을 바라본다. 절대로 바뀌지 않을 것 같았던 견고한 거짓의 성은 '노을언덕'에서 촛불 속에 무너져 내린다. 그러면서 현재의 아픔과 대비되어 울고 있는 인간적 자아의 모습을 바라보게 된다. 인간이 당면하는 본원적 이상과 현실의 갈등은 인간다운 양심과 희망을 통해서 해결할 수밖에 없음을 작가는 인식한다.

「돌담은 바람을 통한다」에서 작가는 인간다운 삶을 살고자 하는 문학적 자아와 그렇지 못한 암울한 현실을 대조하면서 진정한 삶의 모습이 무엇일까를 탐색한다. 돌담의 문으로 들어서는 영혼들은 아직도 그 억울함과 슬픔을 지니고 있다. 그러면서도 "모든 것은 지나갈 것이며 결국은 진실을 알게 되리라 돌담은 바람에 속삭인다." 돌담과 바람이라는 제주 자연의 물상을 바라보면서 자신이 추구하며 가치 있게 살아야 할 삶이 무엇인가를 작가는 생각한다. 이 작품에서도 작가는 인간의 역사와 자연의 섭리라는 커다란 담론이 사람으로서 할 바를 다하는 가운데 생겨날 것이라는 인간주의적 사고를 다시 한번 드러낸다.

　이철수의 작품은 일관되게 인간으로서의 이상적인 삶을 살고자 하는 강렬한 의욕과 그 실행을 힘들게 하는 현실의 불우함이 짙게 나타난다. 이러한 불우함은 좀 더 성실하고 정직하게 살고자 하는 작가의 삶을 고통으로 이끌어 가는 현실의 상황과 무관할 수 없는 것이다. 따라서 이철수의 수필은 인간으로서 진실하게 살고자 하는 삶에 대한 작가의 간절한 욕구의 표현이라 해도 지나치지 않다. 이상적인 삶에 대한 작가의 염원은 작품에서 허다하게 확인된다. 이상적인 삶이란 바로 인간다운 삶에 대한 확인이며 실천이다. 인간이 인간답게 산다는 것은 바로 인간으로서의 기본적인 품성을 유지하는 소박하지만 고결한 삶을 의미하는 것이다. 그것은 바로 인간과 세상에 대하여 사랑과 연민의 마음을 베풀고자 하는 작지만 큰 실천으로부터 우러나온다.

3. 인간과 세상을 위한 사랑의 실천

이철수의 수필에서 인간과 세상에 대한 깊은 사랑과 공감의 정서를 발견하기란 어렵지 않다. 작가의 이런 정서는 인간을 인간답게 만들 수 있는 사랑의 실천이라는 신념의 다른 표현이다. 이는 우리가 살아가는 이 척박한 삶의 현실 속에서 인간의 실체를 바라보고자 하는 치열한 사유 과정에서 우러나오는 것이다. 이런 작가의 태도는 세상의 사물과 풍경을 바라보는 태도에서도 잘 드러난다. 이철수가 그려내는 세상의 사물과 풍경에는 중심과 주변의 구별이 존재하지 않는다. 그는 인간관계에서는 물론 자연과 세상과 공존적 사유를 이루고자 한다.

인간과 세상의 사물과 현상들 사이에서 공존적 인식을 이루고자 하는 작가의 태도는 작품의 여러 곳에서 나타난다. 막걸릿집에서 막걸리를 마시면서 이루어내는 시간과 사람에 대한 그리움이나(「막걸리 단상」), 목욕탕에서 느끼는 인간의 온기(「목욕탕」), 과수원에서 생각하는 농부의 마음과 도시와 시골의 의미(「과수원」), 숲속에서 만난 스님과 나누게 된 삶의 의미에 대한 깊은 대화들(「숲속을 거닐다」)은 모두 실존적 공간 의식으로 기능한다. 이런 의미에서 그의 작품에서 장소 표상은 주체에게 인지된 특정한 공간 재현으로서의 세계관을 설정하는 행위가 아니다. 작가는 특정의 장소와 인간이 만들어내는 유기적 관계망을 통해 삶의 배경 공간에는 복합적인 세계의 비의秘意가 담긴 것으로 파악한다.

이철수 수필의 바탕이 되는 인간과 공간 사이에는 특유의 공존적 세계관이 자리한다. 그의 작품에서 흔히 접하게 되는 '집' '고향' '가족' 같은 표상들은 선험적 인식의 틀로 포괄되지 않는 작가의 체험적 감정을 표현해내기 위해 차용된 개념으로 보인다. 이는 흡사 앙리 르페브르가 말하는 '세계를 상상하는 감정'으로 선험적이기보다는 체험적으로 규정하는 세계관에 근거한 것이다. 자신이 만나는 공간을 일종의 삶의 터전으로서의 세계로 상상한다는 것은, 미리 인지되거나 고정된 세계관이 아니라 자신이 살아가는 삶의 체험과 긴밀하게 연결된 마음에서 드러나는 것이다.

이런 태도는 작가의 행복에 대한 관점을 규정지우는 인식이기도 하다. 이철수의 행복에 대한 개념은 지나치게 세속적이거나 물질적인 것이 아니라 지극히 인간적인 모습을 보여준다. 오늘날 많은 사람은 좋은 집, 좋은 자동차, 좋은 옷을 갖기 위한 세속적인 욕망을 꿈꾼다. 사람들은 삶의 과정에서 모두 일확천금의 행운이 오기를 기다린다. 우리는 어느 날 갑자기 로또와 같은 행운이 나에게 찾아오기를 고대한다. 그러나 이철수의 행복 의식은 이런 세속적 욕망과는 거리를 두고 있다. 「로또의 꿈」에서 이런 작가의식은 잘 읽힌다.

「로또의 꿈」에서 화자의 말대로 하늘이 내려준 축복이 내게도 떨어진다면 팔자 펴고 멋들어지게 살리라고 다짐도 하고, 불합리한 세상의 공격에 당당히 맞서지 못하고 혼자 삭인 울분을 털어낼 것이라고 생각한다. 부조리하고 냉혹한 세상에서 꿋꿋하게 버틸 수 있는 인내와 용기로 무장하면서 "비록 다 타고 한 줌 재가 되어 먼지로 흩어질지라도 한번쯤은 로또에 당첨되어 환희로 타오르는 불꽃이고 싶다."라고 소망한다.

그렇지만 작가는 역설적으로 오히려 '로또'로 상징되는 인간의 그릇된 욕망과 어리석고 추악한 인간 본성을 적나라하게 들추어내고자 한다. 도시의 삶은 말 그대로 '물욕과 권력의 노예'가 되어 물질이 주는 화려한 문명의 때를 벗지 못한 채 나날이 살아가는 것이다. 이러한 부와 권력에 대한 욕망을 내려놓을 때 인간은 그야말로 '자연인'이 될 수 있다. "거친 음식과 거친 노동이 있을지라도 부와 권력에 대한 욕망을 내려놓다보면 자유로운 영혼을 만날 수" 있게 한다. 「로또의 꿈」에서 '도시인'의 삶과 '자연인'의 삶을 바라보는 작가의 시선은 예사롭지 않다.

기실 행복이나 불행이라는 것은 우리들 자신에게서 비롯되는 것이지 외적인 요소에 의해서 주어지는 것이 아님은 분명하다. 재물이란 단지 생활의 욕구를 충족시켜 주는 것에 불과하며, 참된 행복을 위해서는 너무 많은 재물을 소유하는 것이 오히려 인간의 진정한 내적 행복을 무너뜨릴 수도 있다. 재물이 많건 적건 그에 개의치 않고 자유롭고 여유로운 삶을 살 수 있을 때 비로소 우리는 만족스러운 생활을 할 수 있을 것이다. 「로또의 꿈」에서 행복은 일상에 대한 작은 천착으로부터 이루어진다는 사실을 작가는 일깨워 준다.

행복은 순간인 것이다. 그 순간이 영원할 것이라 믿고 커다란 행복만 좇는 어리석음을 범하고 있는 것은 아닌지 모르겠다. 로또 당첨된 사람을 바라보고 부러워하면서, 일확천금을 꿈꾸면서 정작 내 인생이 로또에 당첨된 것이라는 사실을 깨닫지 못하고 살아온 것은 아닐까. 이 세상에 소풍 보내준 하늘의 명령과 하늘이 내게 보내준 아내와 아이들 그리고 그들을 바라보고 애쓰면서 열심히 살아가는 행복을 누릴 수 있는 이 순간, 나야말로 로또에 당첨된 인생이다.

－「로또의 꿈」에서

나는 걷는다

모든 인간의 욕구는 결핍에서 생기기 시작한다. 자신의 삶에서 무언가가 부족하고 결핍하다고 생각하는 사람은 끊임없는 욕구에 시달린다. 그와 달리 세상을 향한 진정한 행복의 열망은 모자람이나 결핍에서 비롯되지 않는다. 오히려 삶과 세상에 만족하는 가운데서 자신의 존재를 넘어 충만함을 느낄 때 비로소 행복의 열망은 생긴다고 E. 레비나스는 말한다. 이 열망은 전체성의 틀을 깨뜨리며 무한의 차원을 열어준다. 좀 더 구체적으로 말하면, 이 열망은 나에게서 멀어져 가는 타자를 다시 만나게 해 주며 타자와의 윤리적 관계를 열어준다. 주체는 향유의 주체로 머물지 않고 타자를 환대하는 주체로 전환된다.

이철수가 「로또의 꿈」에서 꿈꾸는 행복은 일확천금의 로또가 아니라, 하늘이 그에게 보내준 가족과 "그들을 바라보고 애쓰면서 열심히 살아가는 행복을 누릴 수 있는 이 순간"이다. 그리하여 그는 떠나는 타자가 아니라 다가오는 타자를, 닫힌 세상이 아니라 열린 세상이라는 '행복의 열망'을 꿈꿀 수 있게 된다.

행복에 대한 작가의 이런 관점은 인간에 대한 애증의 감정을 이해하는 데에도 그대로 적용된다. 「고모님」과 같은 작품에서 작가가 간파하는 사랑과 증오의 감정은 동전의 양면과 같다. 진부한 표현을 무릅쓰고 우리는 증오하면서도 사랑하고, 사랑하기 때문에 증오하기도 한다. 사랑이 지나치면 증오가 될 수 있고, 증오가 지나치면 사랑이 될 수 있다. 작가는 「고모님」에 서 증오와 사랑, 사랑과 증오라는 상반되는 두 감정을 바라본 다. 기실 우리들의 사람에 대한 증오의 감정이란 조금만 마음 을 비우거나 생각을 바꾸면 사랑으로 바뀔 수 있는 것이다. 마 찬가지로 사랑의 감정도 지나치게 채워지면 증오가 될 수 있 다. 작가는 이점을 간과치 않고 있다. 그래서 작품에서 고모님 의 고모부에 대한 증오의 감정은 사랑이며 동정의 다른 표현이 다. 이런 의미에서 「고모님」은 인간에 대한 사랑의 실천이 어떠 해야 할 것인가를 묻는 깊은 인간주의의 표현이다.

> 고모부님이 늙어서 기력이 쇠해질 때 살아온 날의 회한과 분 노를 쏘아붙이려고 그 긴 세월을 견뎌왔는데 어찌 할꼬. 고모 부님보다 약해지지 않고 강해지려고 그래야 복수를 할 수 있 을 테니까 저렇게 약봉지를 챙기고 건강을 챙기시나 보다. 그 러면서도 자신이 없으면 밥을 챙겨 먹지 못하는 남편을 걱정하 신다. 아 그 놈의 정. 저 것이 미운정이 틀림없다고 나 혼자 결 론을 내려 본다.
>
> — 「고모님」에서

300 나는 걷는다

지독한 사랑은 집착을 낳고 그것은 파괴를 가져올 수 있다. 라깡이 "나는 당신을 사랑합니다. 그러나 불가해하게도, 나는 당신 안에 있는 당신 이상의 어떤 것을 사랑하기 때문에, 당신을 파괴합니다."라고 말했던 것도 그 때문이다. 작가가 '고모님'을 통해 바라보는 사랑과 증오는 바로 우리 시대의 사랑의 현존과 부재의 모습이다.

이철수의 수필에는 많은 가족이 등장한다. 부모님과 아내는 물론 형과 이모와 고모가 그의 수필의 중심 인물이 된다. 작품에 등장하는 인물을 통하여 작가는 인간의 존재론적 가치를 주목하고 있다. 그의 수필에서 가족은 어려운 상황 속에서도 삶을 포기하지 않고 오히려 이를 극복하여 세상과 화해하는 모습을 보인다. 그들은 고난과 시련을 이겨내어 자기 정체성을 발견하고 확립하는 전형적 존재들이다. 이렇게 이철수의 인물은 현실에서의 결핍과 소통의 부재에 대하여 공감하게 만들며 우리의 고통을 치유하게 한다. 이런 작가의 의지는「나는 걷는다」에서 극명하게 드러난다.

4. 비극의 극복을 위한 파토스(pathos)

「나는 걷는다」에서 우리는 세상을 바라보는 해석자의 관점이 얼마나 중요한 것인가를 잘 확인할 수 있다. 작가는 이 작품에서 극단적인 어둠과 절망의 상황을 빛과 희망으로 환원하면서 세상과 존재의 모습을 새롭게 해석해 낸다.

추운 날 이웃집 잔치에서부터 소아마비 증세를 보이기 시작한 아들, 소중한 아들의 다리를 살리려고 용하다는 침술사와 안마사를 찾아 백방으로 수소문하며 뛰어다니는 어머니의 모습, 이런 상황은 이미 그 자체로서 다분히 비극적이다. 어머니는 비록 작은 키에 왜소하지만 가족의 울타리를 지켜내려고 모진 농사일도 억척같이 해왔던 분이며, 작중 화자에게 자신을 업고 다니는 어머니의 다리는 무쇠 다리로만 여겨진다. 그러던 어머니의 다리에도 걷기 힘들 정도의 부자연스런 고통이 밀려오고, 이런 어머니의 모습은 화자에게 뼈아픈 회한으로 다가온다. "나를 업고 사방팔방 걸어 다녔던 그 다리. 좀처럼 탈나는 일이 없는 줄 알았는데 내 몸의 무게가 저리 무릎의 연골을 갉아먹고 있었구나. 이 못난 놈 키우려고 삭아진 연골로 인해 뼈가 부딪치는 고통을 견디고 있었구나." 화자의 독백은 고대 그리스 비극작가 소포클레스의 오이디푸스의 절규를 연상할 정도로 처연하다.

그러나 이런 비극적 상황 속에서도 우리의 관심을 끄는 것은 파토스에 의해 추동되는 작가의 삶에 대한 태도이다. 파토스란 삶에 대한 충동과 열정으로 가득한 감성적 인식이다. 오늘날 세계는 모든 부면에서 지나치게 논리 정연한 이성적 로고스에만 관심을 기울이고 있지만, 감성과 이성, 파토스와 로고스는 언제나 양분될 수 없는 중요한 삶의 덕목이다. 실제 삶에서 상반된 두 개념은 서로 개입되어 하나로 뒤섞인 채 분리될 수 없는 총체로서 자리한다. 특히 이성과 지식만이 강조되는 현대사회에서 인간적이며 정서적인 삶의 태도를 위한 파토스의 정신은 반드시 필요한 것이라 하지 않을 수 없다.

이철수의 작품이 기본적으로 삶에 대한 파토스적인 정신을 바탕으로 한 존재 의지가 강렬하게 자리하고 있다는 사실은 주목되어야 할 것이다. 물론 삶의 주체는 끊임없이 생동하는 존재이지만, 중요한 것은 이 생동하는 존재가 얼마나 건강하고 생명력 있는 존재 의지를 지니고 있느냐 하는 점이다. 이런 파토스적 의지란 바로 삶에 대한 적극적 의지이자 충동 작용이다. 이는 바로 개인과 사회를 건전하고 올바르게 생존할 수 있게 하는 의지 활동이며, 그로 인해 세상과 삶은 건강한 역동성이 발생하게 된다. 우리 사회의 여러 분야에서 타락과 범죄로 얼룩져 있고 건전하지 못한 '문제적 개인'(L. 골드망)이 갈수록 많아져 가는 것은 결국 건강한 삶을 위한 의지가 부재하기 때문이라 할 수 있다.

「나는 걷는다」에서 화자가 신체적 결함으로 인해 한때나마 삶에 대한 환멸과 좌절을 드러내는 것은 당연한 현상인지 모른다. 화자는 "걷는 것이 싫을 때도 있었다. 균형이 맞지 않아 절룩거리는 걸음을 남에게 보이고 싶지 않았다."고 할 정도로 내면적 고통을 진솔하게 표현한다. 그러나 그는 이런 절망적 상황 속에서 더 적극적인 삶에의 의지를 불러낸다. 말하자면 고통과 절망을 딛고 일어서 적극적인 삶에 대한 파토스적 상황을 일구어내는 것이다. 그리하여 그는 '보통사람'으로 산다는 것이 얼마나 행복하고 위대한 것인지를 깨닫게 된다.

화자는 걸을 수 있는 자신이 달리는 사람을 부러워하는 것은 어쩌면 사치스러운 욕망일 수도 있다는 생각까지 한다. 자신의 몸이 불편하지만 휠체어를 탄 누군가를 밀어줄 수 있고, 비록 비틀거리는 발걸음이지만 걸을 수 있는 자신이야말로 보통사람들과 다를 바 없는 존재라고 여긴다. 이 세상은 보는 관

나는 걷는다

점에 따라 혹은 보는 사람의 마음에 따라 이렇게 달라질 수 있는 것이다. 작가는 절망적인 상황 속에서도 언제나 희망과 행복을 꿈꾼다.

걸음을 잃어 본 사람은 안다. 걷는다는 것이 얼마나 소중하고 행복한 일인가를. 그러나 걷기 시작하면서 걸음의 소중함을 망각한 사람은 걷는다는 것에 대한 위대함을 놓치고 만다. 근심을 해 본 사람이 근심 없음이 얼마나 편한가를 알고, 아파 본 사람이 아프지 않음에 대한 평안을 알듯이 걸음을 잃어봐야 걸음의 행복을 알게 될 것이다. 태어나서 한 번도 걸어보지 못한 사람도 있다. 그 친구들을 생각하면 걷고 있는 나는 얼마나 감사한 일인가. 스핑크스 수수께끼에 의하면 인간은 아침에 네 발로 걷고 낮에 두 발로 걷고 저녁에 세 발로 걷는다고 했다. 어떻게 걸어가든 무슨 상관인가. 비록 절름발이 걸음일지라도 걷는 나는 행복하다.

— 「나는 걷는다」에서

"근심을 해본 사람이 근심 없음이 얼마나 편한가를 알고, 아파 본 사람이 아프지 않음에 대한 평안을 알듯이 걸음을 잃어봐야 걸음의 행복을 알게 될 것이다."는 작가의 언술은 바로 이 세상에 대한 깊은 사랑과 긍정의 마음에서 우러나오는 것이다. 나보다도 더 아프고 힘든 사람의 고통과 불행을 이해하고 동정하는 것, 이것은 바로 인간과 세상에 대한 깊은 사랑과 동정의 마음에 의해서 우러나오는 것이다. 인간은 최고 가치의 유효성이 상실될 때 절망하고 불행의식을 가지게 된다. 그리고 인간의 허무주의는 최고 가치들이 탈 가치화할 때 생기는 것이다. 우리가 이 세상에 존재한다는 사실, 그에 대한 도덕적 · 윤리적 의무를 다하면서 산다는 것은 결국 인간과 세상에 대한 진정한 가치를 존중하는 가운데 나타나는 것이다.

5. 나오며

이철수 수필은 끊임없이 인간다운 삶의 길이 무엇인가에 대한 질문을 던지고 있다는데 그 특징이 있다. 이것은 바로 작가가 삶에 대한 깊은 통찰을 통하여 인간과 세상의 고통과 슬픔을 이해하고 공감하고자 한 때문이 아닌가 한다. 작품에 담긴 이런 의미구조로 인해 그의 작품들은 한편 한편의 인생도人生圖를 보는 듯하다.

이철수 수필에서 형상화된 '인간다움'의 모습은, 개인적으로든 사회적으로든 아무리 힘겨운 상황에서도 인간으로서의 책임을 다 하고자 하는 일종의 엄숙함에서 나온다. 이 엄숙함이란 삶에 대한 깊은 충동과 열정의 정신을 말한다. 작가는 어쩔 수 없는 부조리한 힘이 우리의 삶에 개입하여 '인간다움'을 잃게 하더라도 인간다운 삶의 윤리를 지키면서 당당하게 살아갈 것을 강조한다. 이철수의 작품 세계가 때로 무겁고 비극적인 이유가 여기에 있다. 그의 인물은 힘들고 고통스러운 상황에서도 절대 포기하지 않으며 삶에 대한 긍정적인 태도로 우리에게 위로가 되며 힘이 되어 준다.

　삶을 살아가면서 사람들은 누구나 고뇌와 슬픔을 겪는다. 그러나 이를 극복함으로써 우리는 세상을 더 넓고 깊게 볼 수 있다. 이철수의 수필에 나타나는 인물들은 특별한 사람이 아니다. 작가는 평범하고 일상적인 삶을 살아가는 사람에 초점을 맞추면서 그들의 비애와 고통을 사실적으로 형상화한다. 당연히 그 속에는 작가 자신의 모습도 담겨 있다. 그들의 고통과 슬픔은 곧 우리의 그것과 다르지 않다. 그들을 통하여 작가는 이 세상에서 진정으로 인간답게 사는 것은 무엇이며, 그것은 어떻게 실천될 수 있는가를 거듭거듭 묻는다.

이런 질문 속에서 이철수의 수필은 절망 속에서 희망을, 어둠 속에서 빛을, 불행 속에서 행복을 일구어낸다. 그리하여 탈가치의 시대에 진정한 인간적 가치가 무엇인가를 제시해준다. 과학기술과 물신주의가 지배하는 세상에서 문학이 할 수 있는 역할이란 어느 구석에서도 찾을 수 없는 듯하다. 그러나 이철수가 그의 문학을 통해서 구현해내는 사랑과 연민의 마음에서, 이 세상이 아무리 타락하고 추악해져도 문학은 마지막 순간까지 존재해야 하는 희망이며 빛이라는 사실을 우리는 확인케 된다.

나는 걷는다